ÉTINCELLE

CHELLE BLISS

MEN OF INKED : TOUT FEU TOUT FLAMME
Tome 1 - Flamme
Tome 2 - Feu
Tome 3 - Fournaise
Tome 4 - Brasier
Tome 5 - Chaleur
Tome 6 - Étincelle
… et plus de chaleur à paraître.

Copyright © Bliss Ink, 12 janvier 2021
Correction par A. Hollett
Relecture par Rose & Deaton Author Services
Couverture © Chelle Bliss
Photo de couverture © Wander Aguilar
Traduit de l'anglais par Audrey Smondack et Valentin Translation

Mallory,

Tu n'es peut-être pas sortie de mon ventre,
mais tu détiens un morceau de mon cœur.

Tu es forte, tu es vaillante, tu es indomptable.
Vis sans remords et aime sans mesure.

Je suis on ne peut plus fière de la femme que tu es
devenue.

Je t'aimerai à tout jamais.

CHAPITRE 1
NICK

CINQ ANS *plus tôt*

Je me suis placé derrière ma cousine, Gigi, devant chez Lily, me cachant du mieux que je le peux, le buste tourné vers la rue comme elle me l'a demandé.

— Meuf, ouvre cette porte, braille-t-elle à la caméra de surveillance accrochée au-dessus de la porte d'entrée. J'ai une surprise pour toi.

Elle me pousse dans le dos pour être sûre que je ne me retourne pas.

— Il est tard, Gigi. Je ne suis pas vraiment d'humeur à voir du monde.

— Crois-moi, tu veux voir cette personne-là.

Ses mains ont quitté mon dos et je comprends qu'elle s'approche de la porte d'entrée au son de ses bottes sur le bitume.

— Je peux crocheter la serrure, ajoute-t-elle.

— Ne t'avise pas de faire ça ! proteste Lily. J'arrive.

— Elle arrive, me répète Gigi, comme si avoir le dos tourné à la caméra me rendait sourd.

Quelques secondes plus tard, la porte s'ouvre, et j'esquisse un sourire. Lily va pisser dans sa culotte en me voyant… Pas au sens propre, mais elle est réputée pour avoir la joie exubérante.

— Arrête de faire du boudin, princesse, parce que je vais t'en mettre plein la vue !

D'un tapotement dans le dos, elle me donne le feu vert pour me retourner.

— Nick ? s'étonne Lily.

Elle porte une main à sa bouche et ses yeux s'écarquillent.

— Lily ? dis-je tout aussi abasourdi.

Ça part en vrille, et pas qu'un peu. On est en octobre, Lily devrait être en cours, à boucler sa dernière année d'étude. Or, elle est là, de retour dans notre ville natale, et vit dans sa propre maison. Elle est aussi la plus réservée de mes cousines, mais la fille qui se tient devant moi a un côté plus affranchi et plus insouciant que je ne lui aurais jamais prêté.

— Qu'est-ce qui t'est arrivé ? demandé-je, ahuri par le fait que Lily ne soit pas en cours.

— Qu'est-ce qui m'est arrivé ? répète-t-elle, une main pressée contre sa poitrine, me dévisageant d'un air incrédule. Qu'est-ce qui t'est arrivé, à toi, plutôt ?

— J'ai grandi, me suis étoffé. Je suis devenu un homme.

Je sais qu'elle ne parle pas de ma taille, mais je sais aussi qu'elle sera aussi furax que mes parents quand elle saura la connerie que j'ai faite et mon renvoi de l'école.

Lily prend les études très au sérieux, bien plus que la

plupart des gens de son âge… même bien plus que les gens de mon âge.

— En tout cas, il est resté le même petit con, se moque Gigi.

— C'est dans son ADN, réplique Lily. Mais d'abord, que fais-tu ici ?

Je me passe la main sur le visage et hausse une épaule.

— L'école et moi, on n'est plus copains.

Gigi me flanque une tape du revers de la main tout en secouant la tête.

— Il s'est fait renvoyer.

Lily fait des yeux ronds comme des soucoupes.

— Tu t'es fait renvoyer ?

Je hoche la tête.

— Ça arrive.

— Comment se fait-il que tu sois toujours en vie ? demande-t-elle d'un air ébahi.

Après ce qu'il s'est passé, je n'ai pas osé retourner chez mes parents. J'aime vivre et j'aime encore plus respirer. Je sais qu'en rentrant, je mettrai en péril ces deux paramètres.

Bien que mon père se mette rarement en colère contre moi, je sais que ce qu'il s'est passé à l'internat va le faire disjoncter, et respirer va probablement s'avérer être un peu plus compliqué si je me mange une droite.

Il n'est pas violent, n'a jamais levé la main sur moi. Ce n'est pas son style. Seulement, tout homme a son seuil de tolérance, et je crains que ce renvoi pour avoir enfreint la loi ne soit pas un événement que mon père aurait envie de fêter.

Je suis Gigi dans la maison, complimente Lily sur son intérieur et attends que mes deux cousines me tombent dessus. Gigi a déjà commencé sur le trajet. Question après question, elle m'a interrogé sans relâche, comme si elle avait été formée par mon père ou mon oncle James.

— Tes parents savent que tu es revenu ? me demande Lily, qui marche à mes côtés alors que nous nous dirigeons vers le salon.

— Pas encore, mais ils le sauront demain.

— Ben, merde, murmure-t-elle, ça promet.

La facilité et le détachement avec lesquels elle emploie une vulgarité me font tiquer.

— Assieds-toi, Nicholas.

Gigi tapote l'assise du canapé où elle s'est laissé tomber.

— T'as un tas de trucs à nous expliquer.

Je m'installe sur le fauteuil et Lily s'assied aussitôt à côté de moi, si bien que je me retrouve cerné de toutes parts.

— Vas-y, balance, me lance-t-elle tout en repliant une jambe sous ses fesses. Que s'est-il passé ?

Je me laisse aller contre le dossier et soupire, exaspéré.

— J'avais monté une petite arnaque et je me suis fait prendre. Tout simplement.

Elle croise les bras, les lèvres pincées, la tête inclinée, et attend d'autres explications.

— Faut croire que fabriquer et vendre de fausses pièces d'identité ne va pas seulement à l'encontre du règlement du lycée, mais aussi de la loi. Je les ai suppliés de faire preuve de clémence et d'indulgence, mais ils m'ont envoyé bouler.

Je retrousse les lèvres et hausse une épaule.

— Surtout qu'ils ont retrouvé Malcolm Harrison complètement raide avec ma si belle contrefaçon dans sa poche. Ce crétin avait le choix entre donner le nom de son fournisseur ou se faire renvoyer. Cette balance a tout avoué, j'ai été suspendu et, là, il cuve dans sa chambre de bobo en Caroline du Nord.

Lily est bouche bée.

— Tu as vendu de fausses pièces d'identité ?

J'esquisse un sourire devant ma cousine choquée. Elle a toujours été candide. Pendant que nous autres faisions les cons à tout bout de champ, son auréole restait bien en place au-dessus de sa tête.

— Je les ai aussi fabriquées.

Elle lève les yeux au ciel. Je l'agace, comme toujours.

— Ton père va te massacrer.

— Il sera furax quelques minutes, puis il s'en remettra, dis-je, conscient que c'était faux, avec un geste désinvolte de la main.

Gigi éclate de rire.

— Tu es mort, Nick. Mort de chez mort.

Je ris comme si elle exagérait, ce qui n'est pas le cas. Cela fait un an que je n'ai pas vu Lily et Gigi, elles n'ont pas changé d'un poil sur le plan physique. Pour le reste, c'est le jour et la nuit, et à en croire mes cousines, Tamara est à mettre dans le même lot.

Lily, le petit rat de bibliothèque qui étudiait pour devenir médecin, a laissé tomber la fac pour être perceuse à Inked, le salon de tatouages de la famille. Elle a réussi, je ne sais comment, à séduire Jett Michaels, un coureur notoire à l'époque, qui est aujourd'hui rangé. Je ne sais pas trop comment voir la chose, car je n'avais jamais imaginé Lily avec un mec qui s'était tapé de plus de nénettes que mes doigts et orteils réunis. J'ai toujours pensé qu'elle perdrait sa virginité avec un autre puceau, sachant qu'elle était la personne la moins ouvertement portée sur la chose de mon entourage.

Gigi, en revanche, qui a toujours eu un côté débridé, s'est entichée d'un pseudo-*biker*. Ils travaillent tous deux à Inked, mais se sont rencontrés quelques mois plus tôt.

Mon autre cousine, Tamara, est en dernière année d'étude et est en passe d'obtenir son diplôme. Au cours de l'année, elle s'est frottée à plus d'un motard d'un même club et a fini par tomber amoureuse d'un sacré numéro, laissant tout le monde sur le cul. Non pas qu'elle se soit trouvé un fouteur de merde, mais elle l'aime et ne compte pas en changer.

J'ai encore la tête qui tourne devant tant d'informations, quand la porte d'entrée s'ouvre et que mon père entre, soutenant un Jett Michaels plus vieux.

Merde.

Je m'accroupis, priant pour rester hors de vue, mais quelques secondes seulement s'écoulent avant que ses yeux ne se posent sur moi.

— Nom de Dieu ! crache-t-il, après avoir enfin relevé la tête et m'avoir aperçu, pétrifié sur le canapé. Je rêve ou c'est mon fils dans ton salon ?

Je me lève d'un bond, sachant que ça va partir en tous sens, et me fracasse le menton contre la tasse basse, manquant de la renverser au passage.

— Je peux tout expliquer.

Fait chier. Moi qui espérais passer une nuit tranquille avant que mon père ne le découvre, ne perde les pédales, avant que je ne le supplie de me pardonner et qu'on ne finisse par oublier tout ça.

— Monte dans la voiture, grogne-t-il.

— On se voit plus tard, lancé-je aux filles, alors que je

me dirige vers la porte et veille à me trouver hors de portée de mon père.

— *Bye bye*, Nicky ! me crie Gigi. Reste en vie !

Elle essaie de faire de l'humour, cette connasse.

— Tu vas regretter de ne pas être mort, me grommelle-t-il au moment où mes bottines touchent le béton du perron.

J'accélère l'allure, redouble mes pas jusqu'à son véhicule, hésitant à rentrer en courant chez mes parents plutôt que de monter en voiture avec lui.

— N'y pense même pas, rugit-il.

Grillé.

J'ai abandonné toute idée de courir. Je suis trop loin de tout et il voudra vraiment me botter le cul si je m'avise de le faire.

Nous ouvrons les portières sans nous regarder, sans même nous parler. Je me glisse sur le siège passager et me colle contre la portière lorsqu'il grimpe dans l'habitacle.

— Tais-toi, me prévient-il, tandis qu'il démarre le moteur. Pas un mot.

Ça ne commence pas si mal.

Il ne me hurle pas dessus, ne m'a pas empoigné par le col pour me secouer les plumes jusqu'à ce que le bon sens me revienne. Jusqu'ici, j'appelle ça une victoire.

Il dévale les rues sombres plus vite qu'à l'ordinaire, prend ses virages un peu plus brusquement aussi. Aucune parole ne sera prononcée de tout le trajet, mais, arrivé à quelques mètres de la maison, il tourne abruptement le volant vers la droite, se gare sur le bas-côté et coupe le moteur.

Mon corps tout entier se fige et je bloque ma respiration pour me préparer à ce qui va suivre.

— Que s'est-il passé ? Et tâche de dire la vérité, parce que je vais discuter avec le directeur de l'école demain et tu le sais.

Je relâche mon souffle, frotte les mains sur mon jean et lui déballe tout sans le regarder.

— J'ai fourni de fausses cartes d'identité à des élèves du bahut. Il y en a un qui s'est fait choper. Il a tout balancé. Je me suis fait virer.

Même dans la pénombre de l'habitacle, je peux sentir son regard s'attarder sur moi.

— Tu vendais de faux papiers d'identité ? s'indigne-t-il sans une once d'étonnement.

La voix est basse, le ton monocorde.

— Oui.

— Putain de merde, marmonne-t-il. Ta mère va me faire la peau.

Je lance un regard dans l'espace réduit et le vois secouer la tête à la faible lueur du tableau de bord.

— Je n'aurais jamais dû t'apprendre ce machin, poursuit-il tout en se pinçant l'arête du nez. Elle va me remonter les bretelles en premier avant de s'en prendre à toi.

Je ne sais bien qui de ma mère ou de mon père ai-je le plus peur. Papa est plus baraqué et peut se montrer dur, mais maman… maman peut rapidement vriller, surtout quand on fait le con et un truc illégal.

Mon père est plus nuancé. Il a développé des talents durant ses années de service dans les forces de l'ordre, qui lui servent aujourd'hui dans son métier de détective privé au sein de son agence.

Pour ma mère, en revanche, c'est tout noir ou tout blanc, et il n'y a pas d'entre-deux. Soit on merde, soit on a agi avec droiture, et elle se battra jusqu'au bout pour défendre celui qui aura subi un préjudice. En l'occurrence, je sais de quel côté je me situe, surtout à ses yeux.

— Je vais lui parler, papa, ça va aller, mens-je.

— Ça va aller ? répète-t-il, sa voix partant dans les aigus sur le dernier mot. Fils, tu as oublié qui est ta mère et comment elle peut s'emporter.

Je secoue la tête.

— Difficile de l'oublier.

Il ferme les yeux, les doigts enroulés autour du volant, et prend une grande respiration.

— Advienne que pourra. On n'a pas d'autre option.

Je hausse les sourcils. Est-il en train de fermer les yeux ? J'ai enfreint la loi, mon père était sur le point de me tuer et, là, il a l'air de dire qu'on va tous deux se faire mettre à l'amende.

— Ne crois pas que je vais laisser passer ça, m'annonce-t-il alors qu'il rouvre les paupières et se tourne vers moi. Je te veux sur les bancs de l'école dès lundi, tu auras des *A* toute l'année et tu es privé de sortie jusqu'à ce que tu décroches ton bac.

— Mais…

— La ferme, Nick.

Je referme la bouche aussi sec, parce que je n'aurai pas le dernier mot. La seule chose que je peux faire, c'est d'attendre que ça se tasse et de croiser les doigts pour qu'ils aient pitié de ma pauvre âme d'adolescent.

— Prépare-toi, fiston. La soirée va être mouvementée.

— Super, pesté-je dans le noir.

Cinq minutes plus tard, je franchis le seuil de la maison de mes parents, et ma mère se tient dans l'entrée, les bras croisés, le visage fermé. Elle nous attendait.

Visiblement, M. Quinlinn, mon proviseur, lui a déjà téléphoné pour l'informer de mon renvoi du campus.

— Canapé, tout de suite, m'ordonne-t-elle avec un mouvement de tête en direction du salon, les yeux rivés sur moi seul.

Je garde le silence, ne prends même pas la peine de plaider ma cause et me déchausse avant de filer en direction du canapé pour le savon du siècle.

— Chérie… commence mon père sur un ton bien différent de celui qu'il avait en voiture.

Il essaie de s'attirer ses faveurs en la caressant dans le sens du poil.

— On devrait peut-être en discuter avant de…

— Non, Thomas, le coupe-t-elle. Nous allons en discuter maintenant. Tous les trois. Ramène tes fesses dans le salon et assieds-toi à côté de ton fils.

Je fais une grimace, tandis que je ralentis le pas.

Elle a dit « ton fils ». Ça n'arrive que lorsqu'elle est méga furax et, dans mes souvenirs, cela fait longtemps qu'elle ne l'a pas été.

Je suis foutu.

Au revoir, la terminale. Bonjour, l'assignation à résidence.

CHAPITRE 2
NICK

AUJOURD'HUI

J'adore les tacos.

Pas n'importe quel genre de tacos. Ceux dont on croque à pleines dents la coquille croustillante et dont le gras nous coule sur le menton avant de maculer le papier alimentaire.

Il n'y a qu'un endroit en ville où je peux avoir ma dose, et, peu importe qu'il soit minuit passé, je compte bien m'enfiler ces foutus tacos, le gras, et tout ce qui va avec.

Je gare ma bécane près du bâtiment et gagne d'un pas décidé la devanture de l'ancien petit glacier qui sert à présent les meilleurs tacos à cent kilomètres à la ronde. Devant moi, un jeune type ivre commande pour un régiment et tangue d'avant en arrière comme si le sol bougeait sous ses pieds.

Je lance un regard autour de moi, croise les bras et

repère une jolie fille qui enfourne des nachos dans sa bouche, assise à une des tables de jardin, et qui pleure entre chaque bouchée.

Pas ma gonzesse, pas mon problème.

À part elle, les employés et moi, la seule autre personne ici est ce garçon éméché. Il est appuyé contre le comptoir fermé à côté de moi et se parle à lui-même en charabia.

La femme au sombrero qui se tient de l'autre côté de la vitre lève un doigt.

— Une seconde.

Ce chapeau, beaucoup trop large pour sa tête, en paille tressée rose et jaune, a de petites boules de coton qui pendent de son rebord et qui s'agitent chaque fois qu'elle esquisse un mouvement. Lorsqu'enfin elle lève le nez de sa caisse enregistreuse et croise mon regard, elle lance :

— Salut, beau brun !

Ses yeux se détachent de ma figure pour descendre avidement le long de mon torse et remonter mes bras, avant que son visage ne se fende d'un sourire.

— Qu'est-ce que ce sera ? me demande-t-elle.

— Cinq tacos, supplément bœuf, et une bouteille d'eau.

Je plonge la main dans la poche arrière de mon jean, peu enclin à flirter avec la fille au sombrero, et en sors mon portefeuille.

Je suis venu ici pour me dégoter des tacos, pas une nénette, et même si j'étais d'humeur, cette fille n'est pas mon type, et ça n'a rien à voir avec le sombrero.

— Un baraqué comme toi pourrait s'attaquer… à plus gros, flirte-t-elle, sa voix tout essoufflée et aguicheuse.

— Cinq, ça suffira, dis-je, sans vouloir paraître impoli, mais sans vouloir me la mettre dans la poche.

— Qui ne tente rien n'a rien, souffle-t-elle tout en tapotant sur sa caisse enregistreuse. Ça fera 15,70 dollars.

Je jette un billet de vingt sur le comptoir et l'arrête d'une main levée.

— Gardez la monnaie.

Je me dis qu'elle mérite bien un pourboire pour travailler à une pareille heure et se coltiner des ivrognes comme le mec qui a commandé devant moi.

Elle s'empare du billet, les yeux contemplant cette fois mon visage, et non plus mon corps.

— Merci. C'est mon premier pourboire de la soirée, pourtant ça fait cinq heures que je suis là.

— Les gens sont des cons, argué-je tout en me frottant la nuque, dans l'espoir de lui fausser compagnie aussi vite que possible.

— Carrément.

Elle tourne le dos et crie quelque chose en espagnol aux types en cuisine. Lorsqu'elle se retourne vers moi, son sourire réapparaît.

— Il faudra patienter un peu. Les gars ont vraiment deux de tension ce soir. Désolée.

— Pas de problème, dis-je en m'écartant du comptoir. J'ai tout mon temps.

Elle encaisse la somme et récupère le pourboire qu'elle glisse dans sa poche au lieu de mettre l'argent dans le pot commun, qui est vide.

— Va t'asseoir, beau brun. Je t'appellerai quand la commande sera prête.

Me voilà à présent face à un dilemme.

Dois-je m'asseoir en face du type éméché qui se parle

à lui-même, ou près de la nana qui pleure dans ses nachos comme si son chien venait de mourir ?

Je les regarde tour à tour et opte pour la fille, car je préfère éviter l'ivrogne. C'est un bavard, et même s'il ne se parle qu'à lui-même, je tiens à ce que ça reste ainsi.

L'option la plus sûre reste la fille qui n'a pas levé le nez de ses nachos, continue de sangloter et ne s'est pas arrêtée de manger. Entre ses pleurs et ses mâchouillages, les chances pour qu'elle me drague sont minces, voire nulles. C'est pourquoi je la choisis.

Au moment où je pose les fesses sur le banc en bois, l'ivrogne, qui n'a pas cessé de tanguer, entonne un chant comme s'il se produisait devant la foule d'un stade.

— Bordel, murmuré-je tout en secouant la tête.

— Jimbo, lâche la fille au sombrero, penchée au-dessus du comptoir, le cou tendu pour le voir. Tu n'as pas conduit pour venir ici, quand même ?

Jimbo secoue la tête.

— J'ai marché, bébé. Plus de permis, tu te souviens ?

— C'était pour en être sûre.

Elle hoche la tête et tend par la fenêtre un sac avec sa commande pour qu'il vienne la chercher.

— Tu veux que quelqu'un te ramène ?

Il secoue aussitôt la tête.

— C'est le genre de nuit à mater les étoiles.

— N'importe quoi, maugréé-je.

Je me frotte le front et évite de m'attarder sur la tragique déchéance humaine devant moi.

— Ne les regarde pas en marchant, Jimbo. Il y a de fortes chances pour que tu finisses dans le fossé ou renversé par une voiture si tu as le nez levé vers le ciel et si tu ne regardes pas où tu vas.

— Dieu va me montrer le chemin, réplique-t-il, farfouillant dans le sac pour en retirer un taco.

La fille au sombrero plisse les yeux et pince les lèvres.

— Dieu veut que tu rentres chez toi pour être à l'heure demain à l'église et n'arrive pas en retard au sermon de ton père.

Le fils d'un pasteur. Pas étonnant. Par ici, ils suivent généralement l'une ou l'autre voie : devenir dévot ou rebelle. À en juger l'état de Jimbo, il se trouve quelque part entre les deux. Il est croyant, mais il a un rapport à Dieu qui diffère un peu de celui qu'a dû lui enseigner son père.

— Je ne suis jamais en retard, Tina Marie.

Il s'éloigne de l'édifice d'un pas chancelant et lève la tête vers le ciel à sa première bouchée de taco.

— Je suis là où Dieu veut que je sois.

— Seigneur, ayez pitié de lui, soupire Tina Marie, ses sourcils disparaissant sous les bords de son chapeau tandis qu'elle l'observe.

Elle se signe rapidement, marmonne dans sa barbe jusqu'à ce que quelque chose derrière elle capte son attention et qu'elle détourne le regard de notre astronome mangeur de taco qui erre à présent le long de la nationale.

La fille qui pleurait pleure toujours ou, du moins, jusqu'à ce que son téléphone sonne.

— Quoi ? lâche-t-elle avec plus de hargne que de tristesse au moment où elle décroche.

— Où tu es passée, bordel ? s'énerve le type dans le haut-parleur.

— Va te faire foutre.

— Réponds-moi, connasse, rugit le mec.

Je fais une grimace. Je n'aime pas beaucoup l'insulte

qu'il lui a lancée ni le ton qu'il a employé pour lui parler, mais je continue de regarder devant moi.

Pas ma gonzesse, pas mes affaires.

— Ramène-toi à l'hôtel, lâche encore le type en détachant chaque mot.

— Je vais être claire avec toi, aboie-t-elle, le bois craquant sous son poids lorsqu'elle se repositionne sur le banc de pique-nique.

J'ai envie de me retourner, de la regarder, parce qu'à l'intonation de sa voix, il est évident qu'elle ne rentrera certainement pas auprès de ce connard, et je pense qu'elle est à deux doigts de le lui faire comprendre.

— Je ne rentre pas, espèce de raclure infidèle, répond-elle sur le même ton, appuyant sur chaque mot.

L'infidèle pousse un grognement.

— Jo, je ne rigole plus. T'as intérêt à rappliquer à l'hôtel dans la prochaine demi-heure ou tu vas le payer cher.

Elle pouffe, non pas parce que c'est drôle, mais parce que l'espèce de raclure infidèle se fait des illusions.

— Demande ça plutôt à ta bimbo blonde étalée sur mon lit, jambes écartées, avec ta tête enfouie entre ses cuisses. Appelle-la et dis-lui de rappliquer, parce que, moi… je ne reviens plus !

— Je vais te retrouver, la menace-t-il, le timbre grave et grondant, et je vais te faire re…

Sa voix s'arrête, et le silence s'installe.

— Qu'il aille se faire foutre.

Je me prépare à ce qu'elle se remette à pleurer, et ça ne rate pas.

— Il n'en vaut pas la peine, dis-je, sans me retourner, lui laissant un peu d'intimité, bien qu'elle ait étalé sa vie privée devant moi, la fille au sombrero et les créatures, quelles qu'elles soient, qui évoluent à cette heure de la nuit.

— Pardon ? demande-t-elle, et pas d'un ton qui me donnerait envie de bander.

Je me retourne. Après tout, elle mérite bien que je la regarde dans les yeux quand je lui réponds.

— Il n'en vaut pas la peine.

Ses yeux se rapetissent et elle essuie les larmes vagabondes sur ses joues.

— Je ne sais pas pour qui tu prends…

Je lève une main et l'arrête avant qu'elle ne s'en prenne à moi comme elle s'en est prise au type au téléphone.

— Chérie, ce ne sont pas mes oignons ou, du moins, ça ne l'était pas jusqu'à ce que tu actives ton haut-parleur et décides d'en faire profiter tout le monde.

Elle jette un regard autour d'elle, remarque sûrement qu'il n'y a que la fille au chapeau et moi aux alentours, mais se tait tandis que je poursuis.

Dans la lumière diffuse, je vois clairement qu'elle est jolie, même avec les yeux bouffis et les joues mouillées. Ses longs cheveux blonds sont amoncelés au sommet de son crâne en un chignon brouillon duquel quelques mèches retombent librement, comme si elles avaient besoin de respirer. Son nez effilé, droit, n'a visiblement jamais été cassé. Ses pommettes sont hautes et touchent presque ses yeux bleu clair, qui me regardent droit dans le blanc de l'œil.

— Ça fait cinq minutes que je suis là, à t'écouter sangloter, et je me suis dit que quelque chose de grave était arrivé, qu'on t'avait brisé le cœur ou je ne sais quoi, sauf qu'un mec qui parle comme ça à une fille et fait ce qu'il a fait ne mérite pas ces larmes.

Elle redresse le dos, lèche la sauce fromagère sur ses doigts, et mon regard se détache de ses yeux gonflés pour se poser sur ses lèvres charnues.

— Tu ne me connais pas.

J'acquiesce d'un hochement de tête, tambourinant des doigts sur le bois usé de la table.

— Tu as raison, je ne te connais pas, mais je connais les femmes. Ma famille tout entière en est remplie. Si un mec leur parle comme ce connard t'a parlé, le type ne sera plus capable d'aligner trois mots pendant des mois.

Elle me dévisage d'un air hébété.

— Plus capable d'aligner trois mots pendant des mois ? répète-t-elle, les cils battants.

Je brandis mon poing.

— Ça, c'est ma sourdine à connards.

Elle incline la tête et fixe mon poing fermé sans cesser de cligner des yeux.

— Une sourdine à connards ?

Je souris et pointe ma main.

— Je mets les connards en sourdine depuis que Tony Mandello a traité ma cousine de pute après qu'elle s'est laissé tripoter par lui. Il faisait presque le double de moi et était plus vieux de quelques années, mais il a mangé à la paille pendant des mois après ça. Je lui ai fait regretter ses paroles.

— Tu lui as pété la mâchoire ? s'exclame-t-elle, les sourcils arqués.

— C'était un con et il méritait d'aspirer ses cheeseburgers comme des milk-shakes pour ce qu'il avait dit, et pour la façon dont il l'avait traitée. Ces abrutis ne méritent pas qu'on pleure pour eux.

Elle joint les mains dans un claquement de paumes et carre les épaules.

— Je ne pleurais pas à cause de Jamison.

Je fronce le nez.

— Quoi ? réagit-elle, croisant immédiatement les bras.

— Jamison, fais-je, reniflant d'un air moqueur, les yeux levés au ciel. C'est bien un prénom de tapette.

— Le prénom idéal pour une raclure infidèle.

— Le prénom idéal pour un mec qui en a une petite, qui ne sait pas s'en servir et qui ne pense qu'à son plaisir.

Elle cligne à nouveau des yeux, me considère d'un air choqué, et mon regard plonge une fois de plus vers ses lèvres joliment boudeuses.

— Dix centimètres.

— Dix centimètres, quoi ? demandé-je, levant les yeux sur les siens.

— Sa queue fait dix centimètres.

J'ai un mouvement de surprise. Il doit avoir un micro-pénis. Je ne me doutais pas qu'il en avait une si petite. Je renifle d'un air moqueur, cette fois plus fort.

— Et elle est toute maigrichonne.

Elle lève son auriculaire et le remue.

— Genre, super maigrichonne.

— La tuile, murmuré-je tout en secouant la tête. Et t'as réussi à tenir le coup ?

— Visiblement, c'est moi qui ne devais pas le satis-faire, vu qu'il a ressenti le besoin de fourrer sa tête entre les cuisses de la bonne, ironise-t-elle. Entre sa petite queue, son mauvais caractère et son tempérament infidèle, je dois dire que je suis gagnante à rompre.

— Carrément, alors, fini les larmes, d'accord ?

Elle m'étudie longuement, cille à plusieurs reprises, se forgeant à coup sûr une opinion de moi qui est probablement fausse.

— Comment tu t'appelles ?

— Nick.

— Tu vis dans le coin ?

— Non, mens-je, parce que Jo semble être une nana à problèmes, ce que je ne cherchais pas en venant ici.

— Fait chier, murmure-t-elle.

Je brandis une main, même si je sais que je vais le regretter pour le restant de mes jours.

— Besoin d'un mec, chérie ?

Mon regard se pose sur la naissance de ses seins qui, couverts de ses larmes, luisent à la lueur du clair de lune.

— Je pense que j'ai eu ma dose, mais j'ai besoin d'un endroit où dormir, et tu m'as l'air gentil.

J'explose de rire.

— D'une, je ne suis pas sympa. Je ne suis pas Jamison, mais ce n'est pas la gentillesse qui me caractérise. De deux, je n'ai qu'un seul lit et personne n'y dort, excepté moi. De trois, je ne baise pas avec des inconnues qui se morfondent depuis cinq minutes sur la perte d'un micropénis.

Elle recule la tête comme si je venais de la gifler avec mon honnêteté. Elle se reprend aussitôt et se penche en avant, les mains posées à plat sur la table.

— Tu m'as l'air bien pédant. Je vais remettre les pendules à l'heure, parce qu'on ne se connaît pas et que, visiblement, tu t'es déjà fait une opinion sur moi. D'une, je n'ai pas besoin de lit, le canapé suffira.

Je me remets à rire et elle plisse les yeux.

— Chérie, tu es trop distinguée pour passer la nuit sur un canap'. Je parie que tu dors dans des draps en coton égyptien, sur des oreillers en plumes véritables et cette connerie de matelas high-tech à mémoire de forme.

Elle fronce le nez et marmonne :

— Connard.

— Ça ne me donne pas envie de changer d'avis.

Elle me devance et lève une main pour que je la ferme, ce que je fais.

— De deux, poursuit-elle, tu ne m'as pas l'air tendre et tu ne l'es guère dans tes paroles. J'ai peut-être l'air d'une princesse, mais, toi aussi, tu te fais de fausses idées.

— Guère… reprends-je d'un air moqueur. Qui dit encore *guère* ?

Elle me fait un doigt d'honneur.

— De trois, je ne baise pas avec des mecs qui se servent de leurs poings comme d'une sourdine. Je ne baise pas, non plus, avec des inconnus rencontrés après minuit à un kiosque qui vend des tacos dans le trou du cul de monde. Je ne cours pas après les braguettes, et encore moins après la tienne, *chéri*.

Elle prononce le dernier mot avec une telle douceur que j'aurais pu croire que je lui plaisais, si je n'avais pas écouté tout son sermon.

— Il n'y a rien d'autre à ajouter, dis-je. On est d'accord.

Elle jette les bras en l'air et se lève.

— Tu sais quoi ?

— Quoi, chérie ?

Je me demande sincèrement ce que cette fille un peu barjo va me sortir.

— Laisse tomber, branleur.

Elle agite une main excédée dans ma direction et part en trombe, laissant sa barquette de nachos à moitié entamée sur la table.

— Va te faire foutre, toi aussi ! crie-t-elle sur le parking sans se retourner.

— Après mes tacos, dis-je dans le vide, tandis qu'elle rejoint à grandes enjambées une voiture garée dans la pénombre, là où les lampadaires n'éclairent pas.

— La commande est prête, claironne Tina Marie, qui tend le cou en direction du parking lorsqu'elle entend la jolie caisse de la barjo démarrer.

Je me lève et pars en direction du comptoir pour prendre mes tacos.

Je ne suis pas encore revenu à la table de pique-nique que Jo fait marche arrière, manquant au passage de renverser ma bécane avec sa luxueuse bagnole noire, et quitte le parking sur un dérapage.

— Les tacos sont tellement moins prise de tête que les gonzesses, marmonné-je pour moi-même, alors que je déballe la première coquille.

Pendant dix minutes, je reste assis en silence et savoure ce petit paradis croustillant sans avoir à écouter une fille pleurnicher ou un ivrogne chanter. Rien à branler que le gras me coule sur le menton, parce qu'il n'y a plus personne pour me regarder ni me déranger.

À peine ai-je fini que je jette mes déchets et ceux de Jo dans la poubelle la plus proche, et laisse l'endroit comme je l'ai trouvé en arrivant, à l'exception de la fille éplorée au caractère bien trempé et à la bouche à damner un saint.

De retour sur ma moto, je repars chez moi. Je n'ai pas fait dix kilomètres que je me retrouve arrêté à un feu rouge.

Merde.

Il suffit qu'on en ait un pour tous les avoir, à moins d'avancer à une allure de tortue pour briser le cycle. Je tourne la tête à droite tout en continuant de pester, quand je la vois.

La voiture noire rutilante, qui a quitté le parking à toute vitesse, est garée sous le lampadaire du parking pratiquement vide d'un centre commercial.

Pas ma gonzesse, pas mes affaires.

Le feu passe au vert, et je démarre avant que la petite voix au fond de ma tête ne me remonte les bretelles et ne m'ordonne de vérifier qu'elle va bien.

Je sais déjà qu'elle ne retournera pas dans sa chambre d'hôtel et, connaissant ma ville natale, il n'y en a aucun à moins de cent kilomètres à la ronde. Ajoutez à cela qu'il est minuit passé et qu'elle se trouve au beau milieu de nulle part. Elle est coincée.

Eh merde.

« Vole toujours au secours d'une femme, Nicky. », résonnent dans ma tête les paroles de mon père. « C'est à nous qu'il revient de les protéger. »

— Fait chier, maugréé-je, alors que je fais demi-tour pour faire ma B.A., même si ça me tue.

CHAPITRE 3
NICK

JE ME GARE dans la pénombre, à quelques mètres de là, et la regarde baisser son siège, se blottir sur le côté et fermer les paupières.

Je lève les yeux au ciel et pousse un juron. Je ne peux pas la laisser dormir là, seulement, je suis crevé et je ne vais pas fermer l'œil de la nuit avec elle dans mon appart, je le sais.

Je soupire, descends de moto et marche en direction de sa voiture. Pourvu que je ne regrette pas pour le restant de mes jours ce que je m'apprête à faire.

Je tape doucement sur la vitre conducteur, l'index replié.

— Jo.

Ses paupières s'ouvrent sèchement, mais elle reste immobile. Elle me regarde simplement, les yeux ronds.

— Je rêve ! lâche-t-elle ou, du moins, je crois, puisque je ne l'entends pas, mais lis sur ses lèvres.

— Chérie…

Je fais un geste en direction de la vitre.

— … baisse ton carreau.

Elle cligne des yeux, allongée sur le côté, la main toujours calée sous sa joue.

— Va-t'en ! crie-t-elle suffisamment fort pour que je discerne clairement ses paroles.

— Allez, l'imploré-je, tandis que je me recule et passe une main dans mes cheveux pour me la jouer détendu. Il faut qu'on parle.

Une seconde plus tard, elle se redresse, attrape le volant d'une main et m'offre un doigt d'honneur de l'autre.

Cette nana a un sacré culot.

— Tu ne peux pas rester ici, ajouté-je.

Ses yeux se font tout petits lorsqu'elle baisse enfin la vitre, juste assez pour pouvoir me dire :

— Ce parking ne t'appartient pas. Dégage.

Je me retiens de rire. Elle ne m'impressionne pas. Chez les Gallo, toutes les femmes ont mangé du lion et elle ferait passer Jo pour un chaton en comparaison.

— Je sais que ce parking ne m'appartient pas, mais tu ne peux quand même pas rester ici.

— Va te faire foutre, réplique-t-elle d'une voix calme et posée. Genre, bien profond.

— Bien profond ? répété-je pour être sûr d'avoir bien entendu. Et c'est jusqu'où, bien profond ?

Elle me considère avec curiosité, la bouche en ligne droite, les cils battants.

— T'es sérieux, là ?

— Sérieux comme un pape, chérie.

Je souris.

— Écoute, tu ne peux vraiment pas rester ici. Je ne

déconne pas, ce n'est pas prudent. Et, si ce n'est pas un SDF, ce sont les flics qui viendront t'emmerder.

— Je suis trop fatiguée pour rentrer à Clearwater. C'est à plus d'une heure de route d'ici. J'ai vérifié sur mon téléphone. Il y a bien un hôtel, qui loue des chambres à l'heure soit dit en passant, mais il est complet. Alors, puisque je n'ai nulle part où aller, que je suis crevée et que mes yeux sont tout boursouflés, va pour les flics et le SDF !

Je me passe machinalement les doigts dans les cheveux.

— Tu ne me connais pas, je ne te connais pas, mais mis à part le fait que tu es chamboulée et que tu jures comme un charretier, je suis à près sûr que tu ne me trucideras pas au beau milieu de la nuit.

Elle hausse un sourcil.

— À peu près sûr ? Seulement ?

Je hoche la tête.

— Je sais que je peux avoir le dessus sur toi si tu tentes un truc, mais ce n'est pas le sujet. Je crèche à quelques kilomètres au bout de la rue. Tu peux rester dormir chez moi cette nuit, avant de retourner auprès de Jamison demain.

— Je ne retournerai pas auprès de lui.

— Enfin, bref, où ça te chante.

Elle me jauge du regard, tente de déchiffrer mon visage.

— Qui me dit que tu n'es pas un meurtrier ?

Je pointe le boîtier fixé au lampadaire près de sa voiture.

— Il y a des caméras partout, chérie. Si je voulais te faire du mal, je ne chercherais pas à laisser des preuves.

— C'est ça, ta réponse ?

— Allez, quoi !

Elle secoue la tête.

— Je n'avais pas remarqué les caméras, mais toi, bizarrement, tu les avais déjà repérées, et comme tu savais que tu étais grillé, tu as préféré me transmettre l'info.

— Mon père a bossé dans les forces de l'ordre. Il m'a appris à analyser une situation et à identifier ce qui m'entoure. Et puis, d'abord, on sait tous qu'il y a toujours une caméra pour nous surveiller, surtout dans les parkings et les quartiers sensibles, non ?

Elle jette un regard à la ronde.

— On est dans un quartier sensible, ici ?

Ma ville natale ne l'est pas tellement. Elle possède une rue animée, bondée de boutiques et de restaurants, le reste se réduisant à des lotissements et à des exploitations agricoles, un panneau « Défense d'entrer » accroché au portail de leur allée. J'ai peut-être un peu exagéré en parlant de quartier sensible. Il ne s'est jamais passé grand-chose ici. La ville est petite, si bien que tout le monde se connaît et est, qui plus est, au courant des affaires des uns et des autres.

— Là où je vis, c'est bien plus sûr que ce parking, poursuis-je.

Je me demande bien pourquoi je m'évertue à vouloir aider quelqu'un qui ne veut pas de mon aide.

— Mais si tu préfères…

— Non…

La vitre baisse de quelques centimètres supplémentaires.

— … je préfère quitter cet endroit.

Je tends le menton en direction de son tableau de bord.

— Alors, démarre ton moteur et tirons-nous d'ici.

— J'ai besoin de prévenir quelqu'un. Par précaution.

Je sors de ma poche de jean mon portefeuille, en tire mon permis de conduire et le lui tends.

— Prends les informations en photo, envoie-les à quelqu'un et demande à la personne de prendre de tes nouvelles demain.

Elle me prend la carte plastifiée des mains, ses yeux parcourant les renseignements qui y sont inscrits.

— Nicholas Gallo, lit-elle tout haut.

— Chérie, prends la photo, envoie le message et barrons-nous d'ici. J'aimerais rentrer chez moi et piquer une somme avant d'aller au boulot demain.

Elle tend une main pour allumer le plafonnier de sa voiture.

— D'accord, marmonne-t-elle. Mais je ne coucherai pas avec toi. Je veux que ce soit clair.

— C'est clair comme de l'eau de roche. Je pensais qu'on s'était déjà mis d'accord sur ce point au kiosque à tacos. Je sais que tu te prends pour une bombe, mais t'es pas mon genre de nana.

Elle fronce les sourcils.

— Je ne suis pas ton genre ?

— Bordel de merde, prends cette photo et suis-moi, pesté-je en repartant vers ma bécane.

Demain, je vais dire à mon père qu'il se fourre le doigt dans l'œil. Toutes les femmes du monde n'ont pas besoin qu'on les protège, surtout celles qui sont impossibles et qui refusent clairement qu'on les aide.

Au moment où j'enjambe ma moto, le moteur de sa voiture démarre et ses phares s'allument.

Ce n'est pas trop tôt.

Elle quitte le parking derrière moi et me suit à bonne

distance, tandis que nous remontons l'axe principal et tournons dans ma rue. Sa voiture ralentit, l'espace entre ma moto et son véhicule s'agrandit.

Je coupe le moteur, pousse ma moto sur l'allée jusqu'à la porte de garage. Ma voisine, Mme Marcum, a le sommeil léger, et son bébé encore plus. Je ne tiens pas à ce qu'elle tambourine à ma porte demain matin et me traite de pourriture pour avoir réveillé son nourrisson en pleine nuit.

Jo se range derrière ma bécane et, le cou tendu, observe ma maison à travers le parebrise. J'abaisse la béquille, descends de moto et lui fais signe de rappliquer.

Elle sort lentement de sa voiture, ses yeux parcourant la façade extérieure de ma maison.

— C'est ici que tu vis ? me demande-t-elle sans me regarder.

— Euh… oui. Tu t'attendais à autre chose ?

Elle remonte la bandoulière de son sac à main sur l'épaule.

— Je pensais que tu vivais dans un…

— Trou à rat ? finis-je à sa place.

Elle fait une grimace.

— Non, mais je ne m'attendais pas à un truc aussi… standard.

— Je n'en ai peut-être rien à taper des draps en coton égyptien, mais j'aime avoir de l'espace et, pour ça, il faut une bonne baraque.

Elle se tourne et regarde aux alentours.

— Je te voyais plus en appart ou dans un loft en ville.

Je pousse un rire.

— Trésor, est-ce que tu as vu un seul loft en ville où je pourrais vivre si j'étais ce genre type, ce que je ne suis pas ?

Elle secoue la tête.

— On peut y aller, maintenant ? demandé-je, voyant qu'elle reste plantée devant sa portière. Je suis crevé, et rester là, à discuter sous les oreilles indiscrètes du voisinage tout entier, ce n'est pas tellement mon truc.

— Ils peuvent nous entendre ?

— J'ai installé des caméras de surveillance, micros et haut-parleurs inclus, sur chaque maison du quartier. Mes voisins voient et entendent tout.

Elle fronce le nez.

— Tu as fait ça ?

— Oui.

— Pourquoi ?

— Pour nous protéger.

— De tous ces criminels ? bégaie-t-elle tout en serrant son sac à main contre elle.

— De tout et de n'importe quoi. Si on n'a pas d'emmerdes ici, c'est parce qu'on fait en sorte de ne pas en avoir. C'est la version moderne des *voisins vigilants*… Des yeux et des oreilles sont partout.

— Pour moi, tous les gens d'ici étaient postés derrière leur fenêtre avec un fusil de chasse à attendre que le pire se produise.

J'éclate de rire.

— La citadine dans toute sa splendeur.

— Tu dis ça de façon péjorative.

— Mais non. Allez, on y va. Les caméras, tu te souviens ?

Cet argument la pousse à s'activer enfin. Elle claque la portière de sa voiture et se dirige vers moi.

— Allez, bouge.

Elle me chasse en direction de la porte.

— Tu ne voudrais pas offrir à tous ces regards indiscrets de quoi alimenter les commérages demain.

Marchant devant elle, je secoue la tête.

— Tu ne seras pas un sujet de commérages.

— Je ne dois pas être la première femme que tu ramènes chez toi.

— Et tu ne seras pas la dernière, murmuré-je à la porte, alors que le pêne rentre dans la serrure.

Elle me suit à l'intérieur, mais se tient à distance.

— Tiens, me dit-elle.

Je me retourne, aperçois mon permis de conduire dans sa main et le prends.

— Je vais aller te chercher des couvertures et des oreillers… pas en plume, en revanche.

J'allume les lumières tout en remontant le couloir.

— Tu devrais être suffisamment bien installée pour réussir à dormir quelques heures.

Elle se tient dans l'entrée et n'a avancé que de quelques pas dans la maison.

— Pourquoi m'aides-tu ?

— Mon père m'a appris à venir en aide à ceux qui sont dans le besoin, surtout les femmes, et s'il y a bien quelqu'un qui l'est, c'est toi, chérie.

Elle plisse le nez de dégoût.

— Je déteste ça.

— Quoi donc ? demandé-je, lorsque je reviens avec une pile de couvertures et d'oreillers.

J'en ai rapporté autant que possible pour que la citadine y trouve, je l'espère, satisfaction.

— Que tu m'appelles *chérie*, m'explique-t-elle.

— Alors ça tombe bien que tu partes demain, tu

n'auras pas à le supporter bien longtemps. Je ne cherche pas à te manquer de respect en t'appelant comme ça.

— Ben, j'ai entendu pire. C'est juste que c'est hyper… archaïque.

— Je suis un mec, je l'assume entièrement.

Elle soupire et, ses pieds se détachant enfin du carrelage, me suit dans le salon.

— L'intérieur est encore plus joli que l'extérieur, commente-t-elle tandis qu'elle parcourt la pièce des yeux et s'imprègne de l'espace.

Je laisse tomber la pile d'oreillers et de couvertures sur le fauteuil de deux personnes et commence à arranger le canapé. Si j'ai deux chambres d'ami, aucune n'est aménagée pour recevoir de la compagnie, et c'est voulu.

— Je ne sais pas avec quel genre de mec tu es sortie ni d'où tu viens, et d'ailleurs, je m'en fous, mais le mot *chérie* ne devrait pas te faire grimacer comme ça, surtout en étant avec un connard comme Janison.

— Jamison, me reprend-elle. Comme le whisky, mais avec un i à la place du e.

— Bref.

Je jette les oreillers à l'une des extrémités du canapé et étale une couverture sur l'assise.

— La salle de bains se trouve au fond du couloir. Si tu as besoin de quoi que ce soit, ne me réveille pas, fais comme chez toi, je n'ai rien à cacher. Tu veux boire de l'eau ? Tu te sers. T'as envie de pisser ? Vas-y. T'as faim ? Bonne chance, parce que, tout ce que j'ai, ce sont des surgelés, des chips et des barres de céréales au granola.

— Ça ira, assure-t-elle.

Elle se tient immobile comme une statue et me regarde.

— Merci.

— Ça t'arrache le cœur de me le dire, pas vrai ? la taquiné-je avec un sourire.

— Non, ment-elle.

— Tu veux une tenue plus confortable ? demandé-je, le regard plongeant sur son short et son débardeur en dentelle.

— Je peux dormir habillée comme ça.

— J'ai un vieux tee-shirt et un short qui pourraient t'aller.

— Ça ira, me redit-elle tout en posant son sac à main sur la table basse, devant les oreillers. J'allais passer la nuit dans ma voiture, alors je crois que, dormir en short dans un canapé, c'est gérable.

— À ta guise, répliqué-je dans un murmure, alors que je m'éloigne. Bonne nuit.

— C'est tout ?

Je tourne la tête, lance un coup d'œil par-dessus mon épaule et hausse le sourcil.

— Il te faut autre chose ?

— Eh bien, je… non.

— Bien.

— Je me disais juste que…

— Chérie, je suis mort. On peut remettre la causette à plus tard, quand j'aurai les yeux en face des trous, quand je péterai la forme et quand j'aurai éliminé mes cinq tacos ?

Elle hoche la tête.

— Bonne nuit.

— Bonne nuit, chérie.

J'ai lancé un dernier *chérie* pour la route, parce qu'elle déteste ça.

Elle maugrée, me traite certainement de connard parmi d'autres injures.

Arrivé dans ma chambre, je me déchausse, ôte mon tee-shirt et mon jean, et grimpe sur le lit. Qu'il y ait une nana au bout du couloir ne me fait ni chaud ni froid. Canon ou pas, je ne veux rien savoir des problèmes entre mister Whisky et elle.

Je viens tout juste de fermer les paupières quand la sonnerie de son téléphone retentit, son volume est si élevé qu'elle pourrait réveiller les morts.

— Je ne sais pas où je suis, explique-t-elle à son interlocuteur. Enfin, je connais l'adresse, mais je ne sais absolument pas dans quel coin de la Floride je suis.

S'en suit un long silence.

— Je ne sais pas ce qui m'a pris, je n'ai pas réfléchi. Toujours est-il qu'il m'a offert un toit pour dormir. C'était ça ou un parking.

Le parquet craque, et je comprends qu'elle se déplace dans le salon, marche de long en large.

— Il paraît vraiment gentil, par contre.

Quelques secondes passent avant qu'elle ne se remette à parler, et je m'allonge dans le noir et guette ses prochains mots.

— Il m'a conseillé de t'envoyer une photo de son permis de conduire, au cas où. Je ne pense pas qu'un criminel ferait ça, Kimberly.

Le son mélodieux de son rire résonne dans le couloir.

— Ça m'étonnerait fort qu'il soit un proxénète, arrête un peu ton cirque. Je suis trop fatiguée pour me prendre la tête avec toi. Je t'appelle demain matin et on verra ce qu'on fait avec Jamison.

Ce qu'on fait avec Jamison ? Je ne sais pas trop ce qu'elle entend par là, mais il mérite d'être largué pour la façon dont il lui a parlé et pour ce qu'il lui a fait. J'ai connu beaucoup de nanas comme elle. Elle retournera probablement dans ses bras demain soir, prête à le pardonner.

— T'inquiète, Kimberly.

S'ensuit une courte pause, et le parquet se tait en même temps que sa bouche.

— J'ai ma bombe lacrymo. S'il tente quoi que ce soit, je n'hésiterai pas à m'en servir.

CHAPITRE 4

JO

DU BACON. Cette odeur… on ne peut la confondre avec aucune autre. L'espace d'un instant, je reste allongée là, hagarde et désorientée.

Merde.

Je ne suis pas chez moi. Je ne suis même pas dans cette chambre d'hôtel en bord de mer que Jamison a réservé pour nous.

Je balaie la pièce du regard, et les événements de la veille me reviennent brusquement en mémoire.

Jamison et la femme de ménage.

Moi, quittant l'hôtel, folle de rage.

Le trajet jusqu'à ce trou perdu.

Le kiosque à tacos.

Les nachos.

Les larmes.

L'appel de Jamison.

Un mec sexy, mais indiscret.

Ce même mec qui était macho, mais plutôt gentil.

Ma tentative de trouver le sommeil dans ma voiture pour avoir eu la bêtise d'atterrir Dieu sait où en Floride.

Ce même macho plutôt gentil qui me voit garée sur le parking d'un centre commercial et m'offre le gîte.

Moi, acceptant de le suivre, Dieu seul sait pourquoi – enfin, je sais pourquoi : ma voiture de location, bien qu'importée de l'étranger et hors de prix, n'est en rien confortable… et puis, je ne me sentais pas vraiment en sécurité, exposée aux regards indiscrets et aux passants, à tenter de dormir en vain dans ce parking, voilà pourquoi j'ai atterri ici.

Moi, m'endormant sur le canapé du gentil branleur sexy, toujours dans ce trou perdu, mais vivante et presque reposée à mon réveil.

Je soulève la couverture et baisse les yeux pour vérifier que je porte toujours mes habits.

Il aurait pu se passer n'importe quoi pendant que je dormais. J'ai pris un somnifère la nuit dernière, ce qui n'est probablement pas malin, mais je n'arrivais pas à me détendre.

Je prends le temps d'observer les lieux dont j'ai eu à peine le temps de m'imprégner la nuit dernière, avant qu'il ne balance des couvertures sur ce canapé et ne me fausse compagnie, se foutant royalement que je sois une meurtrière ou une voleuse.

Je ne suis aucune des deux, mais j'aurais pu l'être, et il avait l'air de s'en taper. C'est l'avantage d'avoir un pénis et de ne pas être une personnalité publique.

Le salon est joliment décoré. Rien de féminin, mais les lignes sont épurées, les couleurs réduites au noir et au blanc.

Un fauteuil en cuir noir, usé, flanque le canapé, et une

table basse en verre et acier chromé complète l'ensemble. Tout est propre et en ordre, je ne peux pas en dire autant de mon appartement à Los Angeles ni de celui de Jamison, d'ailleurs.

— Tu aimes les œufs ?

Je me mords la lèvre et reste parfaitement immobile dans l'espoir qu'il fasse ses petites affaires sans moi.

Faire la morte. C'est une solution. Je l'ai déjà fait, ça marche à tous les coups. Je sais retenir ma respiration plus longtemps que la plupart des nageurs olympiques. Il se ferait avoir, non ?

N'importe quoi, Jo.

Si tu fais trop bien la morte, il risque d'appeler les flics, ce qui entraînera l'arrivée d'une ambulance, ce qui entraînera ensuite une foule de questions d'une foule de gens.

La dernière chose dont j'ai envie, c'est de bavarder avec un inconnu en prenant le petit-déjeuner, les habits de la veille encore sur le dos, le maquillage probablement étalé sur le visage, me donnant l'air d'une créature tout droit sortie d'un film d'horreur.

— Je t'ai entendue remuer, chérie. Je sais que t'es réveillée, fais pas semblant. Tu veux des œufs ou autre chose ?

Cette fois, il se tient au-dessus de moi. Ses prunelles m'observent, alors que je reste figée comme une statue, les yeux toutefois grands ouverts.

Je lève le regard vers lui et plisse les paupières.

— Brouillés, avec du fromage et du ketchup.

Sainte-Marie, mère de Dieu.

Dans le noir, hier soir, j'avais bien vu qu'il était mignon, même si j'avais la vision brouillée par ces stupides larmes. Mais, à la lumière du jour… à la lumière du jour, il est…

Il fait une grimace, une spatule dans une main et une poêle à frire dans l'autre, et me lance un regard ultra réprobateur.

— C'est un crime.

Roulant des yeux, je me redresse pour éviter son regard et détourner le mien de cette bombe atomique au torse nu qui se tient devant moi.

— Tu m'as posé la question, je te réponds ! répliqué-je d'un air totalement pimbêche.

— Comme tu voudras, marmonne-t-il, avant que le son de ses bottines sur le parquet ne s'éloigne et que je ne m'autorise enfin à respirer.

Il ne m'a pas pressée de questions, n'a rien tenté qui soit, de près de ou de loin, indécent, et il me prépare le petit-déjeuner. Des œufs, pour être exacte, ce qu'aucun des hommes que j'ai fréquentés n'a fait pour moi. Je dois mettre de côté mon insolence et la réserver à celui auquel j'en veux… et cet homme, c'est Jamison.

Je me lève et me tourne vers l'endroit où les pas se sont rendus. L'espace d'un instant, je suis abasourdie, inerte. La cuisine est encore plus belle et immaculée que le salon, avec ses placards d'un noir laqué et son plan de travail en pierre blanche. Très masculin.

Il lance un regard dans ma direction, debout devant la cuisinière, comme s'il le faisait quotidiennement. J'ai tout à coup la gorge sèche, tandis que je l'observe torse nu, tout en muscles, arborant un gigantesque tatouage, son pantalon porté bas sur les hanches.

— Des toasts ? me demande-t-il lorsqu'il détache les yeux de moi et reporte son attention sur la poêle.

Bordel de merde.

Ce mec est peut-être laconique, mais il est ultra canon. Jamison, pour sa part, est grand, fin, et n'a pas un seul tatouage. S'il est svelte et athlétique, je ne le qualifierai pas de sculpté. Ce type, en revanche… a l'intégralité du *package*.

Voyant que je ne réponds rien, il tourne ses yeux d'un bleu profond vers moi.

Je ravale ma salive, soudain frappée de mutisme.

— Des toasts, répète-t-il. Du pain grillé. Tu en manges ?

Je hoche la tête sans un mot.

— Pain blanc ?

Je hoche à nouveau la tête, parce que je suis une débile.

Des hommes beaux et sexy, ça n'a rien de nouveau pour moi, mais à voir ma réaction, on croirait que je n'ai jamais rien vu de tel.

— La salle de bains ? demandé-je d'une voix de souris, que je viens visiblement de retrouver, logée quelque part au fond de mon vagin.

Il pointe la tête vers la droite.

— Au fond du couloir, deuxième porte, à droite.

Je ramasse mon téléphone sur la table basse et fonce vers la salle de bains. Je dois donner de mes nouvelles à Kimberly. Lorsque j'allume l'écran, cinq messages non lus s'affichent : tous de sa part, aucun de Jamison.

Dieu merci.

Kimberly (aujourd'hui 7:08) : Tout va bien ?

Kimberly (aujourd'hui 7:15) : Je m'inquiète.

Kimberly (aujourd'hui 7:21) : Connasse, je te parle.

Kimberly (aujourd'hui 7:31) : Je devrais peut-être appeler la police et les faire passer chez ce Nick.

Ah, c'était ça. J'avais oublié son prénom, embrumée que j'étais hier soir. Heureusement qu'elle est là.

Kimberly (aujourd'hui 7:33) : Je vais les appeler. C'est ta dernière chance.

J'écarquille les yeux.

Si des policiers défoncent sa porte, ce sera à cause de ma chargée des relations publiques qui est complètement irraisonnée.

Je l'appelle aussitôt. À la première tonalité, elle décroche.

— Mais ça ne va pas, bordel ? hurle-t-elle dans le téléphone, me déchirant pratiquement le tympan. Je n'ai pas dormi de la nuit parce que je me faisais du souci pour toi.

— Je vais bien, merci, dis-je d'un air sarcastique.

— Jo, ça fait plus d'une demi-heure que je t'envoie des textos. Qu'est-ce que tu foutais ? J'ai cru qu'il t'avait trucidée et que j'arrivais trop tard.

— Faut vraiment que tu arrêtes de regarder toutes ces séries documentaires sur les criminels. Les gens ne sont pas tous des meurtriers.

J'entends un *pff* exaspéré à l'autre bout de la ligne.

— Et toi, tu devrais un peu sortir la tête des paillettes et du strass d'Hollywood, et commencer à faire la différence entre réalité et fiction. La vie, ce n'est pas un conte de fées ou une *sitcom* à l'eau de rose. Il arrive parfois des trucs graves à des gens bien, et encore plus à des gens riches, qui sont connus du grand public. D'ailleurs, ces trucs graves ont la fâcheuse tendance à se produire dans des petits bleds dont personne n'a jamais entendu parler.

— Celui-là n'est pas si mal, mens-je.

Je me retourne et trouve la salle de bains aussi charmante que le reste de la maison. Ici, comme dans les autres pièces, tout est noir et blanc.

Une tendance se dégage clairement. De toute évidence, la couleur l'effraie, ou bien pense-t-il que les vrais bonshommes ne jurent que par deux coloris.

— Sa maison est jolie.

— Jolie comme *ce mobile home n'est pas si vieux* ou comme *ce n'est pas complètement un trou à rat avec ces murs en brique* ?

Je fronce le nez.

— Mais qu'est-ce que tu racontes ?

— J'ai recherché sur internet la ville où tu es. Et tu sais ce que j'ai trouvé ?

Je me penche au-dessus du meuble de salle de bains et examine d'un air ahuri le reflet épouvantable qui me dévisage dans le miroir. Les larmes ont fait couler mon mascara le long de mes joues et le peu qu'il me restait sur les cils a trouvé refuge sous mes yeux.

— Quoi ?

— Rien du tout !

— Hein ? dis-je, déconcertée.

— C'est tout petit, on ne trouve rien sur cette ville. Comme si elle n'existait pas, et si elle existe bien, il n'y a rien de notable à en dire.

— On y mange des tacos de malade, nuancé-je, approchant le visage du miroir pour m'essuyer les yeux.

— Il y a un restaurant de tacos ?

— Non, un kiosque à tacos. Ça devait être une ancienne station-service ou un vendeur de glace avec des tables de pique-nique, mais les nachos y sont super bons.

— Jamison t'a vraiment flingué le cerveau, hein ? Tu t'entends parler ?

Je me courbe, ouvre la porte du meuble qui se trouve sous le lavabo et fouille à la recherche d'un gant de toilette pour me débarbouiller.

— Qu'est-ce que tu racontes ? L'endroit où j'ai mangé hier soir, au coin de la rue, devrait avoir son propre site web.

— Seigneur… Elle parle même comme eux, maintenant.

— Qui ça, « eux » ? m'indigné-je, me relevant, un gant de toilette à la main.

Bordel, j'ai une sale tête. Pleurer me donne de drôles de plaques au visage, et je vais mettre des heures à récupérer mon apparence normale. J'ai besoin de me doucher, de me maquiller et de changer d'habits, mais pour cela, je dois retourner à l'hôtel et affronter Jamison.

Niet.

— « Au coin de la rue », t'es sérieuse ?

— Je te filerais bien l'adresse si je la connaissais, mais je suis mal réveillée. Et puis, tu n'arrêtes pas de me casser les pieds au lieu de te réjouir de me savoir en vie.

Je l'entends toussoter d'un air gêné.

— Je suis contente que tu sois en vie. Je me suis inquiétée pour toi, surtout en voyant que tu ne répondais pas à mes messages.

— J'avais pris un somnifère. Et puis, je suis encore à l'heure du Pacifique, et le décalage horaire me tue.

— Dis-moi ce que je peux faire pour t'aider.

Elle fait enfin ce pour quoi je la paie, au lieu de me materner et de me faire la morale.

— Rien.

Je tourne la tête vers la droite et étudie mon profil dans le miroir en attendant que l'eau se réchauffe.

— Je retournerai à l'hôtel après le petit-déj'.

— Le petit-déj' ?

— Il me prépare des œufs et des tartines grillées.

— Un homme ne cuisine pas pour une inconnue sans raison.

— Sérieux, Kimberly, t'es vraiment barjo. Il allait se préparer quelque chose à manger et il est sympa avec moi. Il me prend en pitié, c'est tout.

— Hmm hmm. Crois-moi, il veut quelque chose, comme tous les hommes.

— Waouh, meuf ! Qui t'a fait à ce point du mal pour que tu deviennes aussi méfiante ? C'est moi qui devrais haïr les hommes, là, pas toi.

Je pose le téléphone sur le meuble de la salle de bains et mets Kimberly sur haut-parleur, baissant autant que possible le volume, de façon à ce qu'il couvre tout juste le bruit de l'eau qui coule.

— Personne. On n'est jamais trop prudent quand on a ton statut social. Il sait forcément qui tu es. Tout le monde dans le pays te connaît, à moins de vivre en ermite. Ne tombe pas dans le panneau.

Elle marque une courte pause, tandis que je frotte le savon entre mes mains.

— Et puis, personne ne fait quoi que ce soit sans attendre quelque chose en retour. Il faut que tu saches…

Je m'arrête net. Jamais rien de bon ne suit ce genre de phrase, surtout de la part de Kimberly. C'est sa façon à elle de me faire comprendre qu'il y a une chose que je dois savoir et qui ne va pas me plaire.

Je porte les mains à mon visage, prête à effacer les vestiges de la nuit.

— Oui ?

— La nouvelle a déjà fuité, l'adultère de Jamison. La bonne a dû ouvrir son foutu clapet contre de l'argent. La presse s'est déjà emparée de l'histoire et l'info tourne en boucle sur les chaînes télé depuis ce matin.

— Super, marmonné-je dans mes mains couvertes de savon et pressées contre mes joues. Ils doivent se gargariser de détails croustillants.

— Ne t'en fais pas, s'exclame-t-elle, appuyant sur le dernier mot. C'est lui qui passe pour un salaud. C'est lui qui t'a trompée, et toute l'Amérique le sait.

Je frotte mes mains savonneuses sur mon visage, tâchant de ne pas trop les approcher de ma bouche.

— Tu sais bien à quel point je déteste les tabloïds, quel que soit le portrait qu'ils dressent de moi. C'est toujours un désastre. Ils exagèrent toujours le moindre truc.

— Ils ont dit que tu l'avais surpris, la tête entre les cuisses de l'autre fille.

Je ne cille même pas à ces mots.

— Ce n'est pas faux, lâché-je, avant de m'asperger le visage d'eau.

— Les œufs sont prêts et les tartines vont sortir du grille-pain, chérie, me lance Nick à la porte, sans frapper ni sans se soucier de mon intimité.

— J'arrive, dis-je, le visage ruisselant d'eau, tout en m'emparant du gant de toilette que j'ai posé près de moi.

— Chérie ? répète Kimberly sur un ton choqué. Putain, qu'est-ce que tu me caches ?

— Rien.

Je m'essuie le visage. Je n'ai pas plus fière allure que tout à l'heure.

— Il t'a appelée *chérie*. Aucun homme n'appelle une inconnue *chérie*. Aucun.

— Il a découvert que je détestais ça, alors il continue pour me faire chier.

— Surveille tes arrières. Il sait qui tu es, c'est certain, et il sera plus que ravi de rapporter des histoires sur toi aux tabloïds. Fais gaffe à toi. Quitte cet endroit aussi vite que possible et promets-moi de rappeler plus tard dans la journée, pour que je ne me fasse pas du mouron.

— Je te le promets.

— Au revoir, *chérie*, se moque-t-elle.

— Va te faire voir, dis-je, avant de raccrocher.

Toute l'Amérique sait que Jamison m'a trompée. J'ignore ce qui est pire : lui en train de le faire ou que tout le monde sache que je ne lui suffisais plus au point qu'il aille voir ailleurs, en l'occurrence la bonne de notre hôtel, pour se satisfaire.

En bonne maso que je suis, j'ouvre le navigateur sur mon téléphone et lance le site de ragots le plus populaire d'Hollywood.

Joséphine, salie par son jules.

Eh, merde.

Le gros titre paraît encore plus salace que la réalité. *Salie* peut vouloir dire tout et n'importe quoi. Je déteste les tabloïds et leur faculté à donner une image affreuse de la victime, quelle que soit la situation. Selon Kimberly, celui-ci en peignait une correcte de moi, mais rien qu'à voir ce titre et l'incapacité du grand public à lire au-delà de six premiers mots, mon image, de fait, n'a rien de correct du tout.

Avant de quitter la salle de bains, je prends une grande respiration, la retiens et me recentre.

Hors de question qu'on me voit craquer, pas même un parfait inconnu.

Je vais y arriver.

Je n'ai rien à me reprocher.

La tête haute, je sors de cette salle de bains, portant mes habits, vieux de la veille, pas maquillée, les cheveux à peine coiffés, et me dirige vers la cuisine.

Nick a disposé deux assiettes sur l'îlot central, l'une à côté de l'autre, à quelques centimètres de distance à peine. Mes œufs sont cuits comme je les ai demandés, tandis que les siens sont tout blancs, accompagnés de pain grillé et de suffisamment de bacon pour nourrir une famille tout entière.

Il est assis sur le tabouret à côté du mien.

— J'ai mis le ketchup à part, parce qu'il n'est pas question que je recouvre ces protéines de cette merde, m'explique-t-il sans lever la tête ni sans se tourner vers moi.

Je m'installe à côté de lui, sans regarder dans sa direction, et prends la fourchette que je plonge dans mes œufs brouillés au fromage avant de les tremper dans le ketchup.

Il pousse un grommellement qui résonne comme si je l'avais physiquement blessé.

Je l'ignore et ajoute un peu plus de ketchup à ma première cuillerée pour l'agacer.

— Ça a l'air bon, m'émerveillé-je, tâchant de lui exprimer ma gratitude, qui est bien réelle, même s'il trouve que j'ai des goûts de chiottes en matière de cuisine.

Son regard se porte sur ma fourchette, qui contient plus de ketchup que d'œuf, avant de se poser sur mes yeux.

— Impossible que tu aimes ce truc.

— Bien sûr que si.

Je souris et porte la fourchette à mes lèvres.

— Et j'adore, renchéris-je.

Sans ciller, le visage fermé, il me regarde enfourner le couvert dans ma bouche.

Je referme les lèvres sur les dents en acier. J'aurais mieux fait de me calmer sur ce foutu ketchup, mais ça a été plus fort que moi, à le voir me juger ainsi.

— Hum, gémis-je en fermant les yeux, comme si je n'avais jamais rien mangé d'aussi bon.

— Pas croyable, marmonne-t-il. Une belle fille, mais un palais de merde.

J'ouvre brusquement les paupières.

— Je n'ai pas un palais de merde, rétorqué-je, après avoir avalé ma bouchée de ketchup aux œufs.

— Tu ne connais rien à la bonne chère, chérie.

— J'ai, au contraire, un palais très raffiné ! clamé-je en tournant le nez vers mon assiette, avant de planter ma fourchette dans mes œufs brouillés et de les badigeonner de ketchup.

— Pas en matière de nourriture et, d'après ce que j'ai entendu, tu n'as pas plus de goût en matière de mec.

La fourchette est presque à mes lèvres lorsqu'il me lance cette dernière pique. Mon estomac se met à gargouiller, mais pas par la faim.

— Qu'as-tu entendu ?

Ses yeux bleus me regardent à nouveau, m'observent attentivement, et son front est plissé.

— Qu'est-ce que tu veux dire par là ?

— Qu'as-tu *entendu* ? réitéré-je, sans même ciller, la respiration courte. D'où tiens-tu ça ?

Il pose sa fourchette sur son assiette et tourne le corps vers moi, ses genoux touchant presque mes cuisses.

— Je ne sais pas ce que t'as dans le ciboulot, chérie, mais j'étais là hier soir, quand cette ordure que tu appelles *petit ami* t'a rabaissée. J'ai entendu les saloperies qu'il t'a dites et la façon dont il t'a parlé, comme si tu étais une moins que rien.

Il marque une pause, incline la tête et me regarde droit dans les yeux, impassible.

— Des goûts de chiottes.

— Oh…

Me voilà un peu soulagée et à la fois totalement embarrassée.

— Je pensais que tu avais entendu ça quelque part.

Il me regarde d'un drôle d'air, comme si j'étais une créature étrange.

— Où aurais-je entendu ça ? Je doute qu'on ait des amis en commun.

Cela m'apprend deux choses capitales sur lui : il n'a aucune idée de qui je suis, et il ne regarde pas la télé ou il se fiche complètement des célébrités. Il se peut qu'il mente, mais il me paraît plutôt franc du collier.

Je hausse les épaules.

— Je ne sais pas. C'est une simple question.

Mon téléphone se met à vibrer entre nos assiettes, et le nom de Jamison s'affiche à l'écran. Je le regarde et mon cœur se soulève, comme si les œufs et le ketchup exécutaient une danse hawaïenne dans mon estomac.

— Tu comptes répondre ? me demande-t-il, alors que je n'ai toujours pas décroché à la troisième sonnerie.

— Je n'ai pas envie, marmonné-je, retournant à mon petit-déjeuner.

— C'est toi qui vois, lance-t-il avec malice, tandis que le téléphone continue de ramper sur la pierre blanche.

Nous restons assis en silence, lui grommelant chaque fois que je porte une fourchette d'œufs au ketchup à ma bouche, jusqu'à ce que mon téléphone se remette à sonner.

— Tu devrais répondre, me dit-il. Dis-lui d'aller se faire foutre.

— Je ne peux pas. Il est tellement…

— Tu l'aimes ?

Je fronce le nez.

— Non.

— Tu veux retourner avec lui ?

Je secoue la tête.

— C'est un gros con.

Nick opine du chef, tend le bras, s'empare du téléphone et fait glisser son doigt sur l'écran.

Mes yeux s'arrondissent et je tente d'attraper l'appareil, mais Nick repousse ma main avec son coude.

— Elle est occupée, déclare Nick de sa voix grave et sexy.

Il se tait et tourne les yeux vers moi.

— T'occupe pas de qui je suis. Moi, je sais qui tu es, et elle en a marre de ta sale gueule. Elle est passée à autre chose, point barre. T'as merdé, et y a plus de marche arrière possible.

Je souris et le regarde grimacer lorsque Jamison hurle à l'autre bout de la ligne.

— Je te le redis, mon pote, je m'en branle. Et je pense que Jo, aussi, s'en branle.

Je pouffe et me couvre immédiatement la bouche pour en étouffer le son. En effet, je m'en branle de Jamison. Surtout après ce qu'il m'a fait.

— Dans une heure, on est là. Comme ça, tu pourras me le dire en face.

Mon rire s'éteint et ma respiration se coupe. *On ?*

— Il vaudrait mieux que tu ne sois pas là quand on viendra rechercher ses affaires, le met en garde Nick, mais il sourit et a l'air de beaucoup s'amuser.

Il est tellement plus beau avec un sourire. Il a les dents blanches et bien alignées. Il est à tomber avec son genre col bleu des campagnes.

— Si jamais tu es là à notre arrivée, ne t'avise pas de lui parler, de la regarder, ni même de respirer dans sa direction, sinon t'auras affaire à moi. Débarrasse le plancher, mec. Admets que t'as fait le con, accepte la défaite. On vient récupérer ses affaires, et basta.

Nick tape l'écran du doigt, pose le téléphone et retourne à son petit-déjeuner, comme si de rien n'était.

Mes yeux le quittent pour se poser sur l'appareil.

— Euh… *On* va à l'hôtel ?

— Oui, chérie. Mange ton gloubi-boulga d'œufs au ketchup, et je vais t'aider à récupérer tes affaires.

— Pourquoi ? demandé-je, bouche bée.

Il se passe la main sur la bouche et m'observe l'espace d'un instant.

— Pourquoi pas ?

— Tu ne me connais pas.

— Je ne te connais peut-être pas, mais il n'est pas question que je te laisse aller là-bas toute seule pour récupérer tes affaires. Ce type est un fou furieux. Si je suis là, il ne te cherchera pas de noises. Tu prends tes affaires, tu mets fin à ton histoire avec lui, on se tire, et tu vis ta vie.

— Je vis ma vie ?

Il hoche la tête.

— Je te le souhaite. Mange, m'ordonne-t-il, avec un coup de coude. On part dans dix minutes.

— Nick.

Je le regarde.

— Sais-tu qui je suis ?

— Je m'en fous total, chérie.

— Je ne peux pas retourner là-bas. Je ne peux pas. Les gens vont nous regarder.

Il ne cille même pas.

— Tu veux que j'aille récupérer tes affaires à ta place ?

— Je ne sais pas trop.

— Mange. On parlera en chemin. Tu vas m'expliquer pourquoi tout ce langage codé.

— D'accord, murmuré-je, avant de retourner à mes œufs, priant pour que tout ceci ne me pète pas au visage.

CHAPITRE 5
NICK

JO A LES PIEDS posés sur le tableau de bord du vieux pick-up que j'ai mis trois mois à retaper. Sa tête balance au rythme de la musique, et elle danse sur le siège. C'est la première fois que je la vois aussi détendue depuis notre rencontre.

— Bon, tu vas me le dire, ce grand secret ? l'interrogé-je lorsque nous nous rapprochons de l'hôtel chic où Jamison et elle séjournaient.

— Je suis de bonne humeur, je n'ai pas envie de tout gâcher, marmonne-t-elle. Et si je te le dis, c'est ce qui va arriver.

— Tu rentres dans l'hôtel avec moi ?

Elle s'arrête de danser, se courbe en avant et aplatit le buste le long de ses jambes, genre posture de yoga ultra maîtrisée.

— Je ne peux pas.

— Très bien, mais tu dois me mettre un minimum au parfum, chérie. Pas besoin que tu me racontes toute ta vie comme si j'étais devant un épisode de *Hartley, cœurs à vif*[1].

Elle tourne le visage vers moi, le corps toujours plié comme un bretzel.

— Un minimum ? reprend-elle.

J'acquiesce d'un hochement de tête.

— Je dois savoir dans quoi je m'engage.

Elle pousse un soupir, redresse le buste et s'enfonce dans son siège.

— Tous mes faits et gestes sont scrutés à la loupe. Ma famille est plutôt connue. Il y aura sûrement dix photographes en train de camper devant l'hôtel, à attendre que je me pointe pour voler un cliché de moi qui leur rapportera de l'argent.

Je me frotte la nuque d'une main, les doigts de l'autre agrippés au volant.

— J'attire toutes les zinzins, murmuré-je au parebrise.

— Je ne suis pas zinzin, Nick. Tu verras en arrivant.

Je reporte le regard sur la route qui défile devant moi et contemple la rangée interminable de restaurants et d'hôtels qui bordent la rue.

— Voilà comment on va faire. Je vais me garer dans la rue, tu vas me filer ta carte magnétique et tu vas attendre dans le pick-up.

— Mais…

— Tu veux qu'ils la prennent, cette photo ?

Elle secoue la tête et croise les bras.

— Non.

— Je récupère tes affaires et je me tire. Personne ne sait qui je suis, personne ne s'intéresse à moi. Tu seras suffisamment loin de l'hôtel, on ne te verra pas. Pas de Jo, pas de photo.

Même si j'ai les yeux tournés vers la route, je peux sentir son regard sur moi.

— Et s'il est là ?

— Il fait une tête de plus que moi ? demandé-je.

— Non.

— Il est connu pour se bagarrer avec des mecs plutôt qu'avec des nanas ?

— Non.

— Tu le crois capable de me frapper ?

En vérité, je m'en contrefous. D'après ce qu'elle m'a dit sur lui, je peux l'étaler d'une main.

Elle rit à gorge déployée.

— Je suis pratiquement certaine qu'il va faire dans son froc !

Je souris et tourne le visage vers elle pour la regarder. Nous sommes arrêtés à un feu rouge, à plusieurs mètres de l'hôtel.

— Alors, tout roule. Je récupérerai tes affaires et il se tiendra à carreau. Dans le cas contraire, c'est moi qui le mettrai sur le carreau.

— Et après ? me demande-t-elle.

— On rentre, et tu es libre comme l'air. Va là où ton cœur te mène.

— Aussi simple que ça ?

Je fronce les sourcils et la dévisage.

— Pourquoi ce serait compliqué ?

— Tu ne me demandes rien en échange ?

Je secoue à nouveau la tête.

— Chérie, t'es sérieuse ?

— Personne ne fait quoi que ce soit gratuitement.

— Je ne sais pas quel genre de connards tu fréquentes, mais je peux te dire de source sûre qu'il existe des gens qui font des trucs uniquement par gentillesse.

— Mais tu ne me connais pas.

— J'ai cinq cousines qui vivent dans le coin et j'espère sincèrement que quelqu'un les aidera sans rien attendre en retour si jamais elles traversent une mauvaise passe. Mes parents m'ont transmis des valeurs et m'ont enseigné que, parfois, les filles ont besoin d'être aidées par un mec, parce que c'est notre boulot, de protéger le beau sexe.

Elle hausse un sourcil.

— Le beau sexe ? Tu veux dire le sexe faible.

Je secoue la tête et relâche la pédale de frein lorsque la circulation reprend.

— Je n'ai jamais employé ce terme. Les femmes de ma famille pourraient envoyer au tapis la plupart des hommes sans verser une goutte de sueur. Tu traverses une galère, et je suis là, disposé à t'aider.

— Alors, tu vas me laisser repartir, sans rien exiger en retour ?

— Sérieux, tu n'as que des cons autour de toi !

— Je pensais que non.

Je me gare sur le parking d'un petit vendeur de glace aux abords de l'hôtel.

— Il faut vraiment que tu changes d'amis. Allez, file-moi ta carte magnétique.

Finissons-en avec ça.

Elle prend son sac à main et en ressort une carte en plastique écru.

— Je veux juste mes vêtements et mon maquillage. Tout devrait se trouver dans ma valise rose. Je ne l'ai pas défaite avant que j'aille piquer une tête dans la piscine et que Jamison en fasse de même dans la bonne.

— C'est noté.

Je lui prends des mains la carte qu'elle me tend et elle se tasse un peu plus sur le siège.

— Ne bouge pas d'ici. Je reviens.

Elle tend le bras dans l'habitacle et m'attrape le poignet, me stoppant net dans mon mouvement.

— Je n'ai pas à te demander de le faire à ma place. Je peux y aller.

Je la regarde, puis pose les yeux sur sa main, à l'endroit où elle s'est refermée.

— Je ne t'empêche pas d'y aller, mais j'irai avec toi quoi qu'il arrive. Jamison paraissait prêt à en découdre, et si tu penses pouvoir le maîtriser, vas-y. Je suis sûr que ces gens seront ravis d'obtenir ces clichés dont tu parles tant.

Elle me regarde en clignant des yeux et retire sa main pour la poser sur ses genoux.

— Non. Vas-y, toi. Entre et ressors le plus vite possible.

— S'il la ramène…

— Sois prudent

Elle baisse les yeux sur ses doigts et gigote sur son siège.

— Jamison est un type méchant qui a le bras long.

Je me retiens de rire.

Le bras long ?

Il n'est pas le seul, et certains l'ont plus que d'autres.

Je n'en ai rien à faire de Jamison et de ses connaissances. Je n'en ai rien à faire d'elle, non plus, mais je ne vais pas la laisser courir un éventuel risque pour récupérer ses affaires alors que j'ai moi-même deux jambes et une main pour les reprendre.

— Bouge pas, je reviens dans vingt minutes.

— Chambre 904, me rappelle-t-elle, alors que je me lève du siège et que mes pieds touchent le sol.

— Chérie, je ne suis ni sénile ni retardé. Tu me l'as répété cinq fois depuis qu'on est parti de chez moi.

— Allez, va ! rétorque-t-elle, me chassant d'un geste de la main et croisant les pieds sur le tableau de bord. Je ne bouge pas d'ici.

— Quelle casse-burnes, marmonné-je en refermant la portière, avant de me diriger vers l'hôtel au bout de la rue.

C'est un établissement récent et haut de gamme, rien de comparable au motel délabré qui s'était tenu là pendant des décennies. Avec sa belle façade en verre réfléchissant, l'hôtel a davantage sa place à Los Angeles qu'en Floride, à Clearwater.

À mon entrée dans le hall, je repère une petite foule, appareils photo à la main, sur le pied de guerre, comme l'avait prédit Jo. Je passe, droit sous le nez des curieux, sans qu'ils me remarquent, car c'est la fille actuellement postée dans mon pick-up qu'ils attendent, et non moi.

Puisque j'ai une carte magnétique à la main, personne ne m'arrête lorsque je me fraie un chemin jusqu'aux ascenseurs et monte au neuvième étage. Deux coups secs frappés à la porte de la chambre 904, pas de réponse. J'entre et trouve la valise rose, près du chambranle.

Je balaie rapidement la pièce du regard et m'imprègne de la chambre gigantesque. Rectification : ce n'est pas une chambre, c'est une suite, une des plus grandes que j'ai vue dans ma vie. Elle pue le fric et l'opulence, deux choses qui ne m'ont jamais vraiment intéressé.

J'ai de l'argent. Je n'ai jamais été à l'aise avec l'idée d'avoir ce compte épargne ouvert à ma naissance, et je ne me suis servi de cet argent que pour acheter une maison, gardant le reste de côté pour le jour où je serai trop vieux pour travailler.

Au moment où je referme la main sur la poignée rose, assortie à la valise encore plus rose et *girly* à souhait, un homme se racle la gorge derrière moi.

— Alors, comme ça, elle tape dans le fond du panier, observe-t-il. C'est officiel, elle est descendue bien bas.

Je me retourne, la valise dans une main, le poing serré de l'autre, parce que je sais que c'est Jamison, et je ne verrai aucun inconvénient à le démolir rien que pour la façon dont il lui a parlé.

— Mec, je ne la connais pas et je ne te connais pas. Je suis ici pour récupérer ses affaires et la remettre sur les rails. Soit tu me laisses passer sans me faire chier avec tes histoires, soit je te casse la gueule et je pars de toute façon.

Il me toise et gonfle le torse comme le ferait un animal qui veut se faire passer pour plus dangereux qu'il ne l'est.

— Tu n'oseras pas me frapper, ricane-t-il, le front relevé avec cet air de richard qui pète plus haut que son cul.

— C'est une invitation à cogner ce menton en carton ? demandé-je, faisant un pas vers lui.

Il recule.

C'est un joli garçon, c'est certain. Le parfait petit Californien, avec sa tignasse blonde et ondulée de surfeur, endimanché dans une chemise dont le col est ouvert, comme si ça le rendait plus sexy. Il est tout maigrelet, et je suis sûr qu'un seul pain en plein dans la mâchoire suffirait à lui faire embrasser la moquette.

— Je vais te poursuivre en justice, me nargue-t-il.

— Ah, t'es le genre de bonhomme…

Je m'avance vers lui avec la valise rose.

— ... qui se cache derrière ses avocats. Une grande gueule, mais rien qu'une bonne grosse mauviette.

À chacun de mes pas, il recule en cadence.

— Ce n'est qu'une toquarde, de toute façon. Tu peux l'avoir.

— Écoute, mec, je ne sors pas avec elle et je ne couche pas avec elle. Si je suis ici, c'est pour récupérer ses affaires pour qu'elle puisse t'oublier pour de bon. Elle coupe les ponts, fini. Oublie son numéro de téléphone et fais comme si elle n'avait jamais existé.

Il relève à nouveau le menton, comme s'il me suppliait de le frapper.

— Elle reviendra. Elle revient toujours.

C'est au prix d'un effort considérable que je ne lui en colle pas une juste pour le plaisir.

— J'ai entendu parler de ton petit problème.

Je pose le regard sur sa braguette pour lui faire comprendre que je suis au courant qu'il en a une petite.

— Va te faire foutre, je n'ai pas de problème.

— Si tu le dis, mec. Bref, j'ai d'autres chats à fouetter.

Il me bloque toujours la sortie, alors je me dirige droit sur lui.

— Soit tu dégages de la porte, soit c'est moi qui te dégage. Ça fera un nouvel ornement pour la moquette.

Lorsque je me trouve à portée de bras de lui, il fait un pas sur le côté.

— Tout ce qu'elle mérite, c'est un plouc dans ton genre. Les toquards s'attirent.

Je m'arrête, relâche la poignée de la valise rose et, m'approchant de lui, l'accule contre le mur pour qu'il se retrouve coincé. Mon visage est à quelques centimètres du sien et je le regarde dans le blanc des yeux.

— Je ne sais pas comment ça marche d'où tu viens, mais ça fonctionne autrement ici. Que tu dises de la merde sur moi, passons. Je suis un mec, je peux l'encaisser, surtout venant de quelqu'un comme toi. Par contre, que tu traites une femme, que tu aimes soi-disant, de toquarde, que tu lui lances toute sorte d'insultes sans fondement alors qu'elle n'est pas là pour se défendre, je ne vais certainement pas laisser couler ça.

— Vas-y, m'encourage-t-il, les yeux plissés, le corps crispé. Frappe-moi.

Je fais un geste brusque vers lui, comme si je m'apprêtais à lui en mettre une.

Poussant un cri aigu, il a un mouvement de recul et se protège le visage.

Le rire qui fuse de ma gorge résonne à travers le couloir de l'hôtel. Quelle lavette, ce type ! Je n'ai même pas eu besoin de lui coller mon poing dans la figure pour qu'il se pisse pratiquement dessus.

— Tu ne reverras plus Jo, ni moi d'ailleurs. Mais, soyons clairs, la prochaine fois, je te ferai manger la poussière. Tes avocats ne pourront rien contre mon poing.

— Espèce de *redneck* ! crie-t-il, alors que je m'éloigne déjà en traînant cette stupide valise rose derrière moi.

— Petite queue, rétorqué-je dans le néant du couloir, sans même un coup d'œil dans sa direction.

Lorsque je traverse le hall de l'hôtel avec la valise rose, je m'attire plus d'un regard, mais personne n'ose me faire une remarque. Une fois dehors, je rétracte la poignée et porte le bagage pour accélérer le pas et ne pas attirer davantage l'attention sur moi.

— T'es bonne, ma cocotte ! me lance un connard par la

vitre ouverte de sa voiture, tandis qu'il patiente à un feu rouge.

Je me contente de lui répondre par un doigt d'honneur.

Je retrouve mon pick-up et Jo à l'endroit où je les ai laissés. Elle a les paupières closes, la tête renversée contre l'appuie-tête, et m'attend comme si j'étais parti lui chercher une glace, et non ses affaires, récupérées auprès de son minable d'ex.

Elle redresse la tête et ses yeux s'ouvrent lorsque je me glisse dans l'habitacle.

— Tu as réussi ? s'étonne-t-elle en me regardant d'un air incrédule. Il t'a laissé partir, comme ça ?

Je me demande bien dans quel monde parallèle elle vit.

— Chérie, ce gars-là, c'est une mauviette. Et encore, je suis gentil quand je classe ce minable dans la catégorie masculine.

— Je croyais que c'était un type bien, admet-elle.

— Il faut vraiment que tu changes de fréquentations si tu penses que c'est un type bien. C'est une brute épaisse et une lavette, à voir comment il se cache derrière son avocat. Aucun mec digne de ce nom ne sort un truc pareil. Et aucun mec ne trompe sa copine, quand elle est aussi jolie que toi, à moins d'être une sombre merde.

— Ben… je…

Elle se tait, m'observe la regarder.

— De rien, dis-je pour briser ce silence gênant. On va retourner à ta voiture et tu pourras tracer ta route.

Elle cligne des yeux.

— Tracer ma route ?

— Oui, pour rentrer chez toi ou aller là où ça te chante.

— J'étais venue ici en vacances. J'avais besoin de faire un break.

— La Floride, c'est grand. Ça regorge d'endroits où te mettre au vert si tu veux t'isoler.

— Oui, acquiesce-t-elle à mi-voix.

— Prête ?

Elle hoche la tête, sans rien ajouter, tandis que j'enclenche la marche arrière, prêt à quitter la ville.

— Qu'y a-t-il ? demandé-je, la voyant se tordre les doigts sur ses cuisses.

— Rien, rétorque-t-elle.

Je stoppe le pick-up et laisse tourner le moteur.

— Parle-moi.

— Je n'ai nulle part où aller. Tu ne peux pas comprendre.

— Vas-y, éclaire mes lanternes.

— Conduis, et je parlerai, me dit-elle, tournant le visage vers la vitre passager, le regard perdu dans le paysage.

Je termine ma manœuvre et m'insère dans le flot ininterrompu de la circulation. On est en pleine saison estivale, et les routes qui mènent à la plage sont bondées.

— Je conduis.

— Où que j'aille, on me suit à la trace. Toi, tu peux te déplacer en toute liberté, mais moi, non. Je n'ai jamais pu le faire. Je suis pistée par mes cartes de crédit et les publications sur les réseaux sociaux, suivie constamment par des photographes ou des gens qui cherchent à se faire du profit sur mon dos. Tu imagines ?

— Pas vraiment.

— J'ai juste besoin de quelques jours pour rassembler mes esprits, avant d'affronter les paparazzi et ma famille.

J'ignore dans quel monde de dingue elle vit, mais je

n'ai jamais vécu, de près ou de loin, une expérience similaire.

— Si je comprends bien, tu es connue du grand public ?

— Mes parents le sont. Alors, par défaut, je le suis aussi.

— Ça ne doit pas être terrible.

— Tu n'as pas idée.

— J'ai croisé les photographes qui t'attendaient dans l'hôtel.

Elle tourne la tête vers moi, les yeux tristes.

— Ils m'attendent continuellement.

J'ignore pourquoi je vais dire ce que je m'apprête à lui dire, or je le fais quand même :

— Tu as besoin d'un break ?

— Oui. J'ai besoin de disparaître.

— Douze heures se sont écoulées, et ils ne t'ont toujours pas trouvée.

— Non, pas encore.

Je pousse un soupir, me passe une main sur le visage.

— Tu peux rester chez moi quelques jours. Je dois bosser, alors je ne serai pas beaucoup là. Tu peux traîner à la piscine et décompresser. Je sais, ma maison n'a rien d'un hôtel « chicos », mais c'est une propriété privée et c'est calme.

Je tourne la tête vers elle et découvre ses yeux tout ronds.

— Tu me laisserais rester ?

Je hausse les épaules.

— Ça ne me fait rien, tant que tu ne me voles pas mes affaires.

— Pourquoi je ferais ça ? demande-t-elle en fronçant les sourcils.

— Va savoir.

— Tu es vraiment d'accord pour que je reste et que j'envahisse ton espace ?

— Au risque de me répéter, je dois bosser, et ce n'est pas comme si tu étais désagréable à regarder.

— Je ne suis pas désagréable à regarder ? répète-t-elle, montant dans les aigus sur le dernier mot.

— Non. T'es plutôt agréable à l'œil, et de bonne compagnie quand tu ne pleures pas pour un branleur qui ne le mérite pas.

— Tu es sûr que je peux rester ?

— Oui. Je ne prononce jamais des paroles en l'air.

Elle se penche au-dessus de l'accoudoir central et plante un baiser chaste sur ma joue.

— Merci, Nick. C'est la deuxième fois que tu me sauves la vie. Je te revaudrai ça.

J'esquisse un sourire. J'ai aimé l'effet de ses lèvres sur ma peau.

— Je n'ai pas besoin de ton argent, chérie. Ne fous pas le bazar chez moi, et on est quitte.

— Je peux avoir le lit ? tente-t-elle, et je n'ai pas besoin de la regarder pour savoir qu'elle, aussi, sourit.

— Non.

Et voilà que j'ai une toute nouvelle et tout à fait provisoire colocataire.

Que Dieu me vienne en aide.

CHAPITRE 6
JO

NICK ME DÉPOSE dans l'allée avec presque rien, si ce n'est son numéro de téléphone enregistré dans mon répertoire, la clé de sa maison, l'adresse de son lieu de travail en cas d'urgence et ma valise rose.

Je le regarde sortir de l'allée et prendre la route à toute allure, comme s'il cherchait à battre un record de vitesse. Je reste plantée là pendant quelques minutes, fixant tour à tour la rue et la maison, à me demander comment j'en suis arrivée là.

Jamais, au grand jamais, je n'aurais pensé qu'il m'inviterait à rester, pas même lorsque j'ai grossi le trait en lui disant que je n'avais nulle part où aller pour fuir la réalité de ma vie.

Lorsqu'il devient évident qu'il ne reviendra pas, je tire ma lourde valise jusqu'à la porte d'entrée, franchis le seuil, dépose la clé sur la table basse avec mon sac à main et me dirige droit vers le canapé.

Mes fesses n'ont pas encore touché l'assise que la sonnerie de mon téléphone retentit.

— Joséphine ! s'étrangle ma mère dès lors que je décroche.

— Maman, soupiré-je, me préparant au pire.

— Où es-tu ? Jamison a appelé et…

— Je vais bien, dis-je, bien qu'elle ne m'ait pas demandé comment j'allais, mais uniquement où je me trouvais.

Naturellement, Jamison l'a appelée. Il s'est toujours plié en quatre pour lui lécher les bottes, dans l'espoir que sa réussite finisse par déteindre sur lui.

Il n'est pas différent de ceux qui m'entourent. Ces gens qui tentent sans cesse de tirer quelque chose de la relation qu'ils ont avec moi, quelque chose de plus que mon amour et mon amitié : le statut social et le succès, quitte à m'escalader et à me piétiner pour obtenir ce qu'ils souhaitent.

— Où es-tu ? me redemande-t-elle.

— Je suis en sécurité.

— C'est bien, ma chérie, mais où ?

— Je vais prendre mes distances pendant un temps, maman. J'ai besoin de faire un break. Tout ce que tu as à savoir, c'est que je vais bien et que j'ai trouvé une petite planque où me recentrer. Ne t'en fais pas, je reviendrai dans une semaine ou deux.

— Jamison attend à l'hôtel que tu reviennes. Il m'a appelée en panique, m'a raconté que tu étais entre les mains d'un voyou, d'un fou furieux, et qu'il s'inquiétait pour ta sécurité.

— Ça ne m'étonne pas de lui, murmuré-je en roulant des yeux. Quel sale petit menteur !

— Cet homme l'a menacé.

— C'est qu'il devait le mériter.

— Joséphine ! s'offusque ma mère, paraissant choquée

de ma réponse. Je suis certaine que les médias ont exagéré les faits. Jamison a toujours été gentil et ne mérite pas de recevoir des menaces de je ne sais quel…

— Exagéré ?

— On connaît les paparazzi. On les a pratiqués toute notre vie. Avec eux, ça prend toujours des proportions démesurées.

Je me renverse dans le canapé et jette un bras en travers de la figure.

— Maman, je suis entrée dans la chambre et j'ai trouvé Jamison, la tête entre les cuisses de la bonne.

— Ah…

Elle se tait et serre visiblement les perles ternies qu'elle porte autour du cou et qui lui donnent un air innocent.

— Tu as peut-être mal interprété.

— J'ai mal interprété ? répété-je, sidérée.

— On ne sait pas, peut-être qu'elle avait besoin d'aide pour quelque chose, et qu'ils sont tombés l'un sur l'autre au moment où tu es entrée.

Le rire jaillit de ma gorge, droit dans le micro du téléphone.

— À moins que quelque chose ne lui soit tombé au fond du vagin, maman, je n'ai pas pu mal interpréter ce que j'ai vu. La seule aide dont elle avait besoin, c'était pour jouir, ce qu'elle faisait visiblement au moment où je les ai surpris.

— « Les hommes restent des hommes », commente-t-elle, minimisant la conduite de Jamison comme elle l'a fait un nombre incalculable de fois avec mon père. Pour être heureux, il faut parfois fermer les yeux au lieu de chercher la petite bête.

Je ravale le hurlement qui bouillonne au creux de ma poitrine. Ma mère dit cela sans songer à mal, seulement elle s'est laissé marcher dessus toute sa vie, se contentant de relations pitoyables, et elle est devenue experte dans l'art de justifier les comportements douteux.

— Tu t'entends ? dis-je. Tu n'es pas normale. Tu t'entoures de gens qui ne sont pas normaux. Je pense que tu as oublié ce qu'était la réalité, à vivre dans ta bulle pendant trop longtemps. « Les hommes restent des hommes » n'est pas une excuse acceptable pour de sales types prêts à se taper tout ce qui bouge, maman. Tu tolères la médiocrité, soit ! Mais moi, pas.

— Je devrais peut-être te prendre un nouveau rendez-vous avec le Dr Jones.

— Non.

Ma réponse est immédiate et ne laisse place à aucune ambiguïté.

Il est hors de question que je retourne voir la psychologue des stars hollywoodiennes qui adhère au raisonnement de ma mère, cette même psychologue qui a tenté d'influencer ma façon de penser et d'agir pour que, moi aussi, j'y adhère.

— On en parlera à ton retour.

— Je te le redis, maman, c'est un grand non.

— On verra, chérie. Et qui est cet homme qui a menacé Jamison ?

— Tu veux dire cet homme qui m'a protégée en allant chercher mes affaires pour que je n'aie pas à…

— Qui t'a protégée ?

Elle pousse un rire grinçant.

— Il ne l'a pas fait par bonté d'âme. Rappelle-toi, « les

hommes restent des hommes », et rien n'est jamais gratuit. Il sait qui tu es, Joséphine.

Je lève les yeux au ciel.

— Je dois te laisser, j'ai rendez-vous au spa dans dix minutes, mens-je. J'ai réservé tous les soins qu'ils ont à la carte pour la semaine qui vient. En attendant, je préférerais qu'on me laisse seule.

— Il n'y a rien de mieux que de se faire chouchouter pour retrouver la paix intérieure. Je t'appellerai dans quelques jours pour prendre de tes nouvelles.

Elle fait totalement fi du fait que je veux qu'on me foute la paix durant les sept prochains jours.

— Par texto seulement. Ne m'appelle plus. Je vais essayer d'appliquer la méthode que le Dr Jones m'a apprise sur le silence et le recentrage.

— Oh, oui ! Ça aide beaucoup. Je t'enverrai un texto dans quelques jours.

Cette technique, c'est du baratin. Je l'ai inventée pour ne pas avoir à parler à ma mère quand je n'en avais pas envie, ce qui a été plus que récurrent ces dernières années.

Je ne suis jamais assez bien à ses yeux. Mes échecs amoureux retombent toujours sur mes épaules, jamais sur celles de l'autre. À ses yeux, je suis l'enfant terrible que l'on doit mater, et non la fille choyée de l'élite hollywoodienne.

— Je dois filer.

— *Bye*, ma chérie, me salue-t-elle avant de raccrocher, et le salon se retrouve alors plongé dans le silence le plus complet.

— Complètement dingue, murmuré-je, les yeux levés vers le plafond blanc. Pas une personne n'est normale autour de moi.

La seule qui l'est presque est ma meilleure amie, mais ses parents sont deux stars encore plus en vogue que les miens, et je ne l'ai pas vue depuis trois ans. Mon père est plus normal que ma mère, mais il passe son temps à tourner autour des filles sur les plateaux de tournage du monde entier. Cela fait une bonne décennie que mes parents ne s'entendent plus, mais au lieu de divorcer, ils ont décidé de mener leur vie chacun de leur côté pour sauver les apparences.

Voilà le cadre dans lequel j'ai grandi.

Dysfonctionnel est un euphémisme.

J'ai été élevée par une nourrice, une femme adorable qui avait plus de bon sens que tous mes proches réunis. Elle passait des heures à me lire des ouvrages, à m'ouvrir les yeux sur le monde au-delà de la bulle dans laquelle on m'avait confinée… au grand dam de ma mère.

Je me redresse, balaie le salon du regard. Ma valise rose fait tache dans cette surabondance de noir et blanc.

— Qu'est-ce que je fais ici ? Et qui est ce type ?

La maison contraste avec l'homme. Quand il s'est garé près de ma voiture, au guidon de sa moto, je n'aurais jamais imaginé qu'il puisse vivre dans un endroit aussi soigné et impressionnant que celui-ci.

Mon téléphone se met à sonner près de mes cuisses, et je baisse les yeux pour voir le nom de Kimberly s'afficher à l'écran.

Je décide de répondre, car elle est, en un sens, plus terre à terre que mes parents.

— Salut !

— *Chérie*, me répond-elle avant d'éclater de rire.

— Ah ah, très drôle.

J'attends qu'elle s'arrête de rire à mes dépens.

Elle s'éclaircit la voix.

— Désolée, ça a été plus fort que moi.

— Je viens de raccrocher avec ma mère.

Le son de l'air aspiré entre ses dents serrées à l'autre bout de la ligne ne trompe pas.

— Comment ça s'est passé ?

— Un soupçon d'aberrations avec une pointe de mélodrame… tu vois le genre.

Je me lève, incapable de rester plus longtemps assise. Si je dois m'engager dans une longue conversation avec Kimberly, autant mettre à profit ce temps pour visiter le reste de la maison, puisque je n'ai vu jusqu'ici que la cuisine, le salon et la salle de bains.

— Ta mère ne changera jamais, Jo. Le mélodrame, c'est sa vie, et son déséquilibre en découle.

— Je sais, admets-je, remontant le couloir et poussant la première porte que je trouve après celle de la salle de bains. Elle me fait chier.

— C'est une constante chez toi.

— Oui, murmuré-je, alors que j'entre d'un pas hésitant dans ce qui ne peut être que la chambre de Nick.

— Ça va ? Tu es en sécurité ? me demande Kimberly. Quand rentres-tu ?

Je presse les doigts sur la couette noire soigneusement tirée sur le lit *king size*.

— Je vais bien et, oui, je suis en sécurité. Je ne sais pas quand je vais rentrer. J'ai besoin d'un nouveau départ.

— Tu as trouvé un nouvel hôtel ?

— Non, je suis chez lui.

— Attends…

J'entends un froissement de papier en arrière-plan.

— … tu es encore là-bas ?

Je lui rapporte les faits, comment Nick est allé à l'hôtel, comment il m'a invitée à rester chez lui sur le chemin du retour, et l'aplomb avec lequel j'ai accepté. Alors que je lui explique tout cela, je grimpe sur le lit, m'étire et me laisse happer par le moelleux de la couette. Curieusement, Kimberly se tait et me laisse bavarder, ce qui est contraire à son habitude.

— Il a l'air si, si…

— Oui, soufflé-je, rêveuse.

— Tu ne sais même pas ce que j'allais dire.

— Si, je sais.

— Non. J'aurais pu te dire qu'il avait l'air d'un meurtrier sanguinaire.

— Menteuse, murmuré-je, les paupières lourdes.

La fatigue de ces dernières vingt-quatre heures commence à se faire sentir.

— Tu allais dire qu'il avait l'air parfait, poursuis-je.

Elle pouffe.

— Tu sais pertinemment que, les éphèbes d'Hollywood, ce n'est pas ma came. J'aime les hommes plus… virils. Le genre de types à me couper du bois ou à réparer mon pneu.

Ce n'est pas nouveau. Kimberly s'est toujours démenée pour trouver des mecs qui n'appartenaient ni à la vie de bohème ni à l'industrie du cinéma.

— Il est bien foutu ? La photo de son permis de conduire que tu m'as envoyée était floue, parce que t'es nulle pour prendre des photos.

— Va te faire voir. Mes mains tremblaient, et il n'est vraiment pas dégueu à regarder.

— Envoie-moi une photo, me somme-t-elle, tandis que je bâille. Torse nu, de préférence.

— Comment veux-tu que je fasse ça ?

— Je ne sais pas, débrouille-toi.

— Ce n'est pas le genre de type à se prendre en selfie.

— Meuf, ça, ça me plaît !

Je pose le téléphone près de ma tête et roule sur le côté, une jambe étirée, l'autre repliée contre la poitrine.

— Sa maison est anormalement propre.

— Il a peut-être une femme de ménage.

C'est à mon tour de pouffer.

— Il n'est pas le genre de mec à avoir une femme de ménage.

— Toute sorte de gens ont une femme de ménage ou une domestique qui vient nettoyer leur maison.

— Si ce mec en a une, je te paie une nouvelle paire de tes escarpins préférés à semelles rouges.

— Tu sais me parler, toi. Bon, je suis désolée de devoir écourter la conversation, mais j'ai une conférence téléphonique dans quelques minutes.

— T'en fais pas. De toute façon, je pense fermer les yeux quelques minutes.

— Promets-moi que tout va bien.

— Je t'assure, je n'ai jamais été aussi sûre de moi. Je suis là où j'ai envie d'être, et personne ne sait où je me trouve, ce qui m'enchante au plus haut point.

— Envoie-moi un texto quand la bombe rentrera. Donne des nouvelles, et puis, fais cette fichue photo. *Bye* !

— *Bye*, Kimberly.

Et l'écran s'éteint devant mes paupières qui se ferment.

*
**

• • •

Le matelas se creuse, et j'ouvre brusquement les yeux.

— Bien installée ? demande Nick, qui est assis près de moi et m'observe.

Je me redresse subitement en position assise, la vision brouillée par le sommeil, le cœur battant à toute allure.

— Quelle heure est-il ?

— Dix-huit heures.

— Dix-huit heures ?

J'ouvre grand les yeux, la fatigue tout à coup envolée.

— J'ai dormi six heures ?

Il hausse les épaules.

— Je n'en sais rien, chérie. Je suis arrivé ici et je t'ai trouvée allongée sur mon lit, roulée en boule.

Je regarde autour de moi. J'avais oublié que j'étais montée sur son lit sans y avoir été invitée, faisant malgré tout comme chez moi.

— Pardon ! m'excusé-je tout en me mouvant vers le rebord du matelas.

Il m'attrape par le poignet et m'arrête avant que je n'en descende.

— Une minute, m'interrompt-il avec amabilité, et je me fige.

Je tourne la tête pour voir son visage. Son regard est doux, un sourire danse sur ses lèvres, et il n'a pas du tout l'air fâché.

— Je ne pensais pas m'endormir ici et je n'aurais jamais dû entrer dans ta chambre.

— Quand on est fatigué, on est fatigué. Le seul remède, c'est de piquer un somme, et puisque le seul lit de la maison se trouve dans ma chambre et que c'est le truc le plus confortable au monde, je ne peux pas t'en vouloir d'être montée dessus et de t'être endormie.

Je le fixe du regard.

— Tu n'es pas fâché ?

— Si un mec est fâché de te trouver dans son lit, c'est qu'il doit aller se faire soigner et se poser des questions sur sa virilité.

Je le dévisage, les cils battants.

— Euh…

J'ai l'air d'une sombre idiote.

— Bref, je suis rentré tôt pour voir si ça te disait de sortir avec nous ce soir. Avec ma bande, on va boire un verre au bar.

— Comment dois-je m'habiller ?

— Il n'y a pas de *dress code*, chérie. Tu peux y aller habillée comme ça.

Je baisse les yeux sur mes habits froissés. Il est hors de question que je sorte en public comme ça, sans parler de rencontrer ses amis.

— Tu peux m'accorder dix minutes pour que je me prépare ?

— Je dois prendre une douche. Rapport à la graisse.

Je baisse les yeux sur son buste, et m'attarde sur son torse qui est moulé dans un débardeur blanc couvert, en effet, de taches noires graisseuses.

Je déglutis et m'efforce de ne pas m'étouffer avec ma langue en voyant à quel point ses muscles ressortent dans l'étoffe claire et élastique.

— Une douche ne serait pas de refus, soufflé-je, rêveuse.

Son sourire s'élargit.

— Seule ou avec moi ?

Me revoilà à le regarder d'un air hébété.

— Seule, dis-je du tac au tac.

Je serais capable de lui sauter dessus dans la douche. Et puis, je ne le connais pas, bien que j'aie passé la nuit sur son canapé et aie même fait la sieste sur son lit.

Il rit.

— Tu peux y aller en premier, m'assure-t-il en pointant la salle de bains attenante à sa chambre. Utilise la mienne. Elle est plus agréable que celle des invités.

— Je ne sais pas. J'ai déjà abusé de ta gentillesse.

Il secoue à nouveau la tête.

— On ne discute pas. Tu y trouveras des serviettes propres et tout ce dont tu as besoin. En attendant, je vais me faire un sandwich. Je me doucherai après toi. Garde-moi un peu d'eau chaude, d'accord ?

J'acquiesce d'un hochement de tête et cligne des yeux comme une imbécile.

— Je vais me doucher dans l'autre salle de bains, ajoute-t-il. Comme ça, tu peux te préparer ici.

— D'accord.

Je trouve sa générosité à la fois troublante et curieusement rafraîchissante.

— Un jean et un tee-shirt, chérie.

— Quoi ?

— Mets un jean et un tee-shirt, pas les fringues sophistiquées que tu as dû fourrer dans ta jolie petite valise rose.

Je plisse le nez.

— Qu'est-ce qui te dit que j'ai des fringues sophistiquées ?

Il éclate d'un rire tonitruant et se lève, le matelas reprenant sa forme initiale sous la disparition du poids.

— Tu es rigolote.

Puis, il ajoute tout en se dirigeant vers la porte ouverte de sa chambre :

— Trente minutes. Je déposerai ta valise ici pour que tu te prépares quand tu auras terminé.

— Euh, merci, dis-je, mais la phrase résonne davantage comme une interrogation qu'une réponse franche.

Sur ces mots, il disparaît.

Je reste plantée là, sur le lit, à regarder la porte ouverte et la chambre vide, et murmure pour moi-même :

— Sérieux ?

— Trente minutes ! crie-t-il dans le couloir comme s'il avait entendu ma réflexion ou mon incapacité à me bouger les fesses. Le décompte démarre maintenant.

Je me lève brusquement, file vers la salle de bains et m'y enferme. Le dos plaqué contre la porte, je suis frappée d'étonnement en découvrant le parterre et les murs de marbre blanc et gris, et cette douche nichée dans un écrin de verre qui court du sol au plafond et semble avoir été bâtie pour toute une troupe, et non pour un homme seul.

— Ça alors, lâché-je à mi-voix, alors que je m'écarte de la porte en bois et me dirige vers la douche qui m'appelle.

Peut-être, je dis bien peut-être, n'était-ce pas une si mauvaise idée.

CHAPITRE 7
JO

NICK A MENTI.

La *bande* n'est pas du tout une *bande de potes*.

— Je te présente mes cousins. Mammoth, Tamara, Pike, Gigi, Jett et Lily.

Il pointe chacune des personnes à mesure qu'il débite les prénoms.

— Voici Jo.

— Salut, dis-je.

Je m'efforce de garder mon calme lorsque mon estomac se noue et parviens malgré tout à afficher un sourire.

— Enchantée.

Six paires d'yeux sont posées sur moi et m'observent avec curiosité, tandis que je me tiens près de Nick, sa main doucement pressée contre mes reins. La chaleur qui se dégage de sa paume traverse mon tee-shirt léger, et je dois admettre à contrecœur que j'aime la sentir sur moi.

La deuxième fille qu'il m'a désignée se penche en avant, les yeux plissés, et demande :

— On s'est déjà rencontrées ?

— Non, je ne pense pas. Je ne suis pas d'ici.

Je continue de sourire en priant pour qu'elle ne me reconnaisse pas.

— Nicky, quand tu as dit que tu avais volé au secours d'une fille sur un parking, je ne m'attendais pas à ce qu'elle ressemble à ça.

Je tourne les yeux vers lui et le fusille du regard.

— Tu n'as pas volé à mon secours sur un parking.

Il esquisse un sourire prétentieux.

— Techniquement, si.

— J'essayais de dormir quelques heures avant de reprendre la route, mais tu t'es arrêté et tu m'as harcelée jusqu'à ce que je rentre avec toi.

— Harcelée ? reprend-il en riant, la pression de sa main un peu plus forte sur mes reins. Chérie, sérieux !

La troisième des femmes fait un geste en direction des deux sièges vides à leur table, un sourire béat aux lèvres.

— Asseyez-vous. On a plein de choses à se raconter.

Je m'empresse de m'asseoir. Je veux m'éloigner de sa main, car j'aime beaucoup trop la sentir sur moi. Nick s'installe sur la chaise voisine, qu'il rapproche néanmoins de la mienne jusqu'à ce que nos cuisses se touchent.

— Moi, c'est Tamara, la meilleure des cousines, déclare la brune aux yeux vert noisette et au bustier rose fuchsia.

Elle a une bouteille de bière à la main, le coude posé sur la table, et est assise face à moi et me fixe des yeux.

— On s'est déjà vues quelque part ?

— Elle vient de Californie, répond Nick à ma place.

Tamara lui lance un bref coup d'œil.

— Laisse-la parler.

Il lève les mains sans répliquer.

— De Californie ? m'interroge-t-elle.

Je hoche la tête.

— Tu veux une bière ? me demande Nick tout en faisant un signe à la serveuse.

À nouveau, j'opine du chef, et il lève deux doigts à l'adresse de la femme qui se dirige déjà vers nous et tourne aussitôt les talons.

— Où ça, en Californie ?

L'homme assis à côté d'elle, et dont le moindre centimètre carré de peau visible, à l'exception de son visage, est couvert de tatouages, la soulève comme si elle ne pesait rien et la pose sur ses genoux.

— Princesse, elle n'a peut-être pas envie qu'on la cuisine.

Tamara tourne la tête et sourit à celui que j'imagine être son mec.

— Je ne la cuisine pas, monsieur Parfait. On appelle ça « faire la conversation », ce que les mecs ne savent pas toujours faire en société, je sais.

— Salut, lance la première femme qui m'a adressé la parole à notre arrivée. Moi, c'est Gigi, la plus âgée des cousines. Ignore-les. Tu n'as pas à répondre à quelque question que ce soit. Ce soir, on est là pour se détendre.

— Merci, dis-je tout bas tout en me tordant nerveusement les doigts sur mes cuisses.

Gigi me fait un clin d'œil, avant de reporter son attention sur Mammoth et sur Tamara.

— Comment ça s'est passé, le boulot, aujourd'hui ?

— Comme d'hab', répond Tamara. Les gars ont terminé une voiture qui était à l'atelier depuis deux mois.

Je vais être soulagée quand on l'aura rayée du carnet de commandes.

— Tu parles de cette Chevelle de malade ?

— Ouais, répond le tatoué, un bras enroulé autour de la taille de sa copine, sa main posée sur son ventre. Et tu peux ajouter « sublime » maintenant.

— Terminer un projet et en commencer un autre a quelque chose de doux et d'amer à la fois, explique Nick, tandis que la serveuse revient avec deux bières.

— Salut, Nicky ! roucoule-t-elle. Ça fait un bail qu'on ne s'est pas vus. Tu m'as manqué.

Alors qu'elle pose les bières sur la table, elle se penche en avant et lui colle ses nibards sous le nez.

Il ne semble pas décontenancé et ne fait rien pour s'écarter.

— J'avais du boulot, Corinne, lui répond-il avec dédain.

— Tu devrais lever le pied.

Elle ne recule toujours pas et retire encore moins ses gigantesques nichons de son visage.

— Si tu as besoin de décrocher un peu…

— C'est ce que je fais, là, la coupe-t-il. Je bois des coups en famille avec ma copine.

Il tend le front dans ma direction.

— Alors, j'apprécie ton offre, mais c'est non.

Ma copine. J'ouvre la bouche, la referme et fais des yeux des ronds. À moins d'avoir eu une hallucination auditive, il m'a qualifiée de « copine », et ce serait un euphémisme de dire que je suis sous le choc.

Elle lève une main et enroule un doigt dans une des mèches de cheveux de Nick qui lui retombe sur le front.

— Quand tu auras fini de jouer avec des gamines, tu

sais où trouver une vraie femme, conclut-elle avec un grand sourire séducteur, la salive lui coulant pratiquement des lèvres.

— C'est noté, maugrée-t-il.

L'homme à la barbe fournie et aux bras couverts de tatouages de toutes les couleurs à côté de Gigi s'éclaircit la voix.

— On prendrait bien une deuxième tournée, 'Rin.

La serveuse lui lance un bref regard, mais ses nichons sont *toujours* sous le nez de Nick.

— Tout de suite, Pike.

Elle lui décoche un clin d'œil, avant de s'éloigner d'un pas nonchalant.

— Je déteste cette pouffe, marmonne Gigi. J'ai vraiment envie de la frapper.

— Chérie, la tempère le barbu assis à côté d'elle, alors qu'il porte la main de sa chérie à ses lèvres pour lui embrasser les phalanges. Pas de bagarre. Elle n'en vaut pas la peine.

— Les hormones me rendent irritable, et puis c'est une chaudasse, à vous parler comme ça alors même qu'on se trouve à côté de vous.

La dernière des trois femmes à la table se met à rire.

— Tu sais bien que c'est la fête aux hormones quand on est enceinte et, oui, c'est une chaudasse.

— Chaudasse ? répété-je d'un air dérouté. Et d'ailleurs, si vous êtes tous cousins, alors…

Elle rit.

— Nous, les filles, on est les cousines germaines de Nicky, et les trois hommes sont nos maris, ce qui en fait, par défaut et par alliance, ses cousins aussi.

— Ouf ! lâché-je avec un petit rire. Ça aurait été

bizarre, sinon.

— Je sais qu'on vit au fin fond de la cambrousse, Jo, mais on n'est pas des attardés. Mon mec…

Tamara caresse de la pointe des ongles le bras qui est passé en travers de sa taille.

— … faisait partie d'un MC, et Pike et lui se connaissent depuis un bail.

— Un MC ?

— Un club de *bikers*.

Je déglutis et observe les trois hommes un peu trop longuement, non par désir, mais par curiosité.

— De toute façon, soupire-t-elle sans relever la façon dont je les fixe avec insistance, ils n'en font plus partie. Et attends, ce n'est pas tout !

Nick pousse une bière devant moi.

— Tu vas en avoir besoin, parce que Tamara ne sait pas s'arrêter, surtout de jacter.

— Petit con, marmonne-t-elle à son attention, les yeux plissés.

— Je vais tout lui expliquer, offre Gigi. Lily et Tamara peuvent jacasser pendant des heures, à t'en filer une migraine comme jamais ! Donc, Pike et Mammoth faisaient partie d'un club de motards, mais plus maintenant, comme elle l'a dit. Mammoth, Tamara et Nick bossent ensemble dans une carrosserie qui leur appartient. Pike, Lily et moi, on travaille au salon de tatouage de nos parents, et Jett bosse pour le cabinet de détectives de nos oncles. Je suis mariée à Pike, Tamara à Mammoth, et Lily à Jett. Tu n'as là que quatre des onze cousins de la famille, mais nous sommes les plus âgés et les meilleurs de tous.

Tamara éclate de rire.

— Mello et Rocco ne seraient pas d'accord avec ça.

Lily roule des yeux.

— Ces deux petits merdeux ne seraient d'accord avec rien. Plus ils vieillissent, plus ils sont chiants.

Le mari de Lily, Jett, passe le bras autour du dossier de sa chaise et pose la main sur l'épaule de son épouse.

— Ce sont des garçons, chérie. C'est dans notre nature.

— Et toi, que fais-tu dans la vie, Jo ? me demande Tamara, qui redirige la discussion sur moi.

J'en aurais presque le tournis, de tous ces échanges.

Je porte la bière à mes lèvres et avale une gorgée pendant que je réfléchis à la façon de répondre à cette question. Tous les regards autour de la table sont toujours tournés vers moi, excepté celui de Nick.

— Tu n'es pas obligée de répondre à toutes ces questions, me rassure-t-il, tandis que j'ingurgite la bière comme une buveuse professionnelle.

— Je travaille dans les relations publiques, rétorqué-je, sitôt que j'ai terminé de boire et que je reprends mon souffle.

— Vraiment ? s'exclame Tamara.

— Oui.

Je souris avec aisance, comme si le mensonge était une seconde nature chez moi. Cela n'en est d'ailleurs pas vraiment un, surtout avec des parents comme les miens. Je ne suis pas loin de la vérité.

Tamara se redresse et pose le menton sur sa main.

— J'ai un diplôme en marketing. C'est ce que je fais au garage. Pour quelle boîte bosses-tu ? Je la connais peut-être.

Je secoue la tête et fais tournoyer la bouteille dans mes mains pour ne pas montrer que je cherche une réponse.

— Une petite enseigne à L.A. qui ne s'occupe que de

quelques clients prestigieux.

Ses yeux s'arrondissent.

— Tu travailles avec des célébrités ? Dis-moi qui ! Je veux tout savoir.

— Une ou deux célébrités.

Je souris nerveusement.

— Mais je ne peux rien dire, on a des NDA très strictes.

— Des NDA ? répète-t-elle en battant des paupières.

— Des accords de confidentialité.

— Ben, merde. Ça craint.

— Oui, murmuré-je, opinant lentement du chef. Carrément.

Nick lance un regard intimidant à ses cousines.

— C'est fini, cet interrogatoire ?

Gigi le fixe par-dessus le buvant de son verre.

— C'est ce qu'on appelle faire la conversation, Nicky. Tu devrais essayer, de temps en temps.

Je ricane en entendant son surnom, et parce que ses cousines n'hésitent pas à le remettre à sa place. Lorsque le regard de Nick se tourne vers moi, je flanque une main sur la bouche pour étouffer mon rire.

— Ça t'amuse, toi ?

Je secoue la tête sans ôter la main de ma bouche pour m'empêcher de rire plus fort.

Il m'observe l'espace d'un instant, ses yeux dans les miens. Sa mine est grave, quand la mienne est tout en grimaces à force de réprimer le rire. Or, l'expression de son visage ne m'aide pas.

— Je vais te montrer comment on fait, poursuit Gigi qui se tourne vers Tamara. Comment ça s'est passé, le boulot, aujourd'hui ?

— La routine. On a terminé une caisse. J'ai bossé sur quelques pubs.

Son mari l'embrasse sur la tempe.

— Ne l'écoutez pas. Elle a lancé une énorme campagne de pubs qui a déjà saturé la ligne téléphonique.

— Merci, monsieur Parfait.

Avec un sourire, elle se laisse aller tout contre lui.

— Tu parles ! lance Lily, la plus discrète des cousines. Moi, cette semaine, j'ai percé dix pines et tellement de lolos que j'ai cessé de compter.

— Percé des pines et des lolos ? répété-je sans comprendre.

— Des queues et des nichons, répond Tamara. Lily ne fait pas dans le tatouage comme Gigi et Pike, mais c'est la meilleure perceuse du coin.

— Eurk, ça doit faire mal.

— Les pines ou les lolos ? me demande Lily.

— Les deux me paraissent affreux, dis-je avec un haussement d'épaules.

— Je ne sais pas. Tous les garçons autour de la table en ont un, quant aux filles… disons que je suis la seule à avoir les seins intacts.

Je tourne la tête, regarde Nick et rougis. À en croire Lily, lui aussi a un piercing à la *pine*.

Il a un sourire en coin.

— Je sais que tu penses à ma queue, chérie. Je peux le voir dans tes yeux.

— Pas du tout ! mens-je effrontément, car, oui, je pense à ça.

Il hausse un sourcil. Il m'intimide avec son regard obsédant.

— Bon, d'accord ! Peut-être un tout petit peu, mais je pense plus au piercing qu'à ton engin.

Je souris, fière de moi et de ma réponse, même si ce que j'ai dit n'est pas vrai.

— Lily, lance Gigi, qui se cale sur sa chaise. Tes nichons sont loin d'être intacts. L'allaitement les a massacrés.

— Pas du tout, proteste leur cousine en empoignant ses seins. Ils font toujours le boulot et ne sont pas si mal.

— Je les ai vus, confie Tamara à la tablée. Ils sont presque normaux.

— Connasse, réplique Lily.

La brune sourit.

— Ma chérie, sois-en fière. Tu pourrais assommer quelqu'un avec ça. S'il y a bien une paire de nibards qui devrait être percée, c'est la tienne. Tu devrais y réfléchir.

— Je sais, mais…

Lily laisse sa phrase en suspens, avant de reprendre :

— Je ne peux pas le faire moi-même, et à qui d'autre irais-je demander ça ? Mon père ?

Elle écarquille les yeux.

— Ce serait à peine répugnant.

Je ris à nouveau, cette fois plus doucement et à l'abri de ma bouteille de bière. J'aime à quel point ils sont transparents les uns avec les autres, à quel point ils sont sincères les uns envers les autres, ce qui est rarement le cas avec ceux qui m'entourent.

J'aime aussi le fait qu'ils aient l'air d'ignorer qui je suis et, dans le cas contraire, qu'ils s'en fichent. Ça fait du bien d'être normale, de se fondre parmi les autres au lieu de détoner dans le paysage.

— Je peux m'en occuper, propose Pike, le mec de

Gigi, et tous les regards se tournent vers lui, alors qu'un silence s'installe à table. Bah, quoi ?

— Tu lui percerais les tétons ? s'étonne Gigi, qui cligne des yeux comme si on lui avait mis une pichenette dans l'œil.

— Ben, c'est que…

Il esquisse un sourire.

— … personne au salon ne sait faire des piercings, sauf moi. C'est toi qui vas le faire, peut-être ?

Gigi fait la moue, mais soutient son regard.

— Ce serait une cata'. Ils seraient de traviole. Donc, la réponse est non, mais je m'étonne de la vitesse à laquelle tu as proposé tes services.

— Ma belle, ce sont des seins, et c'est le boulot.

— Je n'aime pas tellement l'idée que tu voies les seins de ma femme, commente Jett.

Cette conversation me fait tellement de bien. Avec n'importe qui d'autre, nous parlerions de ma vie, de celle de mes parents, ou de célébrités, mais pas avec ces gens-là. Ils discutent de tétons et de pénis comme s'ils parlaient de la météo et du temps qu'il fera la semaine suivante.

Pike incline la tête et lance un regard réprobateur à Jett.

— Tu préfères que son père s'y colle ? Mike sera ravi d'apprendre que tu veux que sa fille se fasse percer les tétons pour augmenter son plaisir au lit.

— Ce n'est pas vrai ! bougonne Lily, le visage caché dans ses paumes. On peut arrêter de parler de mes seins ?

Tamara pousse un rire.

— Non.

Nick se penche vers moi, approche sa bouche si près de mon oreille que je sens son souffle chaud sur ma peau.

— Désolé.

Je tourne le visage et nos lèvres sont si proches que je pourrais l'embrasser.

— Pourquoi ? demandé-je, me perdant pratiquement de l'abysse bleu de ses prunelles. Je passe une bonne soirée. Ils sont géniaux. Tu as de la chance d'être aussi proche d'eux.

Il me rend mon regard et ses yeux, bien qu'indéchiffrables, balaient mon visage.

— Tant qu'ils ne te mettent pas mal à l'aise.

— Pas du tout, mais je boirais bien un autre verre.

— Une autre bière ?

— Non.

Seulement quelques centimètres nous séparent.

— Quelque chose de plus raide.

Je n'ai pas besoin de m'écarter de lui pour savoir qu'un sourire se dessine sur son visage.

— Un truc raide, chérie ? J'ai ce qu'il te faut.

Oh, putain.

Mes pensées se tournent immédiatement vers sa queue et son piercing. Je me demande le genre, le diamètre et l'aspect. Des questions auxquelles je n'aurais jamais de réponses, et que je n'avais pas en tête il y a quelques minutes encore.

Nick lève le bras et fait un signe à la chaudasse de serveuse. Elle s'empresse de rejoindre notre table, bousculant presque les clients en chemin.

— Oui, souffle-t-elle d'une voix aguicheuse.

— Une tournée de Jäger pour toute la table.

— Seigneur, on va encore faire fort, se lamente une des cousines, mais je suis trop captivée par Nick pour y prêter attention.

La serveuse lui sourit, se penche et envahit tout son espace. Encore quelques centimètres, et ses seins vont atterrir dans sa figure.

— Il te faut autre chose ?

Sans aucune hésitation, comme s'il avait fait ce geste des millions de fois auparavant, Nick passe un bras autour de moi et pose sa main sur mon épaule.

— Ça ira.

Je souris à mon tour et me presse contre lui, plaquée contre son corps ferme.

— Oui, ça ira, répété-je comme une parfaite idiote.

La femme me jette un regard mauvais avant de s'en aller d'un pas agacé, la joie envolée.

Alors que je contemple Nick et me délecte de son corps contre le mien, j'entends d'une oreille distraite qu'une des cousines lance :

— Tu as des piercings ?

— Quoi ? finis-je par demander, tirée de mes fantasmes, reportant mon attention sur le reste de la tablée. C'était à moi que tu parlais ou c'était à elle ?

Gigi agite la main dans la direction que la bimbo aux gros seins a prise.

— À toi, andouille, pas à elle. Tu as des piercings ou des tatouages ?

Tout à coup, je me sens en décalage.

— Non.

Tamara me regarde d'un air ébahi.

— Pas même un petit tatouage caché quelque part ?

Je secoue la tête.

— On va remédier à ça. Il te faut un truc discret et qui a une signification pour toi.

— Je n'en sais trop rien, dis-je d'une voix hésitante.

— Réfléchis-y. Gigi et Pike sont les meilleurs tatoueurs de Floride. Ce serait dommage que tu repartes sans un souvenir de voyage.

— Il existe des souvenirs moins douloureux, souligne Mammoth. Un tatouage, ce n'est pas un truc à faire à la légère.

Tamara porte une main au visage de son mari et fait courir ses doigts sur sa barbe.

— Tu en es couvert, toi. Un petit tatouage de rien du tout sur son corps ne va pas bouleverser son existence. Elle pourrait le faire dans le dos et n'aurait même plus à le revoir. Il serait là, imprimé dans sa chair comme l'encre dans un livre, narrant un pan de sa vie.

— C'est si beau, dit comme ça, s'exclame Lily. Tu devrais nous faire une campagne de pub pour le salon.

Gigi secoue la tête.

— On n'a pas besoin de clients supplémentaires. Bon sang, on est déjà complets les trois prochains mois.

— On n'a jamais trop de clients, la contredit Mammoth, l'index pointé vers elle, le reste de ses doigts enroulés autour de sa bouteille de bière. Il vaut mieux avoir une liste d'attente que ne rien avoir du tout.

— Nous avons déjà une très, très longue liste d'attente.

— Et voilà ! gazouille Corinne la Chaudasse, qui pose un plateau sur la table.

Elle se met à servir toute la tablée avec délicatesse, Pike s'empare du verre de Gigi, et lorsque mon tour arrive, elle claque le gobelet si fort sur le bois que la moitié du contenu éclabousse la table.

— Régale-toi, lâche-t-elle, avant de disparaître.

— Vous croyez qu'elle a enfin compris qu'elle ne

verrait pas de sitôt la quéquette de Nicky ? plaisante Gigi, qui rit comme une folle.

— J'espère bien, marmonne Nick.

Lily glousse.

— « La quéquette de Nicky ». Ça fait tellement...

— Enfantin ? termine Gigi.

— Je trouve ça original, se moque Pike, qui récolte un doigt d'honneur et un sourire amusé de sa compagne.

Il la soulève de sa chaise pour la poser sur ses genoux. Ses bras se referment sur Gigi, et elle se dandine sur ses cuisses en riant.

— C'est une promesse, ma belle ? lui susurre-t-il à l'oreille, mais pas suffisamment bas pour que cela nous échappe.

À cet instant, je comprends plusieurs choses.

D'une, j'aime vraiment ces gens. Ils sont drôles et simples, et l'amour entre eux est évident. Si seulement j'avais des cousins et des cousines avec lesquels passer du temps, plaisanter et me chamailler pour des broutilles.

De deux, je suis passée à côté de beaucoup de choses dans ma vie. Mes parents sont à chier, et le reste de la famille l'est plus encore. Après être devenus des stars internationales, mon père et ma mère ont aussitôt pris leur distance avec leurs proches respectifs. Ils trouvaient cet éloignement justifié, mais je fus celle qui en paya le prix fort.

De trois, Nick a beau être laconique et passer pour un petit con arrogant et sûr de lui, il est plus que cela. Sa famille l'aime, et il est drôle, sexy, et peut flirter sans se donner trop de peine.

De quatre, si je reste trop longtemps, je ne repartirai plus.

CHAPITRE 8

NICK

— NICK, articule-t-elle avec difficulté, tâtant d'un geste mal assuré la boucle de ma ceinture pendant que je la couche dans mon lit. Montre-la-moi.

Je lui prends les mains et les écarte de mon entrejambe, ma volonté ne tenant qu'à un fil.

— J'en connais une qui a bu trop de Jäger.

— Mais c'était trop cool.

Elle a un grand sourire et ses yeux se ferment.

— Tu ne diras pas la même chose demain matin, chérie.

— Tu sais…

Elle se laisse choir sur le lit et ses paupières se ferment à nouveau dès l'instant où sa tête touche le matelas.

— … je ne supportais que tu m'appelles *chérie*, mais maintenant…

Elle s'interrompt, et je me dis qu'elle s'est endormie. Je commence à reculer, quand ses jambes jaillissent hors de la couette et ses chevilles se nouent autour de mon mollet, comme si l'alcool l'avait dotée de superpouvoirs.

— Maintenant, j'aime bien.

Je me courbe, attrape ses pieds et me libère de son emprise.

— Tant mieux, chérie. Tant que t'es heureuse, ça me va.

— Tu veux me rendre heureuse ? Montre-moi ta pine.

Elle ricane aussitôt, roule sur le côté et essaie de se redresser, en vain.

Je la regarde en secouant la tête.

— C'est un *non* ferme.

— Nicky, marmonne-t-elle.

Elle fait tout ce qu'elle peut pour ouvrir grand les yeux et a l'air adorablement ridicule.

— Ne dis pas le mot *ferme* quand tu parles de ta pine.

— Et toi, ne dis pas le mot *pine* quand tu parles de ma queue.

Elle ricane à nouveau, complètement saoule et carrément craquante.

— Si tu veux. Montre-moi ta queue.

— C'est toujours non, chérie.

Avec l'agilité d'un ninja, elle saisit la boucle de ma ceinture.

— Allez, juste un coup d'œil.

Je l'attrape par les poignets et l'arrête dans son geste.

— Demain.

Elle relève la tête et me regarde, les yeux dans le vague.

— Tu me le promets ?

— Promis, mens-je. Tu la verras autant que tu voudras demain.

Fait chier.

Je ne demande pas mieux que de lui montrer ma queue,

mais pas quand elle est ivre. Je ne tiens pas à ce que mes conquêtes regrettent d'avoir couché avec moi et je ne saute certainement pas les filles éméchées au point qu'elles n'en gardent aucun souvenir le lendemain.

Elle m'adresse un sourire en coin, sans plus chercher à se libérer de ma poigne.

— Tant que tu me le promets.

— Je te le promets.

Elle se renverse en arrière et tente de m'emporter avec elle, mais je la relâche et elle se laisse retomber sur le lit.

— Je peux te poser une dernière question ? me demande-t-elle tout en s'étirant sur le matelas.

Elle est si belle dans mon lit.

— Oui, chérie. Dis-moi tout.

— Veux-tu bien rester avec moi cette nuit ? Je me sens seule.

Je lève les yeux au plafond et maudis l'univers qui me place dans cette situation. Je ne peux toutefois m'en prendre qu'à moi-même. J'ai eu le génie de lui offrir de rester chez moi. J'aurais pu et aurais sûrement dû la laisser tracer sa route après avoir récupéré sa valise à l'hôtel, mais je ne le sentais pas.

— S'il te plaît, me supplie-t-elle, passant la main sur le matelas. Je ne tenterai rien, promis.

Je ne peux m'empêcher de sourire. Elle est tellement ivre qu'elle ignore à quel point j'ai envie de grimper sur ce lit et de la baiser pendant des heures. Sa présence est loin d'être une corvée. Elle est belle, prévenante et, bien que sa vie soit un beau bordel sur certains aspects, Jo n'est pas totalement une calamité. Je ne peux pas en dire autant de la plupart des nanas qui ont fini dans mon lit.

Je me frotte la nuque et la regarde agiter les doigts telle une prière silencieuse pour que je la rejoigne.

— Allez, je me conduirai bien, assure-t-elle. Serre-moi dans tes bras, juste cette nuit, et je ne te demanderai plus rien.

— Ce n'est pas une bonne idée.

— Jamison ne m'a jamais serrée dans ses bras, confie-t-elle. Ça fait des années que ça ne m'est pas arrivé.

Elle relève la tête et contemple mon corps.

— Putain, tu es si beau.

— Fini de discuter, dis-je, alors que je me glisse dans le lit à côté d'elle.

Elle se blottit instantanément contre moi et pose la tête sur mon épaule.

— Fini de discuter, répète-t-elle.

Je tourne la tête et, passant le bras dans son dos, trouve un carré de peau nue où poser la main.

— Bonne nuit, chérie.

— Bonne nuit, Nicky.

— Fais de beaux rêves.

Elle se presse un peu plus contre moi et relève la tête pour me regarder.

— J'espère que je rêverai de toi.

Mon estomac se tord et se noue.

— Les yeux, chérie.

Elle me regarde en battant des cils, la vision toujours brouillée par l'alcool.

— Ferme-les, ajouté-je, la serrant tout contre moi.

Ses paupières papillotent avant de se fermer, et elle soupire d'aise dans mes bras. Elle y semble parfaitement à sa place, ce qui, à mes yeux, est plus que troublant.

J'enfouis le visage dans sa touffe de cheveux blonds et

en inhale le parfum de lavande, une odeur dont les bouffées me parviennent chaque fois qu'elle s'approche de moi.

Elle lève une jambe et la rabat sur moi.

— Si chaud, soupire-t-elle de manière indistincte.

— Dors.

Quelques instants plus tard, elle sombre dans le sommeil.

Je ne vais pas tarder à la rejoindre, tandis que je regarde le plafond et me demande comment j'ai pu me fourrer dans un tel guêpier. Une situation où je tombe peu à peu amoureux d'une femme que je connais depuis vingt-quatre heures à peine.

J'ignore tout d'elle, mais on s'en fout.

La seule chose que je sais, c'est qu'elle semble faite pour dormir dans mes bras chaque nuit, et je doute de ne plus pouvoir trouver le sommeil sans elle.

*
**

Une fournaise. La seule chose que je sens, c'est cette chaleur accablante qui m'étouffe pratiquement. J'ouvre les paupières, et la sensation d'écrasement vient ensuite, suivie d'une nouvelle vague thermique.

Je baisse le menton pour trouver le corps de Jo, étalé sur le mien, la tête nichée au creux de ma poitrine, ses bras le long de mes flancs, ses mains sur mes biceps. Ses jambes sont enchâssées dans les miennes et son bassin repose sur mon énorme gaule matinale.

Merde.

J'aspire une bouffée d'air, les yeux relevés vers le plafond, et glisse mes mains sous ses aisselles pour tenter de l'écarter de moi en priant pour qu'elle ne se réveille pas.

— Non, proteste-t-elle d'une petite voix, encore vaseuse, et je me fige. Ne bouge pas.

— J'ai chaud, chérie.

— Oui, oui, tu as chaud.

Elle resserre les mains autour de mes biceps, bloquant mon corps sous le sien.

— Mais si tu bouges maintenant, je vais rendre tout ce qu'il y a dans mon estomac.

— Tu as besoin de t'hydrater.

— J'ai besoin d'immobilité, gémit-elle, avant d'écraser la joue contre mon torse nu. Et de silence.

— Chérie.

Je ramène les mains dans son dos et frotte en mouvements circulaires la zone où se situait la bande de son soutien-gorge qu'elle semble avoir dégrafé pendant que je dormais.

— On ne peut pas rester comme ça une éternité. Tu as besoin de boire de l'eau et de te nourrir.

Elle agrippe mes biceps.

— Laisse-moi encore cinq minutes.

— Cinq minutes, marmonné-je, sans cesser de lui frictionner le dos, dans l'espoir qu'elle ne vomisse pas partout sur moi et sur le lit.

J'ai dormi comme une souche. Je ne l'ai pas sentie descendre du lit pour ôter son tee-shirt ni grimper sur moi et attacher son corps au mien comme un de ces *Fingerlings*[1] dont la fille de Lily raffole tant.

Je ne me souviens plus de la dernière fois où j'ai aussi bien dormi, et hormis le fait que j'ai aimé la sentir blottie contre moi hier soir et que j'aime encore plus la sentir allongée ainsi sur moi, voilà ce qui me tracasse.

— Comment font les gens pour faire ça tout le temps ?

— Dormir dans les bras l'un de l'autre ?

Elle lève la tête, un filet de bave au coin des lèvres, le mascara formant des pâtés sous ses yeux.

— Prendre une cuite. Comment font les gens pour le faire tout le temps et fonctionner normalement ? me demande-t-elle, avant de laisser retomber la tête sur mon torse.

Elle n'est visiblement pas prête de bouger.

— Ils finissent par s'y habituer, dis-je. Ils développent une tolérance et, quand ce n'est pas suffisant, ils soignent le mal par le mal.

— Ils soignent le mal par le mal ? demande-t-elle, le filet de salive s'étalant sur ma peau par le mouvement de ses lèvres.

— Ils reboivent un verre d'alcool pour chasser la gueule de bois.

— Mon Dieu, qui peut boire dans un état pareil ?

— Je peux te faire un Bloody Mary.

Elle lâche un de mes biceps et laisse retomber sa main sur mon visage, tâtonne ma peau, jusqu'à ce qu'elle trouve mes lèvres. Elle presse alors les doigts sur ma bouche et la tient fermée.

— Ne parle pas, me supplie-t-elle. Ne parle pas d'alcool ou autre. Il me reste quatre minutes.

— C'est un peu…

— Chut.

Elle presse un peu plus fort les doigts contre mes lèvres

pour m'empêcher d'en dire plus. Je parviens tout de même à lâcher un « OK », avant qu'elle ne plaque sa paume entière sur le bas de mon visage. Je ne débats pas sur le temps de répit qu'il lui reste : plus d'une minute s'est clairement écoulée depuis le moment où elle m'a fait promettre de lui en laisser cinq.

— Combien de *shooters* ai-je bus ?

— Six, marmonné-je contre sa paume.

— Bordel de merde.

Elle libère ma bouche et se redresse sur les coudes pour me regarder, les yeux plissés.

— Tu m'as laissé boire tout ça ?

Je descends les mains et la tiens par la taille en prenant soin de ne pas effleurer ses seins ni même laisser mon regard s'y aventurer.

— Si je t'ai laissé boire tout ça ?

Je fixe ses yeux et évite ses seins, même si c'est un supplice, et c'en est franchement un, car j'ai envie de regarder… de la voir tout entière.

— Tu aurais dû m'arrêter après trois verres.

Je ris.

— Chérie, j'ai essayé. Tu m'as dit, je cite, « Je suis une grande fille, et personne ne me dit ce que je dois faire, surtout toi. Qu'étais-je censé faire ?

Elle cligne des yeux, mais ses paupières, complètement désynchronisées, ne se referment pas en même temps. Jo doit être encore un peu ivre.

— Tu aurais pu me ramener à la maison, au lieu de me laisser boire.

— Ça aussi, j'ai essayé.

Elle plisse le nez.

— C'est moi, ça ?

Je fronce les sourcils et me demande si elle est toujours déchirée.

— C'est toi, quoi ?

— Cette odeur.

Elle esquisse une grimace et mon visage s'adoucit.

— L'alcool ? demandé-je.

— Oui.

Elle hoche la tête et, ses yeux s'écarquillant subitement, elle plaque une main sur sa bouche et s'écarte brusquement de moi.

Je me redresse sur les coudes et la regarde filer à toute allure. C'est la première fois que je la vois se déplacer aussi vite. Elle disparaît la seconde d'après dans un claquement de porte et le son de ses haut-le-cœur emplit la salle de bains.

Je me roule hors du lit. Je sais qu'elle ne reviendra pas de sitôt et, même dans le cas contraire, je ne tiens vraiment pas à l'approcher tant qu'elle ne se sera pas douchée et qu'elle n'aura pas brossé ses dents. En tant qu'homme, j'ai mes limites, et c'est le dégueulis.

Alors que je me dirige vers la cuisine, je peux l'entendre du couloir vider son estomac, sans doute est-elle pleine de remords. Je prends un gobelet et deux cachets d'aspirine, avant de retourner vers la chambre.

Frappant à la porte de la salle de bains, je chuchote :

— Jo.

J'obtiens un grognement pour toute réponse.

— Ça va ?

— Mon Dieu, grommelle-t-elle, je vais mourir.

— J'entre, annoncé-je avant de toucher la poignée.

— Non, ne rentre pas, proteste-t-elle vivement, sa voix

résonnant dans la cuvette des toilettes. Je ne veux pas que tu me voies dans cet état.

— Ce n'est rien, voyons.

Je me dis que, des filles bourrées, j'en ai déjà vu dans ma vie, alors une de plus, qu'est-ce que ça peut bien faire ? Mais bon sang, comme j'avais tort.

Lorsque j'ouvre la porte, elle a la tête dans la cuvette des toilettes, la pointe de ses cheveux dans l'eau souillée et les jambes étendues sur le sol, le corps contorsionné d'une manière que je n'aurais jamais crue humainement possible.

Je m'accroupis près d'elle, tire ses cheveux en arrière à l'aide d'une main, sans prêter attention aux vomissures diluées qui dégoulinent à présent sur mes doigts et dans son dos.

— Tu as besoin de t'hydrater, chérie.

— J'ai besoin de mourir, marmonne-t-elle, alors qu'elle tourne la tête et pose le menton sur la lunette des toilettes.

— Allez.

Je lève le gobelet, tenant toujours ses cheveux de l'autre main.

— Tu te sentiras mieux après ça.

Ses yeux s'arrondissent à nouveau, et elle replonge la tête dans la cuvette pour vider un peu plus son estomac. Je me demande comment il peut lui rester quoi que ce soit dans le ventre après toutes ces heures, et les sons qu'elle produisait le temps que j'aille à la cuisine et en revienne.

J'attends qu'elle termine.

— Ça va aller.

— Non, ça ne va pas aller, grogne-t-elle dans la cuvette.

Elle resserre les bras autour de la lunette et m'empêche

de voir son visage et le vomi qui en dégouline. Je lâche ses cheveux, les laisse reposer sur son dos et pose le gobelet tout en m'efforçant d'ignorer les vomissures dont mes doigts sont recouverts.

J'ouvre le robinet de la douche, me lave les mains pour me débarrasser des vestiges de la veille, et m'assure que la température de l'eau est parfaite. Jo a besoin de boire, de prendre des cachets d'aspirine et de se laver avant de retourner se blottir sous la couette pour dormir et éliminer ce qui reste dans son système.

Un petit gémissement s'échappe des toilettes, suivi d'un râle d'agonie.

— Allez, chérie. Il faut que tu te douches et que tu te remettes sur pied.

— Que je me remette sur pied ?

Elle tourne la tête pour me regarder.

— J'aimerais bien savoir la technique.

— Boire de l'eau, prendre des cachets, dormir. Il n'y a que ça qui pourra t'aider.

Je m'agenouille derrière elle, la tire en arrière et supporte tout son poids.

— Je t'ai rapporté un verre d'eau.

Je tends le bras pour prendre le gobelet sur le meuble de la salle de bains, le lui remets et prends les deux cachets.

— Avale ça.

Sans discuter, elle se laisse aller contre moi. Des vomissures recouvrent à présent mon torse. Depuis que cette fille a débarqué dans ma vie, rien n'est simple. Elle est en partie fautive, mais je le suis entièrement pour l'avoir laissé prendre une cuite.

— C'est bien, dis-je, lui reprenant le verre des mains

lorsqu'elle en a avalé tout le contenu. Reste immobile quelques minutes pour ne pas régurgiter les cachets et, ensuite, prends une petite douche.

— Et toi ?

— Quoi, moi ?

— Tu es couvert de mon vomi.

Je baisse les yeux et fais une grimace.

— Je vais survivre. J'ai connu bien pire dans ma vie.

Elle renverse la tête et me regarde avec de grands yeux.

— Comme quoi ?

— Je ne tiens pas à en parler.

— Menteur, me taquine-t-elle, sans toutefois un sourire.

— Je me doucherai après toi, une fois que tu seras retournée te coucher.

— Tu pourrais en prendre une avec moi…

Je secoue la tête.

— Ce ne serait pas une bonne idée, ni pour l'un ni pour l'autre.

Elle fait la moue.

— Ce n'est pas comme si je n'avais jamais vu un mec à poil, Nicky.

J'esquisse un sourire.

— Chérie, tu as vu des gamins. Moi, je suis un homme, et une fois que tu m'auras vu nu, tout le reste te paraîtra fade.

Elle roule des yeux et lève aussitôt les bras pour encercler sa tête.

— Putain, ce mal de crâne.

— Reste assise quelque temps dans la douche. Ça t'aidera à te relaxer. N'essaie pas de te lever.

— Tu peux enlever mon pantalon pour moi ? Je crois que je n'en ai pas l'énergie.

J'observe attentivement son visage. C'est une demande vraiment tordue, mais je comprends la nécessité de l'aider, surtout dans son état. J'acquiesce d'un hochement de tête, porte les mains à son jean et en défais le bouton avant de baisser la fermeture éclair.

— Lève les fesses.

Elle s'exécute, levant le derrière suffisamment haut pour que je tire son jean avant de le jeter vers la porte.

— Le reste, je te laisse le faire.

— Nicky est timide ?

— Non. Nicky est excité et a une fille ultra canon, encore ivre et à moitié nue, dans sa salle de bains, plus une gaule matinale qui ne s'est toujours pas calmée.

— Oh… s'exclame-t-elle.

— À la douche, chérie, dis-je, tandis que je la soulève par les fesses et la dépose dans la douche derrière moi. Sors quand tu as terminé.

Elle m'adresse un sourire triste, tandis que l'eau coule sur elle, et finit tout de même par fermer les yeux et s'adosser contre le mur de carrelage.

— Merci, murmure-t-elle, alors que je referme la porte, emprisonnant les vapeurs à l'intérieur de la salle de bains.

Je ne regarde pas. Je ne reste pas. Je quitte la chambre et me maudis intérieurement pour le merdier que j'ai créé et les dommages que Jo laissera forcément dans son sillage.

CHAPITRE 9
JO

JE SORS de la chambre à pas de loup, les dents brossées, les cheveux tirés en arrière, des vêtements propres sur le dos. J'ai retrouvé un peu de dignité.

Nick pose les yeux sur moi, à peine ai-je passé un pied dans le couloir.

— Tu te sens mieux ?

Il m'étudie de ses prunelles bleues.

— Oui.

Je tire sur les manches du sweat extralarge que j'avais acheté, juste au cas où.

— Merci d'avoir été si gentil.

— Chérie, ça nous arrive à tous. Et puis, qui ne t'aurait pas aidé ?

Je hausse les épaules. Jamison m'aurait laissé me débrouiller, lui. Je parle en connaissance de cause. Lorsque j'étais malade, il aurait presque enfilé une combinaison de protection avant de m'approcher.

— Que lis-tu ? je demande pour changer de sujet.

— *Hot Rod magazine.*

Il lève le périodique et me montre la couverture où s'affiche une ancienne voiture de sport à la carrosserie rouge pétant.

Je fais quelques pas de plus et me rapproche de lui.

— Ça avait l'air érotique, jusqu'à ce que tu me montres la couverture.

Il tapote le canapé et m'invite à m'asseoir à côté de lui.

— Il n'y a qu'un truc de plus érotique qu'une *hot rod*, Jo.

Je m'assieds en veillant à laisser de l'espace entre nous, par sécurité. À ce stade, j'ignore si c'est pour préserver la mienne ou la sienne.

— Quoi donc ?

— Les femmes, bien sûr.

Il me sourit, ses dents blanches contrastant avec sa peau mate.

— Je suis choquée, dis-je sur le ton de la plaisanterie.

Je souris pour la première fois depuis que je me suis réveillée, l'estomac plein d'alcool.

Il se tourne pour m'offrir son sourire, et mon cœur se met à palpiter.

— Je dois partir bosser.

— Je peux venir ? demandé-je, aussi étonnée par ma proposition que lui, à en juger ses yeux ronds.

— Tu ne préférerais pas rester ici ?

Je secoue la tête.

— Je n'ai pas envie de flemmarder toute la journée. Je préfère encore être debout et faire des trucs. Je peux peut-être t'aider.

Il penche la tête sur le côté, ses sourcils bruns froncés.

— Tu veux m'aider ?

J'acquiesce d'un hochement de tête.

— Toi, m'aider ? renchérit-il, les doigts pressés sur sa poitrine. Je veux être sûr d'avoir bien entendu.

— Oui, je peux t'aider.

— Que connais-tu aux voitures ?

— Ben…

Je replie les jambes sous mes fesses et me cale confortablement dans le canapé.

— Mon père était fan d'automobile, et je lui filais un coup de main quand il était là.

— Il est décédé ?

— Mon Dieu, non ! Il n'est plus souvent là, c'est tout. Ma mère et lui ne s'entendent pas.

— C'est triste qu'ils aient divorcé. Je n'imagine pas ce que ça doit être.

Son visage s'est radouci, et il a laissé son arrogance au placard.

— Mes parents sont encore mariés, mais mon père ne rentre que rarement à la maison, peut-être une fois par an, le temps d'une semaine, avant de disparaître à nouveau.

— Sérieux ?

— Ouais, dis-je, appuyant sur le *P*.

— Pourquoi ?

Je tire à nouveau sur mes manches et recouvre mes doigts.

— C'est ce qui leur va. Ce serait long et compliqué à expliquer.

— C'est tordu.

J'acquiesce d'un hochement de tête, car, oui, c'est tordu.

— C'est sûr qu'il y a mieux.

— Où vit-il, alors ?

— Là où le travail le mène.

— Où est-il en ce moment ?

Me mordillant la lèvre, j'essaie de me rappeler ce qu'il m'a dit la dernière fois que nous nous sommes parlé. Il tourne dans différents lieux, étalés sur trois continents, pour une superproduction de science-fiction.

— Je crois qu'il est en Islande.

Il me dévisage un long moment, les cils battants.

— Tu « crois » ?

— Ça fait deux semaines que je ne l'ai pas eu au téléphone, mais c'est là qu'il se trouvait la dernière fois qu'on s'est parlé.

— Ben, merde… Mes parents m'appellent tous les jours, eux.

J'écarquille les yeux et ouvre grand la bouche.

— Tous les jours ?

Il hoche la tête sans pour autant fanfaronner.

— Ils ne connaissent pas l'expression « espace vital ».

— Ça doit être chouette.

J'aimerais avoir des parents qui se préoccupent autant de moi que les siens de lui.

— Qu'est-ce que vous vous racontez au téléphone ?

Il recule sur le siège et se tourne pour me faire face.

— Ils me demandent comment ma journée s'est passée ou me donnent des nouvelles de la famille. On se raconte principalement des conneries, parce que je les vois tous les week-ends.

— Attends, dis-je en brandissant une main. Tu vois tes parents tous les week-ends ?

Il glisse un bras sur le dossier du canapé et sa main s'arrête à quelques centimètres seulement de mon épaule.

— Je vois la famille tout entière tous les week-ends.

— Vous savez qu'on n'est plus dans les années cinquante ?

— Chérie, ma grand-mère est une Italienne *old-school*. Le repas dominical, c'est une obligation pour tous les membres de la famille, à moins d'être malade ou en voyage.

Je le regarde, ébahie, envieuse de la vie de famille dont il a bénéficié, quand, moi, je n'en ai eu aucune.

— Tu me racontes des histoires. Personne ne fait ce genre de truc, si ?

Il me sourit et rapproche encore sa main.

— Je suis très sérieux.

— Alors, puisque demain on sera dimanche, j'imagine que tu seras parti toute la journée.

Il hoche la tête.

— Ma grand-mère m'a appelé pendant que tu dormais, et elle m'a dit qu'il était de mon devoir de t'emmener si tu étais toujours ici.

— Moi ? Je ne sais pas si…

— Rien ne t'y oblige, mais ça briserait le cœur de ma pauvre grand-mère.

Je fronce le nez.

— C'est vilain de ta part, de me faire ça.

Il esquisse un sourire malicieux et effleure du bout des doigts mon épaule nue qui pointe hors de mon sweat informe.

— Je suis toujours vilain, chérie.

J'ai chaud au visage. À voir comment son sourire s'étire jusqu'à ses oreilles, mes joues doivent être rouge cramoisi.

— D'accord, je t'accompagnerai, uniquement parce

que je ne te crois pas quand tu dis que ta famille se réunit tous les week-ends.

— Tu vas halluciner, m'annonce-t-il, ses doigts toujours sur mon épaule. Bon, revenons aux voitures et à ton bobard, comme quoi tu t'y connais.

— Je ne te mens pas. Je sais faire deux ou trois trucs. Du moins, tout ce qui est basique, et je connais les outils. Je pourrais te prêter main-forte.

Son sourire devient coquin, et le feu à mon visage se répand dans mon cou.

— D'accord, chérie. Tu peux me prêter main-forte toute la journée, si tu veux.

— Au travail ! précisé-je.

— Au travail, mais…

Il pose le regard sur mon buste.

— … tu devrais peut-être enfiler un truc que tu n'auras pas peur de salir.

À mon tour, je baisse les yeux et regarde mon sweat et mon pantalon de yoga noir.

— C'est une tenue décontractée.

Son rire me donne des papillons dans le ventre.

— Je vais te filer un vieux tee-shirt, à moins que tu ne préfères barbouiller de graisse ce joli sweat rose.

— Explique-moi comment tu fais pour te mettre de la graisse partout. Tu te roules dedans, ou quoi ?

Il écarte sa main de mon épaule et la chaleur de sa peau disparaît avec.

— Va te changer, me presse-t-il. On part dans cinq minutes.

— Cinq minutes ? m'écrié-je, me levant d'un bond. Mais je ne peux pas sortir avec une tête pareille !

J'agite la main devant mon visage et suis tout à coup prise d'un vertige.

— Oh là ! s'exclame Nick, qui m'attrape par le bras pour m'empêcher de tomber. Rassieds-toi.

Avec douceur, il m'aide à me rasseoir sur le canapé et sa main reste sur mon bras.

— Je pense que tu devrais rester ici et te reposer.

— Je ne veux pas, dis-je, telle une enfant gâtée. Ça va. Ça va.

Il ne m'a toujours pas relâchée et me maintient en équilibre.

— Tu as failli tomber. Alors, non, ça ne va pas.

— Ça va aller, protesté-je, d'une voix que je garde égale, bien que sa main sur ma peau soit la seule chose que je ressente à l'instant.

Je ne m'en fais pas pour le tournis ni la façon dont mon estomac se noue à l'idée même d'ingérer de la nourriture. Il n'y a que sa main, que sa chaleur.

— Reste ici, m'ordonne-t-il sur un ton inflexible.

— D'accord, je vais rester ici. Je pourrais peut-être passer plus tard pour te rapporter quelque chose à manger ? Ça t'irait ?

Son pouce caresse la naissance de mon poignet et me met hors d'haleine.

— C'est parfait, chérie.

— Allez, bouge de mon lit, dis-je sur un ton plaisantin.

Je tente ainsi de mettre un peu de distance entre nous et j'ai besoin de m'allonger.

— Non.

Mon sourire s'évanouit.

— Non ?

— Non.

Je n'ai pas le temps de dire *ouf* que je suis dans ses bras, soulevée du canapé et emportée vers sa chambre.

— Je ne prends pas le risque que tu tombes et que te blesses.

— Tu en fais un peu trop, lui fais-je remarquer, mais n'en pense pas un mot.

C'est bon de se faire porter et dorloter par un homme. C'est une expérience que je n'ai jamais connue. Le fait qu'il soit canon n'est pas pour me déplaire, non plus.

— J'ai survécu jusqu'ici sans qu'on s'inquiète pour moi.

Il me dépose délicatement sur le matelas, remonte ses bras dans mon dos jusqu'à ma tête, avant de se figer, et je l'imite.

— On ne s'est jamais inquiété pour toi ?

Je me mords les lèvres et m'empêche de froncer les sourcils.

— Il y a bien Kimberly, mais ça ne compte pas, parce qu'elle travaille pour moi.

Il se penche au-dessus de moi et enserre tendrement ma tête dans ses grandes et puissantes mains.

— Tes parents se préoccupent forcément de toi.

— Non. Ils sont trop occupés à se soucier d'eux-mêmes pour se soucier de moi, mais j'ai au moins Kimberly.

— Ça craint, observe-t-il tout bas, tandis qu'il abaisse les mains et pose ma tête sur l'oreiller.

— Ce n'est pas très grave, dis-je, faisant fi de toutes ces années de négligence parentale.

Négligence dont personne n'est au courant, puisque mes parents sont doués pour jouer la comédie en public et devant les paparazzi.

Nick enfonce la main dans sa poche, en sort son téléphone et tapote l'écran. Sans me quitter du regard, il dit :

— Salut, maman !

Il marque une pause, et mes yeux s'arrondissent.

Pourquoi appelle-t-il sa mère ?

— Je vais bien.

Il me détaille du regard pendant que je suis étendue sur le lit, figée comme si j'étais subitement devenue infirme.

— Je me demandais si tu pouvais me rendre un service.

— Non, soufflé-je en agitant les paumes sous son nez. Arrête.

Il secoue la tête et baisse mes mains d'un geste tranquille.

— J'ai une amie qui loge à la maison…

Il me sourit et me décoche un clin d'œil.

— Oui, maman. C'est une femme.

Je voudrais disparaître sous les couvertures, échapper à tout, y compris à sa mère.

— Elle ne se sent pas très bien. Rien de terrible. Juste une soirée trop arrosée. Je me demandais si tu pouvais passer dans quelques heures et lui apporter, peut-être, un peu de soupe ou autre, parce que je dois partir travailler.

Je veux le supplier de dire à sa mère de ne pas se donner cette peine :

— Nick, ne l'embête pas avec ça ! Personne n'a à m'apporter à manger.

Il secoue à nouveau la tête, sauf que, cette fois, il me tourne le dos.

— Elle s'appelle Jo. Fais comme chez toi, entre, et, si elle dort, elle sera dans ma chambre.

Il marque une nouvelle pause, parfaitement immobile.

— Oui, mon lit.

Là encore, une autre longue pause pendant que sa mère parle.

— Non, ce n'est pas ma petite amie. On n'a pas encore couché ensemble.

Nom de Dieu. Il a dit *pas encore*.

— Nick !

Je prends l'oreiller à côté de moi et le plaque sur mon visage pour me cacher de l'univers tout entier… de lui, de sa mère.

— Je n'arrive pas à croire qu'il ait dit ça.

Si mes paroles sont étouffées par l'oreiller, je peux l'entendre rire.

— Merci, maman. T'es la meilleure.

Puis, le son de ses pas s'amplifie. Il se rapproche de moi.

— Jo.

Je jette un bras en travers de l'oreiller dès qu'il commence à vouloir le retirer de mon visage.

— Va-t'en.

— Ne réagis pas comme ça.

— Je n'arrive pas à croire que tu aies appelé ta mère, marmonné-je contre la taie de coton. Elle va penser que…

L'oreiller a disparu, et tout ce que je vois, c'est son visage, baigné de soleil, tellement beau que c'en est péché.

— Elle ne va rien penser du tout. Ma mère n'est pas comme ça. Elle est douce, aimante et sensible. Tu en fais toute une montagne.

— Une montagne ? m'exclamé-je, bouche bée.

Il porte la main à mon menton et le pousse pour refermer ma bouche.

— C'est juste de la soupe.

— Tu n'aurais pas dû la déranger avec ça. Je peux me débrouiller seule pendant quelques heures. Je ne suis pas mourante, j'ai juste la gueule de bois. Je suis sûre qu'elle a mieux à faire.

Il me sourit et me caresse la joue avec une telle tendresse que quelque chose, au creux de ma poitrine, s'agite.

— Elle se sentira utile et, moi, je pourrai aller travailler sans m'en faire pour toi.

— Tu n'as pas à t'en faire pour moi, non plus.

— Une vraie plaie ! Il arrive à ta cuirasse de se fissurer ?

— Je… je…

— C'est bien ce que je pensais. Je dois y aller, mais ma mère viendra te voir dans quelques heures.

— D'accord, soupiré-je. Je ne bouge pas.

— Ne fais rien d'idiot.

— Comme quoi ?

Il hausse les épaules.

— Je n'en sais rien, mais je suis sûr que tu trouverais un truc, si l'occasion se présentait.

Je me retiens de lui faire un doigt d'honneur ou de lui lancer une remarque bien sentie.

— Je ne bouge pas d'ici.

Je bâille, m'étire et ajoute :

— Je serai K.O. avant même que tu quittes la maison.

— Bien.

Il me sourit, effleure une fois de plus ma joue avec ses doigts, et la sensation bizarre ressentie plus tôt se produit à nouveau dans ma poitrine.

— Fais de beaux rêves.

— Bon courage pour le travail.

— *Bye*, chérie.

— *Bye*.

Je le regarde s'éloigner, la porte se referme, et il a disparu. L'intégralité de ces dix dernières minutes ne ressemblait pas à un échange entre deux inconnus, mais à une discussion entre deux personnes qui se connaissent depuis longtemps. Un couple. Un homme plein de sollicitude envers une femme.

Ne sois pas idiote.

Nous sommes deux étrangers l'un pour l'autre.

Nous le resterons.

Je ferme les yeux, mais un sourire est fiché au coin de mes lèvres. Même si nous sommes et resterons deux étrangers l'un pour l'autre, cela me fait du bien d'avoir quelqu'un qui prend soin de moi sans attendre quoi que ce soit en retour.

CHAPITRE 10
JO

— TRÉSOR.

Je pousse un grognement. Mon estomac se révulse et ma tête me lance toujours.

— Jo, dit une femme, réveille-toi.

J'entrouvre les yeux, les paupières papillotantes, et suis aussitôt aveuglée par le soleil. J'essaie de concentrer le regard sur le visage éthéré face à moi, à la chevelure d'un roux flamboyant, et les rayons lumineux qui percent derrière elle, comme s'ils émanaient de son être.

— Je t'ai apporté à manger, trésor.

Je cligne à nouveau des yeux, hagarde.

— Vraiment ? m'étonné-je, la voix encore endormie et la gorge irritée à cause des rejets du matin.

— Je m'appelle Angel, me dit-elle avec douceur.

Je lève la tête vers elle et lui souris.

— Vous ressemblez à un ange.

Elle est belle et radieuse. Si Michel-Ange avait eu besoin d'une muse pour réaliser son chef-d'œuvre à la chapelle Sixtine, il aurait pris ce parfait spécimen pour modèle.

Elle me rend mon sourire. Cette femme est aussi adorable que Nick l'a décrite.

— Veux-tu de l'aide pour te lever ?

— Non, merci, madame, dis-je en prenant appui sur le matelas pour me redresser. Je ne suis pas malade, malade. Juste un peu…

— Nick m'a tout expliqué. Nous sommes tous passés par là, mais ce qui est bien, c'est que ça ne dure pas.

La pièce ne tourne plus quand je m'assieds. Je chasse les dernières brumes du sommeil à coup de battements de cils et tente de retrouver mes repères.

— Ça m'embête que vous ayez eu à vous déplacer pour moi. Je vais bien, vraiment.

Elle agite une main, un doux sourire toujours planté sur ses lèvres.

— Ce n'est rien. Je ne vis pas loin et je ne travaille pas aujourd'hui. Je préparais le dessert pour demain, de toute façon.

— C'est très gentil à vous.

Je culpabilise encore un peu.

— Et si tu te préparais tranquillement ? Pendant ce temps, je mettrai la soupe à chauffer. On se retrouve dans la cuisine ?

Je hoche la tête et me frotte les yeux.

— Merci.

— Tu n'es pas obligée de me remercier autant. Ça ne me dérange vraiment pas. De toute façon, quand Nick m'a dit qu'il avait une petite amie chez lui, j'étais franchement curieuse de la rencontrer.

— Amie, la corrigé-je.

— Une amie femme.

Elle me fait un clin d'œil et sort de la chambre.

Je reste assise là durant quelques minutes, les yeux rivés sur la porte, l'esprit embrumé, avant de réussir à me lever enfin. Lentement, je me dirige vers la salle de bains, la tête et le corps lourd. Lorsque je regarde dans le miroir, je sursaute devant mon reflet. J'ai une mine affreuse : mes yeux sont injectés de sang, une partie de mon maquillage est encore en place, l'autre est étalée sur mon visage.

Je baisse les yeux et trouve un gant de toilette sur une pile de serviettes, ainsi qu'une brosse à dents neuve. Nick. Ce type pense à tout. Il doit avoir un tiroir rempli de brosses à dents pour les innombrables femmes qui, à coup sûr, passent régulièrement dans son lit. Je suis probablement la seule avec laquelle il n'a pas couché à recevoir le « nécessaire de toilette de bienvenue ».

Quelques minutes plus tard, le visage rincé à grande eau et le corps vêtu d'habits propres, je me rends à la cuisine. La mère de Nick est aux fourneaux et mélange la soupe qu'elle a préparée dans une petite casserole.

— Ça va mieux ? me demande-t-elle lorsque je me glisse sur le tabouret de l'îlot central.

Je porte une main à mon ventre qui gargouille à l'odeur délicieuse qui emplit la pièce.

— Bien mieux.

— Parfait.

Elle se retourne et me sourit.

— J'ai préparé une soupe aux nouilles et au poulet. C'est facile à digérer.

— Vous l'avez cuisinée vous-même ?

Qui prépare une gamelle de soupe aux nouilles et au poulet au pied levé ? Aucune de mes connaissances, et encore moins les parents de mes amis, trop obsédés par leur carrière pour se donner ce mal.

Elle a le dos tourné lorsqu'elle me répond :

— Évidemment.

Elle a prononcé ce mot comme si c'était une folie de penser le contraire. À l'adolescence, je me préparais de la soupe au poulet déshydratée, que l'on trouvait dans le commerce en petits sachets, conditionnés dans une boîte rouge.

— Évidemment, reprends-je tout bas.

Je reste assise en silence et la regarde prendre un bol pour le remplir à ras bord de cette soupe qu'elle a réalisée de ses propres mains. Elle s'installe face à moi et se voûte aussitôt pour planter la tête sur ses paumes ouvertes.

— J'espère que tu aimeras.

Je prends la cuillère qu'elle a placée là, à mon intention.

— Vous n'en prenez pas ?

Elle secoue la tête.

— J'ai déjà mangé, et je ne suis pas très fan de soupe.

Ainsi, non seulement elle m'a généreusement préparé un repas, mais elle a, en plus, cuisiné quelque chose qu'elle se fichait de manger. Bon sang, Nick ne sait pas la chance qu'il a d'avoir une mère qui se soucie autant de lui. Dès qu'il ne se sent pas bien, cette même mère aimante doit lui concocter cette même soupe.

— Ça sent incroyablement bon.

Je baisse les yeux et découvre de gros morceaux de carotte, de céleri, de pomme de terre, de poulet, et suffisamment de nouilles pour combler jusqu'aux plus gros des appétits.

— Allez, mange.

Je prends la cuillère et la plonge *illico* dans mon bol.

— Souffle d'abord, me conseille-t-elle, et mon cœur est lourd d'émotion de voir qu'elle est si gentille, exactement comme on l'attendrait d'une mère. Je ne voudrais pas que tu te brûles la langue.

— Merci, répété-je pour la énième fois, esquissant aussitôt une grimace contrite.

— Ce n'est rien, trésor. Les habitudes ont la vie dure.

Soufflant sur le bouillon, je jette un coup d'œil dans sa direction et la vois me regarder, observer mon visage. Je baisse le nez sur mon bol de soupe pour éviter son regard, j'enfourne la cuillère dans ma bouche, et c'est une explosion de saveurs sur mon palais.

— Alors, comment as-tu rencontré Nick ? me demande-t-elle, sans me laisser le temps d'avaler ma première cuillerée.

Je lève le doigt, savourant chaque morceau qui se trouve dans ma bouche plus de temps qu'il n'en faudrait, parce que je n'ai pas envie de répondre à sa question.

— Mon Dieu, c'est super bon.

— Oh, c'est juste un petit bouillon de rien du tout.

— Non, non, c'est vraiment la perfection, dis-je pour éviter de parler de Nick et de moi.

— Bon, revenons à Nick…

Loupé.

— J'étais en vacances, et il y a eu un problème à mon hôtel. Il a surpris la conversation et a proposé de m'héberger pour la nuit.

Elle me dévisage l'espace d'un instant, la tête penchée sur le côté.

— Et tu étais ivre quand c'est arrivé ?

— Non, j'étais ivre hier soir à cause de ses cousines, et parce que je ne sais pas dire non.

Le visage d'Angel s'illumine.

— Quand ils sont ensemble, ces quatre-là, ils n'en ratent pas une.

— Je l'ai appris à mes dépens.

— Si je comprends bien, cela fait plusieurs jours que tu es ici.

— Deux.

Deux jours, et j'ai déjà rencontré ses cousines et sa mère. Elle m'a fait de la soupe, il m'a vue vomir. Et, personne ne paraît décontenancé ni ne me reproche mes piètres choix de vie.

Elle m'observe à nouveau, tambourine des doigts sur le plateau en pierre de l'îlot.

— J'ai fait quelque chose de mal ? demandé-je, inquiète.

Elle secoue la tête avec un sourire.

— Tu n'as rien fait de mal. Je suis simplement surprise de ta présence ici.

— Oui, vous devez être contrariée que votre fils héberge une inconnue.

Elle pousse un petit rire.

— Ce n'est pas ça. Nick est grand, il fait ce qu'il veut. C'est juste qu'il…

— Mince, il est gay ? l'interrogé-je avec de grands yeux ronds, parce que je n'y avais pas songé.

Il est tellement charmeur, mais peut-être est-il simplement gentil comme sa mère. Il ne m'a fait aucune avance. Des allusions, oui, mais rien de concret.

Le rire d'Angel redouble, puis elle se calme.

— Chérie, ça me serait égal que mon fils soit gay, tant

qu'il est heureux, mais, non, Nick n'est pas gay. Il a toujours été un homme à femmes.

— Alors, pourquoi…

— Nick n'a jamais laissé une femme à dormir chez lui. Il a tout un tas de principes concernant le sexe et les relations, et inviter quelqu'un à passer la nuit ici en fait partie.

Je fronce les sourcils, déroutée.

— Hein ? Pourquoi ?

— Il dit que ça complexifie les sentiments.

Elle hausse les épaules et ajoute :

— Les hommes sont une énigme.

— Disons que, techniquement, nous ne sommes pas ensemble et nous ne couchons pas ensemble. Je suis une inconnue, voire une amie en devenir, mais sa petite amie… non.

— Ce n'est pas pour rien qu'il n'a même pas de lit dans ses deux chambres d'ami. Il n'aime pas recevoir. Alors, tu vois, le fait que tu sois ici, ça… ne lui ressemble pas.

Je la regarde, les cils battants.

— Je ne suis que de passage.

— Hum hum.

Elle me sourit comme si elle savait quelque chose que j'ignore et ajoute :

— Il m'a fait préparer une soupe maison et tu dors dans son lit.

— Eh bien… Je… euh…

Je m'interromps pour rassembler mes idées. Il ne se passe rien entre nous. Nous ne nous sommes même pas embrassés ou enlacés. Il se montre gentil avec moi, et je ne fais que passer.

— J'ai dormi sur le canapé la nuit précédente.

Elle me fait un clin d'œil.

— Continue de penser ce que tu veux, si ça peut te rassurer. Je connais mon Nicky mieux que personne, probablement mieux qu'il ne se connaît lui-même.

Je déglutis, pétrifiée l'espace d'une seconde.

— Vous pensez que…

Elle secoue la tête.

— Je ne pense rien du tout.

Son sourire indique le contraire.

— Mange. Tu as besoin de te remplumer.

Je fronce les sourcils.

— Je fais un régime depuis quelques semaines.

L'horreur se lit sur son visage.

— Pourquoi ?

Je porte la cuillère à mes lèvres.

— Je travaille à Hollywood, et mon attachée de presse m'a dit que je devais perdre quelques kilos. L'objectif des photographes ne fait pas de cadeaux.

Elle glisse la main en travers de la table pour la poser sur mon bras et me regarde droit dans les yeux, d'un regard pénétrant, mais son visage est doux et bienveillant.

— La beauté vient de l'intérieur, chérie, pas de l'extérieur.

— Si seulement c'était aussi simple, mais, merci, Angel.

Elle me presse le bras.

— Viens demain, au repas de famille. Accorde-toi donc un écart en goûtant à l'une des meilleures cuisines italiennes du monde.

— Je ne sais pas trop. J'ai peur de franchir une ligne que Nick ne veut pas franchir.

— Tu es son amie, non ?

Je hoche la tête.

— Il a déjà invité des amis à ce repas, me rassure-t-elle.

— Des filles ?

— Eh bien…

Elle esquisse un rictus.

— … non, mais vous n'êtes que des amis, pas vrai ? On veillera à ce que ce soit clair pour tout le monde.

— Je ne sais pas trop, Angel.

— C'est décidé. Repas de famille demain chez mamie.

Je la regarde longuement. J'ai compris que je n'aurai pas le dernier mot, alors je cède.

— D'accord. Je viendrai.

Son sourire s'élargit.

— Parfait.

CHAPITRE 11

NICK

MAMMOTH RELÈVE la tête et m'observe.

— Combien de temps reste-t-elle ?

Je hausse les épaules et essuie la graisse que j'ai sur les mains.

— Je ne sais pas, mec. Peu importe. Sa compagnie est plutôt agréable.

Il arque un sourcil, un sourire au coin des lèvres.

— Tu l'as à la bonne.

— Quoi ?

— Tu l'as à la bonne, mec.

— Je ne l'ai pas à la bonne, trouduc.

— Après une demi-décennie à virer les nénettes de ton pieu, tu y laisses dormir une nana que tu n'as même pas touchée. Tu l'as à la bonne.

Je lui lance un regard mauvais tout en continuant de m'essuyer les mains, un peu plus virulemment cette fois.

— Je te le répète, ducon, je ne l'ai *pas* à la bonne. Elle loge quelques jours chez moi, c'est tout, et hier soir, elle était malade. J'aurais dû la laisser dormir sur le canapé, peut-être ?

Il pointe l'index vers moi, un sourire goguenard aux lèvres.

— Tu peux te raconter toutes les salades que tu veux, mais tu l'as à la bonne. Quelle que soit la nana, si je ne l'aime pas, elle pionce sur le canapé, pas dans mon lit, malade ou pas.

Mes lèvres se pincent, tout comme mes yeux.

— Tu peux parler ! Toi, aussi, tu rampes. Je sais comment tu es avec ma cousine. Tu lui manges dans la main.

— Je le sais, mais j'ai mis un paquet d'années et passé un paquet d'étapes avant d'en arriver là. Toi, tu lui manges dans la main, et ça fait, quoi…

Il s'interrompt et part d'un grand éclat de rire.

— Deux putains de jours.

— Enfoiré, va, rétorqué-je en m'éloignant.

Le haut-parleur du garage s'enclenche avec ce grésillement hideux qu'on lui connaît.

— Nicky, tu as de la visite ! jubile Tamara. Elle t'attend sur le parking.

— Accro en quarante-huit heures à peine, murmure Mammoth sitôt que le micro s'est coupé.

Je jette le chiffon dans ma caisse à outils.

— Va te faire foutre. Tu l'as été à la seconde où tu as rencontré ma cousine, mais tu persistes à dire que tu ne lui courais pas après.

— Oh, mais je sais comment j'ai été et quand je l'ai été, mais plus tôt tu reconnaîtras qu'il y a un truc qui grandit au fond de toi pour cette nana que tu connais à peine, mieux ça vaudra.

Je lui décoche un doigt d'honneur en quittant le garage, et laisse Mammoth et son discours de grand sage derrière moi. Jo est assise sur le capot de sa voiture, un sachet de papier kraft posé à ses côtés. Elle porte la tenue la plus décontractée que je lui ai vue jusqu'ici, les paumes appuyées de chaque côté de ses cuisses, le corps légèrement penché en avant.

Elle semble irréelle dans la lumière déclinante de cette fin d'après-midi. Le ciel flamboie de teintes bleues, roses, orange et jaunes et lui offre l'ultime toile de fond qui relève sa beauté dont elle a forcément conscience.

Comme si elle avait senti ma présence, elle relève la tête et ses yeux trouvent les miens. L'espace d'un instant, aucun de nous ne parle, tandis que je me dirige vers elle, le pas rapide et lourd sur le bitume collant.

— Salut, me lance-t-elle.

Un petit sourire danse sur ses lèvres et elle me dévore de ses yeux bleus.

— J'avais promis de te rapporter à dîner, et je n'ai pas oublié.

Mon regard glisse vers le sachet, avant de revenir sur elle.

— Tu devrais être en train de te reposer.

— J'avais une gueule de bois, Nick, pas une grippe. Je vais mieux.

Je m'arrête à distance d'elle, laisse mon regard se promener sur ses jambes hâlées, que son petit short noir met extraordinairement bien en valeur.

— Ma mère est passée ?

Son visage s'éclaire lorsque je mentionne ma mère.

— Ouais ! Elle m'a préparé une soupe aux nouilles et

au poulet. C'était la meilleure que j'ai mangée de toute ma vie !

— OK, ma mère ne cuisine pas trop mal, mais la meilleure soupe de toute ta vie ?

J'éclate de rire, passant les mains sur mon tee-shirt, et poursuis :

— C'est que ça ne t'est pas souvent arrivé, de manger des plats faits maison !

Elle fronce aussitôt les sourcils et baisse la tête pour regarder ses pieds qui se balancent dans le vide.

— Non, ça ne m'est pas souvent arrivé, non.

— Hé, dis-je avec douceur, réduisant la distance qui nous sépare jusqu'à ce que mon ventre touche ses genoux et que mes doigts trouvent son menton. Ce n'était pas méchant.

— Ce n'est rien.

Elle tente d'écarter le visage et évite mon regard.

— Jo, c'était maladroit de ma part de dire ça.

— Mais c'est la vérité.

Elle lève la tête, le menton toujours emprisonné entre mes doigts, et me regarde avec des yeux sombres.

— Ma vie n'est pas glamour. Les gens voient ce qu'ils veulent bien voir. Ils ne s'attardent que sur les privilèges et l'argent, jamais sur la solitude ou sur l'absence de vie de famille. Mes parents savent s'afficher avec moi pour une séance photo, mais ils sont nuls à chier pour le reste.

— Je suis désolé.

J'ai l'estomac noué devant ses mots, et la tristesse si profondément enfouie en elle que l'on peut totalement passer à côté si l'on n'y prête pas attention.

— Toi, tu as grandi avec des parents qui se souciaient de toi, une mère qui t'aimait suffisamment pour te faire de la soupe, des cousines qui t'appréciaient et voulaient sortir avec toi le soir, même si elles avaient passé la journée avec toi au travail ou qu'elles t'avaient vu la veille, des oncles et des tantes qui, j'en suis sûre, te passaient tous tes caprices. Tu sais ce que j'ai eu, moi ?

Elle relève encore un peu le menton, presque comme un défi, tandis que ses doigts se resserrent sur la calandre de sa voiture.

— Pas grand-chose, j'imagine.

— J'ai eu une nourrice, une domestique et un chauffeur. J'ai eu des parents qui se contentaient de contrôler mon image pour qu'on ne fasse pas la une à cause de mes actions, et le reste de ma famille a cessé de parler à mes parents quand j'étais petite. Donc, j'avais trois personnes autour de moi, toutes rémunérées pour me surveiller.

Je prends une grande respiration, touché au plus profond de mes tripes par ses paroles.

— Je n'imagine pas ce que ça doit être.

— Non, tu ne peux pas l'imaginer, et tant mieux. Il y a pire dans la vie, c'est sûr. Je ne suis pas la personne la plus à plaindre, mais ça ne remplace pas les démonstrations d'affection.

Sans réfléchir, je me rapproche, écarte ses genoux avec ma main et viens nicher mes hanches entre ses jambes. Mes bras sont autour d'elle et je la serre contre moi. Comme si nous l'avions fait des milliers de fois, elle enfouit le visage dans mon cou, sa bouche pressée contre ma peau, et je lui frotte doucement le dos.

— Chérie, tu as chopé le bâton par le mauvais bout.

Pendant dix bonnes secondes, c'est le silence. Puis, son corps se met à trembloter, suivi du bourdonnement de son rire qui fuse de sa gorge contre mon cou. Elle s'écarte juste assez pour me regarder dans les yeux.

— Choper le bâton par le mauvais bout ? Mais qu'est-ce que c'est que cette expression ?

— Va savoir !

Je lui souris et, remontant les mains vers sa nuque, j'en profite pour contempler sa beauté pendant qu'elle baisse la garde.

— C'est juste un truc qui se dit ici.

Elle lâche enfin la calandre et se cramponne à ma taille.

— Peut-être qu'un jour, j'aurais autant de chance que toi et j'aurais une famille à moi. Alors, je pourrais faire les choses correctement et défaire toutes les conneries de mon enfance. L'un peut annuler l'autre, non ?

Je lui presse tendrement la nuque, résiste à l'envie de l'embrasser.

— Chérie, tu mérites tout ça, et bien plus encore.

Elle se décrispe et sa tête penche vers mon épaule.

— Tu sais, ajoute-t-elle, le visage incliné vers l'endroit où nos corps se touchent. Sous cette carapace de grincheux et ces airs de bravache se cache un type vraiment adorable.

Je lui presse une nouvelle fois la nuque et souris.

— Je suis ce que je suis, et je n'ai pas des airs de bravache.

Elle relève la tête, scrute ma figure, une moue aux lèvres, et je lui rends son regard, l'expression impassible, impénétrable.

— Tu vois, me nargue-t-elle, se fendant d'un sourire. C'est de ça que je parle.

— Chérie, c'est mon visage. Je ne peux pas le changer.

Elle pousse un petit rire.

— C'est ton visage fermé.

Elle marque une pause, ses traits se radoucissent et son rire s'estompe.

— Mais quand tu souris, tu pourrais illuminer une pièce tout entière avec toute la chaleur qui émane de toi.

— En voilà de belles paroles. Venant de toi, je le prends comme le plus beau des compliments, même si ça vient après un truc si…

— Je n'ai rien dit de mal, me coupe-t-elle, ses mains remontant le long de mes flancs jusqu'à ce qu'elles s'arrêtent sur mes côtes.

Elle prend une grande respiration, plonge ses prunelles dans les miennes, et l'air se charge d'électricité.

— Je n'ai jamais rencontré quelqu'un comme toi, Nicky.

Un poids se loge dans ma poitrine à la façon dont mon prénom roule sur sa langue, et son regard plonge sur ma bouche, avant de remonter lentement vers mes yeux.

— Je peux en dire autant de toi, Jo.

Elle laisse à nouveau retomber les épaules et soupire :

— Je suis barbante.

Je remonte une main et trouve son menton. Je l'oblige toujours à me regarder quand les choses deviennent trop sérieuses ou qu'elle se rabaisse. Je n'aurais jamais imaginé que cette femme pouvait avoir une piètre opinion d'elle-même. J'ai toujours pensé que ces célébrités, nées avec une cuillère en argent dans la bouche ou dans les paillettes d'Hollywood, étaient imbues de leur personne. Peut-être l'est-elle ou l'a-t-elle été, mais ma compagnie et l'authenticité de ma famille a dû craqueler son vernis soigneusement poli et travaillé.

Lorsque son regard croise le mien, je secoue la tête.

— Arrête.

— Quoi ?

— Ne dis pas que tu es barbante, chérie. Il y a quelque chose en toi, quelque chose que tu as gardé enfoui bien trop longtemps, qui ne demande qu'à sortir. Là-dedans, il y a un fauve qui tourne en rond dans sa cage, prêt à s'échapper de son univers millimétré pour explorer le monde extérieur.

Elle cille, une moue aux lèvres.

— Je ne peux pas m'échapper. Je n'ai pas ce luxe.

— Chérie…

Je me rapproche, tandis qu'elle passe les mains dans mon dos pour les joindre, doigts noués.

— … ici, tu peux être ce que tu veux. Ici, tu peux faire ce que tu veux. Tu n'es plus à Hollywood. Tu n'es plus sous la coupe de tes parents, de leur entourage, ou des regards indiscrets de la presse. Nous sommes cernés par les arbres, les *rednecks* et rien que des routes. Tu veux laisser parler ce fauve qui est en toi, je suis l'homme pour t'y aider.

Elle me dévisage, ses yeux rivés à ma bouche lorsque je parle.

— Je ne…

Putain, le feu qui se dégage de son corps l'emporte sur la chaleur du soleil et la moiteur tropicale qui nous entoure. Le décor disparaît, y compris le vrombissement des outils électriques qui provient du garage. Tout ce qui importe à cet instant, c'est nous. Tout ce qui importe, c'est qu'elle comprenne qu'elle peut être qui elle veut ou ce qu'elle veut quand elle est avec moi. Je ne critiquerai pas ses choix de vie, hormis Jamison. Lui reste un con, quoi qu'il arrive.

Elle est si belle dans cette lueur du jour, et cette façon qu'elle a de regarder ma bouche m'indique une chose : elle veut m'ajouter à sa liste d'aventures à cocher pour vivre dangereusement et explorer ce pan d'elle qu'elle a toujours refoulé.

— Je vais t'embrasser, maintenant.

— Je...

Elle me lance un bref regard, les yeux écarquillés.

— Je...

— Oui ou non ? La réponse est simple.

Elle ravale sa salive, les yeux toujours ronds.

— Oui, souffle-t-elle tout en soutenant mon regard, sa langue passant sur ses lèvres. S'il te plaît.

Je ressers la main sur sa nuque et l'autre, toujours à son menton, remonte sur sa joue. Lorsque je me penche vers elle, elle incline la tête sur le côté, ferme les paupières et attend ce moment où nos bouchent se rencontreront.

Je mentirai si je dis que mon estomac ne se noue pas de la même façon que les jours de grand match. Ma poitrine se serre, mon sexe durcit, et j'attire son visage au mien avant d'écraser mes lèvres sur les siennes.

Elle resserre les bras autour de ma taille, pendant que mes doigts se replient autour de sa nuque et que ma paume embrasse sa joue.

Je respire la douce odeur de sa peau et je dévore sa bouche pour lui démontrer à quel point j'ai envie d'elle.

Le soupir qui s'échappe de ses lèvres envoie des signaux à travers ma chair qui viennent se loger tout droit dans ma queue. Je l'embrasse avec plus d'ardeur, réclame encore ce son, encore cette sensation que ce simple gémissement a produite sur mon corps.

Lorsque ses doigts s'entortillent dans mon tee-shirt, le

soulèvent, je ne ressens pas la fraîcheur de l'air : ma peau s'embrase à la plus légère des caresses au moment où ses mains trouvent ma peau.

J'emmêle les doigts dans ses cheveux, renverse sa tête, enfonce encore un peu ma langue, tandis que la sienne exécute la plus charnelle des danses.

Un *clic* parvient à mes oreilles, tel le bourdonnement agaçant d'un moustique, mais je ne peux pas m'arrêter, et je ne m'arrêterai pas. J'ai voulu l'embrasser à la seconde où elle s'est blottie sur mon canapé, les cheveux en bataille, le visage écrasé contre l'oreiller, si mignonne que j'en avais mal aux valseuses.

Un autre *clic* retentit et Jo se fige, s'écarte de moi, ouvre les paupières, avant de les écarquiller.

— Oh, mon Dieu, murmure-t-elle, ses lèvres enflées par mon baiser.

Elle lance un regard autour d'elle, sa tête remuant à toute vitesse, et fouille les environs des yeux.

— Eh merde ! Ils m'ont retrouvée.

La seconde d'après, elle ôte ses mains de mon corps et me repousse.

— Je dois m'en aller.

— Attends ! lâché-je, tendant la main vers elle pour l'attraper par le poignet, tandis qu'elle descend à la hâte du capot.

Elle tire sur son bras pour se libérer.

— Je ne peux pas. Je dois m'en aller, je dois m'en aller, je dois m'en aller, répète-t-elle tout en se précipitant vers la portière du conducteur.

— Jo, attends ! supplié-je, une main tendue. Je vais régler ça.

Un autre *clic*.

Mes yeux suivent les siens jusqu'à un objectif noir qui perce à travers les arbres bordant l'enceinte du garage.

— Sans déconner !

— Les photographes sont la pire espèce de la planète, marmonne-t-elle tout en montant dans sa voiture. Pardon, Nick.

— Pardon ?

Je me gratte la tête, la gaule toujours là, les lèvres mouillées d'avoir eu sa bouche sur la mienne.

— Reste, Jo.

Elle tend le bras et enroule les doigts autour de la poignée de sa portière.

— Merci d'être toi et de m'avoir montré qu'il existait un autre monde que celui que je croyais possible, me dit-elle, claquant la portière et s'isolant de moi et de l'objectif indiscret de ce fumier caché dans les arbres.

J'ai à peine le temps de dire *ouf* qu'elle démarre sa voiture, fait marche arrière, mon dîner glissant sur le bitume près de mes pieds, et part à toute allure comme si sa vie en dépendait.

Je pousse un grognement, serre les poings et pars en direction du connard qui a interrompu ce beau moment et mon rencard du soir.

— Hé ! hélé-je.

Un homme aux cheveux noir, une casquette à l'envers fichée sur la tête, bat en retraite à petite foulée.

J'accélère le pas, bien décidé à ne pas le laisser filer.

— Arrête-toi !

Il se met à courir, mais je suis plus rapide. Mes jambes mesurant bien quinze centimètres de plus que les siennes, il me faut moins de pas pour couvrir la même distance.

— Arrêtez ! piaille-t-il, levant l'appareil photo et ses

mains en signe de capitulation. Ne me frappez pas ou je vous poursuis en justice.

Je ralentis, avançant au trot jusqu'à ce qu'il se retrouve à ma portée, et je suis prêt à lui en coller une, procès ou non.

— C'est quoi, ton délire, mec ? Qu'est-ce qui te donne le droit de venir sur ma propriété et de violer notre intimité ? Donne-moi une seule bonne raison de ne pas te tabasser, et ne me parle pas de poursuites en justice, parce que je peux te garantir que, par ici, j'ai la loi de mon côté.

Il déglutit, les bras toujours en l'air, l'appareil photo dans les mains.

— Techniquement, je n'ai jamais été sur votre propriété.

— Tu ne me donnes aucune bonne raison de ne pas t'assommer.

— Je ne fais que mon boulot. Je prends des photos. C'est tout. Je connais simplement la cible, mais pas le pourquoi du comment. J'essaie juste de gagner ma vie et de nourrir mes gosses.

Eh merde. Je sais que Jo est connue en Californie, je sais que ses parents sont des gens importants et ont une sorte de statut de célébrité, mais quand elle m'a rapporté que des photographes la suivaient partout, j'ai pensé qu'elle me faisait marcher. Jamais au grand jamais, je n'aurais cru qu'il pouvait s'en cacher dans les arbres, à tenter de voler un cliché d'elle en train de faire quelque chose digne d'un article de tabloïd.

Je pioche dans ma poche arrière de pantalon et en retire mon portefeuille.

— Combien pour que les photos ne paraissent jamais ?

Les yeux de l'homme suivent le mouvement de mes

mains, et je peux voir l'avidité dans son regard. Il est motivé par l'appât du gain, et rien d'autre. On achète facilement un homme comme lui.

— Deux mille.

Je penche la tête sur le côté et le regarde avec étonnement.

— Deux mille pour des photos de nous en train de nous embrasser ?

— Je pourrais en tirer plus d'un éditeur de presse, mais, pour vous, je suis prêt à faire une exception. Ce serait vraiment dommage que de telles photos fassent la une.

— La une, grommelé-je, levant les yeux au ciel. Qu'est-ce que les gens en ont à foutre de ce que fait Jo ? C'est ridicule.

— Vous savez qui elle est, non ?

— Évidemment ! m'offusqué-je, tirant cinq billets de cent dollars de mon portefeuille.

Je vais devoir retourner au bureau et supplier Tamara de me prêter les 1 500 dollars restants.

— Qui est-elle, alors ? me demande-t-il sur un ton narquois, plus vraiment inquiet de recevoir un pain dans la mâchoire.

— Elle s'appelle Jo. Ses parents sont célèbres.

Il pousse un rire et secoue la tête.

— C'est Joséphine Carmichael.

— Et ?

— Carmichael, répète-t-il en articulant, comme si j'étais un attardé. Ses parents ne sont pas seulement des célébrités. C'est *le* couple de la décennie. Et pas seulement. Ses grands-parents étaient des légendes du cinéma, eux aussi. Ça ne fait pas d'elle une célébrité, mais la coqueluche d'Hollywood.

— Carmichael, répété-je pour moi-même. Carmichael.

Ce nom m'est familier, seulement je ne m'intéresse pas au cinéma. Ni aux célébrités, d'ailleurs. Ça ne m'a jamais branché et ça ne me branchera jamais. Je m'en tape de ce qui se passe à l'autre bout du pays, où les hippies mangeurs de tofu dansent pieds nus sur la plage, fument de l'herbe et communient avec Dieu.

— Madeline et Michael Carmichael, me précise-t-il. Quatre Oscars, douze Golden Globes et un nombre incalculable de films. Ces Carmichael-là.

— Carmichael, répété-je en secouant la tête. Je crois savoir de qui il s'agit, mais ça ne m'intéresse pas, mec. Tout ce qui m'importe, c'est que ces photos ne quittent pas cette propriété.

Il tend une main, et je place les billets dans sa paume.

— Il en manque, souligne-t-il.

— Je vais chercher le reste. Laisse-moi deux minutes pour rassembler la somme.

Il lance un regard en direction du garage.

— Je vais rester ici pendant ce temps-là.

— Comme tu voudras.

Et je pars à grandes enjambées, encore plus énervé qu'avant. Pas énervé contre Jo, elle n'y est pour rien, mais contre ce salaud qui tient sa vie entre ses mains et tire profit de son bonheur et de son malheur. Quelle vie horrible. Je n'imagine pas être pisté en permanence, devoir sans cesse regarder par-dessus mon épaule pour vérifier qu'on ne me suit pas ou qu'il n'y a personne, le téléphone à la main pour prendre une photo, en quête du moment le plus inopportun qui bouleversa ma vie d'une simple pression du doigt sur un bouton.

Je lance un regard par-dessus mon épaule à l'enfoiré qui se tient debout, près de la rue, un sourire satisfait aux lèvres. Il fourre l'argent dans sa poche et me salue de la main. Cela me tue qu'il me tienne par les couilles.

Une part de moi se fiche bien de savoir qui verra ces photos. L'autre part, celle qui a eu les lèvres de Jo sur les siennes, celle qui s'est laissé envahir par la chaleur de son corps, veut remettre au type cet argent et lui coller une bonne raclée pour qu'il réfléchisse à deux fois avant de la pister à nouveau.

C'était un baiser.

Juste un baiser.

Il n'y a rien de salace dans un acte si simple et si beau.

Or, je sais que, d'une manière ou d'une autre, ce connard rendra ce moment plus vicieux qu'il ne l'est, faisant tout son possible pour détruire la réputation de Jo au passage.

CHAPITRE 12
NICK

— MAIS, bon sang, pourquoi as-tu besoin de 1 500 dollars ?

Tamara me regarde en clignant des yeux, la bouche grande ouverte.

— C'est beaucoup d'argent, Nicky.

Je me penche au-dessus du bureau d'accueil et essaie de contenir ma colère.

— Ne pose pas de questions, Tam. Aboule, je te les rendrai avant la fin de la journée.

— C'est à cause d'un pari sportif ?

La tête inclinée sur le côté, je la dévisage.

— Quoi ? Non. J'ai un imprévu, c'est tout.

— Vingt dollars, ça, c'est pour un imprévu. Mille cinq cents dollars, c'est quand on s'attire des emmerdes, et pas des petites.

Je serre les mâchoires et grince :

— Tam, je n'ai pas le temps pour tes conneries. J'irai à la banque et te rendrai le fric après.

Elle pince les lèvres et me jette un regard méfiant.

— Pourquoi tu ne vas pas à la banque maintenant ? Qu'y a-t-il de si urgent ?

Elle lance un bref coup d'œil à l'écran de surveillance et remarque l'homme, debout, près des arbres.

— C'est lui ? demande-t-elle, le doigt pointé vers le moniteur, penchée en avant pour mieux voir.

Je lève les yeux au plafond, jure dans ma barbe et marmonne :

— Peut-être bien.

— Eh bien, tu n'as plus à t'en faire pour l'argent, parce qu'il se fait la malle.

Je passe pratiquement par-dessus le comptoir pour tenter de mieux voir l'écran.

— Quoi ? Où ça ?

— Là.

Elle le pointe du doigt, et l'on ne voit, à la caméra, que son dos qui file en direction du parking d'une petite épicerie voisine.

— Et hop, envolé, grommelle-t-elle, lorsqu'il monte dans une voiture.

— Putain de merde ! pesté-je, claquant les mains sur le bureau. Ce connard a mes 500 balles et les photos.

Tamara tourne brusquement le regard vers moi, les sourcils froncés.

— Les photos ?

— De Jo et de moi, en train de nous embrasser.

Je secoue la tête tout en passant nerveusement la main dans mes cheveux.

— Fait chier !

Elle me regarde en clignant des yeux, totalement confuse.

— Pourquoi voudrait-il des photos de vous en train de vous embrasser ?

Je me pince l'arête du nez. Je n'aurais jamais dû quitter ce petit con des yeux.

— Bordel de merde.

— Sérieusement, pourquoi ?

— Tu sais qui sont les Carmichael ?

— Le vieux couple qui vit au bout de la rue de mamoune et papoune ?

Je secoue la tête.

— Non, les Carmichael d'Hollywood.

L'espace d'un instant, elle me fixe avec un regard creux. Lentement, ses paupières s'ouvrent et se referment, s'ouvrent et se referment.

— Euh…

C'est alors que ses yeux s'écarquillent.

— Tu veux dire Madeline et Michael Carmichael, genre le couple le plus célèbre de tous les temps ?

— Il faut croire.

Elle regarde autour d'elle, sidérée, comme quelqu'un que l'on aurait bousculé.

— Et donc, qu'est-ce qu'ils ont à voir là-dedans ? Je ne comprends rien.

— Ce sont les parents de Jo.

Elle pousse une exclamation, une main sur la bouche.

— Oh… Mon… Dieu ! Jo est Joséphine Carmichael, l'héritière de la fortune et de la dynastie Carmichael.

Je soupire, lève les yeux au ciel et ravale la colère qui bout au fond de moi.

— Tu en fais un peu des caisses, non ?

Elle se lève en secouant la tête et approche son visage tout près du mien.

— Nicky, elle n'est pas simplement une fille de stars, elle est une célébrité à elle seule. Je ne sais pas comment j'ai fait pour ne pas la reconnaître au bar, mais, *putain*, c'est bien elle.

— Cousine, c'est une personne comme une autre.

Tamara arque un de ses sourcils brun et parfait.

— Elle n'est pas une *personne*, elle est bien plus que ça. Je la suis depuis des années.

— Et tu ne l'as pas reconnue ?

— Ben, elle n'a pas la même tête en vrai et sans tout ce maquillage et ces filtres.

— C'est quoi, un filtre ?

Elle brandit son téléphone et me l'agite sous le nez.

— Tu sais, sur une caméra, pour te rendre plus beau.

Je la regarde, interdit, et me sens stupide.

— Des gens utilisent des filtres pour paraître plus beaux ?

Elle secoue la tête et roule des yeux.

— Les hommes sont des créatures vraiment naïves. Où est Jo ?

— Elle a pris le large dès qu'elle a vu le photographe.

— Le terme exact, c'est « paparazzi », me corrige-t-elle.

— Bref.

— Tu es sur le point de devenir célèbre toi aussi.

— Super, grommelé-je en faisant les cent pas sur le sol en carrelage qui s'étend au pied du bureau d'accueil. Il faut que j'y aille. Jo a dû retourner chez moi.

— Elle va s'enfuir.

Je m'arrête net et tourne les yeux vers ma cousine.

— Pour aller où ?

Elle hausse les épaules.

— Là où on ne la trouvera pas.

— Putain de merde ! vociféré-je, quittant le bureau en trombe.

Tamara a complètement raison.

Dix-sept longues minutes plus tard, je me gare dans une allée à présent déserte, me précipite dans la maison et la cherche désespérément. Sa valise rose a disparu, et la moindre trace de sa présence s'est volatilisée avec elle, exception faite d'une petite feuille de papier blanc repliée, posée sur un des coussins du canapé, le mot *Nick* impeccablement calligraphié au verso.

Je prends le billet, l'ouvre et en parcours le contenu.

Nick,

Merci pour l'escapade, l'abri et l'authenticité. Je chérirai ce bref moment passé ensemble. Je suis désolée de t'avoir causé des ennuis.

Tu ne mérites pas d'être entraîné dans cette pagaille qu'est ma vie. Je n'oublierai jamais ta générosité et ta bienveillance.

Tendrement,

Jo

Je fais le tour des pièces, le morceau de papier pendouillant au bout de mes doigts, la colère prête à déborder.

Putain de merde.

Elle est partie, s'est volatilisée, a disparu comme si elle ne s'était jamais trouvée ici avec, pour seul souvenir, un billet d'adieu et la faible imprégnation de son odeur sur ma peau.

J'ai beau essayer de me débarrasser de l'empreinte qu'elle a laissée sur moi, mon cerveau ne cesse de revenir à cet instant où nos lèvres se sont touchées et où tant de messages sont passés sans qu'aucune parole n'ait été dite.

Bon sang. On croirait entendre une nana un peu cucul, qui est tombée folle amoureuse d'un type qu'elle ne connaît même pas vraiment.

Je sors le téléphone de ma poche et appelle la seule personne qui puisse m'aider à retrouver quelqu'un en fuite.

— Papa, dis-je sitôt qu'il a décroché. J'ai besoin de ton aide.

— Qu'y a-t-il, Nick ? me répond-il sans l'ombre d'une hésitation.

— Tu sais, la femme qui était chez moi ce matin ?

— Celle à qui ta mère a apporté de la soupe ?

— Oui.

— Hum hum. Ta mère s'est prise d'affection pour elle durant le court laps de temps qu'elles ont passé ensemble.

— Elle est partie, et je dois la retrouver.

— Apparemment, il n'y a pas que ta mère qui a un faible pour elle.

— Papa.

— Fils.

— Papa, tu vas m'aider ?

— Pourquoi est-elle partie ?

— Elle n'est pas celle que je croyais.

— Redis-moi ça.

Je fais une grimace. Dis comme ça, ça paraît plus craignos que ça ne l'est.

— Ses parents sont célèbres.

Je marque une pause et entends un claquement de langue au bout du fil.

— Et j'imagine qu'elle l'est aussi, ajouté-je. Quelqu'un a pris une photo de nous aujourd'hui, et elle s'est enfuie.

— Elle doit être en train de passer sa colère, Nick. Elle va sûrement revenir. Ce n'est pas facile de voir son intimité violée comme ça, à tout bout de champ. Tu ferais peut-être mieux de la laisser respirer si tu veux qu'elle revienne.

— Papa, elle a pris toutes ses affaires et m'a laissé un mot. Elle ne reviendra pas.

— Il vaut peut-être mieux laisser les choses ainsi.

— Je vais faire comme si je n'avais rien entendu. Je n'accepte pas qu'elle soit partie sans que je puisse y changer quelque chose. J'ai besoin de savoir qu'elle va bien. J'ai besoin de savoir qu'elle est en sécurité. J'ai besoin de…

— On dirait que ça dépasse la simple affection, fils. Elle t'a séduit plus vite que je ne l'aurais cru possible.

Fait chier. Il a raison.

Elle m'a séduit quand j'étais occupé à contempler son sourire adorable, et puis, ce baiser… ce baiser m'a eu pour de bon.

Je souffle un bon coup, la respiration coupée, comme si l'on venait de m'asséner un coup de poing dans le ventre.

— Je l'ai vraiment dans la peau, et je n'arriverai pas à l'oublier tant que je ne me serai pas au moins assuré qu'elle va bien.

— Es-tu sûr qu'elle veut être retrouvée ?

Je renverse la tête, ferme les yeux, le téléphone à l'oreille.

— C'est comme elle voudra. Je ne peux pas l'obliger à être ici si elle veut fuir, mais j'ai besoin de m'assurer qu'elle ne conduit pas comme une folle sur les routes, qu'elle ne dort pas sur un parking, comme l'autre soir. Ce n'est pas prudent pour une femme.

— C'est ton côté sexiste qui parle, Nicholas.

— Elle n'est pas armée, et n'importe quelle personne âgée à cent kilomètres à la ronde pourrait la battre à plate couture, vu son gabarit. Alors, oui, ça peut paraître sexiste, mais c'est la vérité. Elle ne peut pas rester dehors, toute seule, à dormir sur un parking.

— Il y a des motels.

— Des hôtels, le reprends-je. Elle est plutôt le genre de fille à louer au Ritz.

— Dans ce cas, elle a dû se rendre au sud. Je suis sûr que tu la trouveras du côté de Clearwater.

— Hé, l'ancien, tu vas me faire traverser toute la Floride pour une femme que tu peux retrouver en un simple coup de fil ?

— Un coup de fil et une faveur en échange de ce renseignement, se récrie-t-il.

— Je m'acquitterai de ma dette. La faveur, tu peux l'ajouter à ma note.

— Ça ne marche pas comme ça.

— Tu vas le faire, oui ou non ?

— Considère que c'est déjà fait. Si je te dis non, ta mère me le fera payer durant le restant de mes jours.

— Je suis prêt à tout. Je l'aurais appelée si tu avais refusé.

— Tu n'es pas *fair-play*. En même temps, tu ne l'as jamais été.

— Chope l'info et rappelle-moi, conclus-je, avant de raccrocher et de sortir pour rejoindre mon pick-up.

Tant pis pour la moto.

Avec les nuages noirs qui se forment dans le ciel, ces

orages habituels en soirée lorsque l'air chaud rencontre le vent froid en provenance du golfe, ce n'est pas pratique.

Je monte à bord de mon pick-up, tourne la clé, démarre le moteur et pars en direction du kiosque à tacos où je l'ai vue pour la toute première fois.

— Je l'ai trouvée, lâche mon père aussitôt que j'ai décroché. Désolé, ça a pris un peu de temps.

— Ça fait une heure ! râlé-je, furax d'avoir sillonné la ville pendant l'intégralité de ces soixante minutes et d'être rentré bredouille. J'ai cherché partout, je n'ai pas réussi à la trouver.

— Calmos, petit. Elle n'est pas allée bien loin en une heure.

— Où est-elle ? je ne peux m'empêcher de grogner, parce qu'il fait durer le suspense.

— Au Neon Cowboy

— Au Neon Cowboy ? Putain de merde…

Je me passe une main sur le visage et secoue la tête.

— … mais qu'est-ce qu'elle fout dans un bar de *bikers* ?

— Elle doit boire un verre et essaie de se fondre dans la masse.

— Papa, elle ne peut pas se fondre dans la masse parmi ces gars-là, pas même parmi les femmes. Elle détonne dans le paysage.

— Dans ce cas, tu ferais bien de te magner et d'aller voler au secours de cette fille.

— Je suis sur le coup. Appelle-moi si elle s'en va.

— Elle y est depuis une petite demi-heure. Elle ne partira pas de sitôt. Bonne chance.

— Merci.

Je raccroche et jette le téléphone sur le siège passager.

Avec son apparence et ses fringues de couturier, les hommes du Neon Cowboy vont lui coller aux basques, et toutes les femmes voudront sa mort. Il est fort probable que personne ne la reconnaisse, mais ce n'est pas ça, le problème. Elle sera l'objet de tous les regards et, à l'idée même que quelqu'un pose une main sur elle, essaie de tirer profit d'elle, j'ai l'estomac qui se noue.

S'il lui arrive quelque chose, ça va barder.

CHAPITRE 13
JO

IMPOSSIBLE DE SE méprendre sur le fait que je ne suis pas en Californie, ni même à Clearwater, d'ailleurs.

Si je croyais me trouver au fin fond de la Floride avant cela, je me trompais. Ce tripot bondé de types tout en cuir et denim, à la longue barbe et couverts de tatouages, dépasse tout ce que j'ai pu imaginer jusqu'ici.

Ignorant les regards braqués sur moi, je grimpe sur un grand tabouret au bar, flanque mon sac Louis Vuitton sur le comptoir et pose une main dessus.

Je suis le barman du regard, un homme qui est, et de loin, l'un des gars les plus costauds que j'ai vus, et le vois servir des verres et baratiner une cliente assise au bout du comptoir. Il porte un marcel *Roule ou Crève*, jadis un tee-shirt avant que quelqu'un ne s'empare d'une paire de ciseaux et n'en découpe grossièrement les manches.

Je n'ai pas besoin de jeter un coup d'œil autour de moi pour savoir que la plupart des regards sont pointés dans ma direction. Plus d'une fois, j'ai été au centre de l'attention, mais c'était généralement celle des médias et de l'élite d'Hollywood.

C'est une tout autre expérience, ici.

Je me sens une étrangère en tout point. D'ordinaire, les barmans sont une cible facile, prêts à tout pour me servir en premier. Pas là. Du tout. Ses goûts le portent visiblement vers le clinquant plus que vers la classe.

— Bonjour, un whis… lancé-je, une main levée pour attirer l'attention de l'homme à son passage.

Seulement, ça ne marche pas. Je n'obtiens même pas un coup d'œil oblique, alors qu'il passe devant moi sans s'arrêter et continue en direction du bac à glaçons, à l'autre bout du bar.

Il ne m'entend peut-être pas à cause du rock qui résonne au-dessus de nos têtes.

— Monsieur, le hélé-je en agitant la main cette fois.

Là encore, je me trompe et le vois repasser devant moi pour se diriger vers deux filles dont les cheveux sont crêpés haut sur le crâne et ont l'air si rigides qu'elles doivent forcément pulvériser une bombe de laque tout entière sur leur tête chaque fois qu'elles se coiffent.

— Qu'est-ce qui te faut, trésor ? offre un homme, qui vient se glisser sur le tabouret vacant à côté de moi.

Je me fige, craignant de regarder dans sa direction, jusqu'à ce qu'il faufile un bras autour de mon tabouret et que sa main touche mon dos.

— Eh bien, monsieur, dis-je, prenant ma plus belle voix.

Lorsque je me tourne vers lui, mon cœur se soulève d'effroi et j'aspire une grande bouffée d'air.

— J'apprécie votre offre.

— Je n'ai rien offert.

Il me décoche un sourire carnassier, pendant que ses yeux me reluquent de la plus vicieuse et de la plus vorace des façons qui soient.

— Pas encore, du moins, poursuit-il. J'ai demandé ce que tu voulais, pas ce que je voulais, moi.

— Eh bien…

Je contemple sa barbe hirsute qui n'a pas été taillée depuis des mois. On ne voit presque pas ses lèvres à travers les touffes de poils qui semblent pointer dans toutes les directions, telle une toile d'araignée au fils diffus.

— Juste un whisky.

Il hausse un de ses sourcils broussailleux.

— *On the rocks*[1] ?

Je ravale ma peur et acquiesce d'un hochement de tête.

— Peu importe, du moment qu'il y a de l'alcool.

Je vois à nouveau ses dents, parce qu'il me sourit. Du moins, je pense… C'est difficile à dire, mais c'est ce que j'imagine étant donné la façon dont ses pommettes remontent et dont la blancheur de ses dents perce à travers la barbe.

— Clay, la demoiselle voudrait un whisky *on the rocks*, annonce-t-il après avoir claqué des doigts pour attirer l'attention du barman.

Clay, le sale con qui m'ignore depuis le début, adresse un bref hochement de tête au malabar et retourne vaquer à ses affaires.

— Je vais te donner un petit conseil, déclare mon voisin de comptoir, qui écarte le bras de mon dos pour poser les deux mains sur le bar. Fais-en ce que tu veux ou ignore complètement ce que je m'apprête à te dire.

Je secoue la tête, ferme les paupières et bougonne :

— Tout le monde me dit ce que je dois faire. Ça fait

plus de vingt ans qu'on me commande, et il faut qu'un inconnu s'asseye à côté de moi et me donne des conseils, lui aussi.

Clay, la tête de nœud aux manches coupées, glisse un verre devant moi sur le comptoir et lance un regard de reproche au barbu à ma droite.

— J'ai l'impression qu'on t'a mise en boule, constate l'homme, sans prêter attention au barman.

Il pousse le verre devant moi.

— Bois. Je pense qu'il va t'en falloir plus d'un pour venir à bout de tes démons.

Je tourne le regard vers lui et fixe ses yeux qui sont presque aussi sombres que la plus noire des nuits.

— Mes démons ?

Mon rire, d'abord ténu, jaillit avec plus d'éclat à mesure que son visage devient grave.

— Une chiée de démons, marmonne-t-il tout en étudiant mes traits, ses petits doigts boudinés caressant sa barbe. Il te faudra bien au moins trois verres pour les faire parler, avant d'avoir l'esprit en paix.

Mon rire s'éteint, et je le regarde d'un air confus.

— Je vous remercie pour le verre, monsieur…

— Tobias, me coupe-t-il.

— Comment ?

— Mon nom, c'est Tobias, pas monsieur.

— Je vous remercie pour le verre, Tobias, me reprends-je, puis j'enchaîne sur ce que je m'apprêtais à dire avant qu'il ne ressente le besoin de me couper la parole. Mais je suis venue ici pour m'isoler et réfléchir.

— On réfléchit toujours mieux à deux.

Je le regarde d'un air hébété et me demande s'il est fou, ivre, ou un mélange des deux. Il est là, à débiter des inepties, à raconter n'importe quoi. Je secoue la tête, tourne le buste vers mon verre et enroule les doigts autour de ses parois fraîches.

— Même si je dois reconnaître que ça fait du bien de vider son cœur auprès de quelqu'un, j'ai besoin d'être seule ce soir.

— Une cuirasse, grommelle-t-il.

— Pardon ?

Je me remémore le moment où Nick a marmonné la même chose à mon sujet.

— Je n'ai pas de *cuirasse*, protesté-je, portant le verre à mes lèvres.

Il se tourne tout entier dans ma direction jusqu'à ce que ses genoux touchent mes cuisses et ajoute :

— Dure comme un roc. Douce d'apparence, mais au-delà, rien qu'un roc.

Je tourne tout juste la tête et le dévisage du coin de l'œil, le verre encore aux lèvres.

— Écoute, poursuit-il, levant le bras pour replacer sa main sur le dossier de mon tabouret, à la différence qu'il ne me touche pas, cette fois. Tu n'as pas du tout l'allure à traîner dans des bars de *bikers*, ni même la tête de celle qui cherche à vivre le grand frisson ce soir, trésor.

— Qu'est-ce qui vous donne cette impression ? marmonné-je dans mon verre, le regard rivé sur mes glaçons qui disparaissent lentement.

Son rire est doux en dépit de son apparence rustaude.

— Les filles dans ton genre n'entrent pas dans un endroit pareil. Alors, il y a deux solutions. Soit une petite merde t'a brisé le cœur, soit tu t'es perdue. Je ne pense pas que les avis Yelp parlent de cuisine de qualité, de cocktails élaborés ni de service irréprochable.

J'ignore pourquoi, mais je me mets à rire et, posant le verre sur le bar, tourne la tête vers lui.

— Yelp ? Vous consultez Yelp, vous ?

— Comme tout le monde, non ? réplique-t-il, comme si c'était moi la personne la plus folle de nous deux.

— Tobias, où voulez-vous en venir ? soupiré-je.

— Nulle part. Tu es paumée, et ce n'est pas le genre d'endroit où l'on vient quand on veut être retrouvé. Et puisque tu as l'air de ce que tu as l'air, je me suis dit que tu avais bien besoin que quelqu'un te tienne compagnie pour éviter qu'un petit vicelard n'essaie de te tripoter sous ton joli petit short.

Il a en partie raison. Je n'ai pas envie qu'on me retrouve. En revanche, je n'étais pas *paumée*. Je voulais me tirer d'ici en regagnant l'autoroute par la campagne, mais lorsque j'ai aperçu la rangée de motos et le bar après des kilomètres de rues désertes, j'ai fait une halte pour me reposer et rassembler mes idées.

Je l'ignore et retourne à mon whisky en espérant qu'il s'aille.

— Alors, d'où tu viens comme ça ? Je dirais la côte ouest.

— Californie.

— Quel coin ?

— Près de L.A.

— J'ai passé quelques années à San Diego. Le climat de là-bas me manque.

— Vous avez vécu en Californie ?

Je le regarde à nouveau, avec curiosité, et me demande comment ce type pouvait coller à la vie de bohème et à l'ambiance du bord de mer typique à la Californie du Sud.

— J'y suis resté en garnison pendant trois ans.

— Dans la marine ? demandé-je, un sourcil arqué.

Je le vois d'un autre œil.

— Oui, ma p'tite dame. J'ai passé vingt ans à servir ce pays. J'ai vécu un peu partout, visité tous les continents de cette planète, porté le drapeau, représenté notre belle nation.

— Merci d'avoir servi notre pays.

Il agite une main avec désinvolture.

— J'aimerais dire que mes motivations étaient honorables, mais ça payait bien, couvraient les frais de santé, et je n'ai connu que ça de mes dix-huit ans à mes quarante ans, pratiquement.

— Et maintenant ?

— Maintenant, j'ai ma liberté et le vent pour me pousser.

— La liberté, reprends-je en écho. Je rêverais de connaître ça.

Il arque les sourcils.

— Tu n'es pas libre, chérie ?

Je hausse les épaules.

— En substance, si, mais la réalité de ma liberté et celle de la vôtre sont bien différentes.

— Le mari ?

Je secoue la tête.

— La famille.

— La pire des captivités.

Tobias fait signe à Clay et désigne mon verre.

— C'est à cause de ta famille que ton joli petit cul est posé à côté de moi ce soir ?

Je suis un peu flattée, mais en majeure partie, non. Lorsque je regarde autour de moi, les femmes sont loin d'être élégantes. Beaucoup d'entre elles sont restées coincées dans les années quatre-vingt. Même si leurs rides ont progressé, leur coiffure et leur maquillage, non.

— En quelque sorte, mais c'est surtout à cause d'un mec.

Tobias se renverse sur son tabouret et m'étudie longuement de ses prunelles sombres.

— Il t'a brisé le cœur.

— Non. Je me suis enfuie.

Il penche la tête sur le côté, les yeux plissés.

— Il t'a fait du mal ?

— Non ! réagis-je. Il ne ferait jamais une chose pareille.

— Il t'a trompée ?

— Non.

— Volé de l'argent ?

— Non.

— Tu l'as trompé ?

— Non.

— Tu l'as frappé ?

— Non.

— Alors quoi, bon sang ? Ne le prends pas mal, mais je ne vois pas pourquoi tu as laissé tomber ce pauvre bougre sans raison.

Je redresse les épaules et referme les doigts autour du nouveau verre que Clay place devant moi.

— Ma vie est compliquée, et il n'a pas besoin de ça.

Tobias secoue la tête et jure tout bas.

— Tu l'as laissé en juger par lui-même, ou tu es partie sur un coup de tête en prenant l'initiative de décider à sa place ce qu'il voulait ou ne voulait pas dans la vie ?

— Ben… je…

J'ai le regard plongé dans le liquide ambré.

— J'imagine que j'ai décidé pour lui, finis-je par marmonner.

— N'importe quoi, chérie. Vraiment n'importe quoi.

J'ingurgite la moitié de mon verre, avant de le reposer sur le bar et de me tourner vers Tobias.

— Il ne sait pas dans quoi il s'engage. Il n'en a eu qu'un aperçu. Je ne vais pas lui faire subir ce qu'on m'a fait subir.

Il secoue la tête et me jette la pierre :

— Ça ne se fait pas. N'importe quel homme devrait pouvoir en décider lui-même. Personne, pas même sa compagne, ne devrait le faire à sa place sans au moins en discuter avant.

— Ça ne fait que quelques jours qu'on se connaît.

Tobias me regarde en clignant des yeux, bouche bée.

— Attends, ça ne fait que quelques jours que tu connais ce type, et tu te fais du mouron comme si tu avais perdu l'amour de ta vie ?

— Ben… Oui, mais…

— Il y a toujours un *mais*, clame-t-il tout en passant la main sur sa barbe et sur sa bouche. Toujours un *mais* avec les femmes !

— Ça vous est déjà arrivé de rencontrer quelqu'un, et que ça fasse *tilt* ?

— Oui, toutes les semaines.

Je lève les yeux au ciel.

— L'amour, ce n'est pas mon dada, chérie.

— Jo, le reprends-je.

— L'amour, ce n'est pas mon dada, Jo. On m'a brisé le cœur une fois, et ce n'est pas près de recommencer. Je ne suis pas du genre à répéter les mêmes erreurs.

— Nick est l'homme le plus gentil et avec le plus de

poigne que je connaisse, et pourtant j'en ai connu, des mecs directifs, à Los Angeles.

— Los Angeles est remplie d'abrutis.

— Ça, c'est bien vrai ! dis-je en riant, un sourire pour Tobias.

— Donc, tu as rencontré ce type, tu t'es instantanément entichée de lui et, à présent, tu fuis parce que…

— Ma vie est trop compliquée pour lui.

— Il éprouve des sentiments pour toi, lui aussi ? me demande Tobias, avant d'avaler une lampée de la bière qu'il sirote depuis qu'il s'est installé à côté de moi.

Je hausse les épaules.

— Je n'en sais rien. Je pense que oui. Sa mère m'a fait de la soupe aujourd'hui.

— Tu ne le connais que depuis quelques jours et tu as déjà rencontré sa mère… Attends un peu…

Il s'interrompt et repose la bière sur le bar.

— Il vit avec sa mère ?

Je fronce le nez.

— Non, il est indépendant. Je ne me sentais pas bien, alors il l'a appelée, et elle m'a préparé une soupe.

— Oui, tu as déconné, conclut-il, plissant les yeux. Grave déconné.

— Tobias, vous ne m'aidez pas.

— Quand un homme appelle sa mère et la rajoute à l'équation en lui présentant la fille… ça veut dire quelque chose.

— J'étais malade. Il voulait se montrer aimable.

— Aucun homme ne se montre aussi aimable. Tu l'as sauté ?

Il me pose cette question sans ambages, et je ne cille même pas devant sa franchise.

— Non.

Tobias se redresse.

— Le type n'a pas trempé son biscuit et il te met déjà le grappin dessus en te montrant à sa mère. Ce qui se passe là, c'est du lourd.

— Ce n'est pas comme ça que ça marche.

Tobias se renverse sur son tabouret et rit franchement.

— Chérie…

J'ai toujours détesté ce mot… jusqu'à ce que je rencontre Nick. Il est le seul que j'aime entendre m'appeler *chérie*. Le seul qui le dise d'une telle façon que mon cœur se met à palpiter et mon bas-ventre à papillonner.

— Tu as déconné, parce que c'est exactement comme ça que ça marche. Je sais que c'est différent à L.A., mais ici, dans le sud, quand tu présentes une femme à ta famille, ça veut dire que c'est du sérieux.

— Sauf qu'il ne sait pas qui je suis.

— Tu es une meurtrière ?

J'éclate de rire et lève les yeux au ciel.

— Non.

— Une harceleuse ?

— Non.

— Une voleuse ?

— Non.

Il tapote les poils de barbe où devrait se trouver son menton.

— Une violeuse ?

J'esquisse un mouvement de tête choqué.

— Quoi ? Non, voyons !

— Alors, c'est quoi, le *hic* ? me demande-t-il avec un haussement d'épaules. Ce type s'est trouvé une belle femme, plutôt normale dans sa tête, mais avec juste ce qu'il faut de folie.

Je plisse les yeux devant ce jugement. Je suis totalement normale. Du moins, comparée à ceux qui m'entourent à L.A.

— Une belle paire de nichons, de longues jambes, une jolie bouche, de beaux yeux, sûrement un cœur tendre, une sacrée plaie néanmoins, mais ça n'arrête pas le gars pour autant. Et là, à la première occasion, elle prend la poudre d'escampette, lui vole son libre arbitre. C'est une sacrée connerie.

— Non, ce n'est pas une connerie. Il ne pourra jamais comprendre, parce qu'on vient de deux mondes différents.

Je ne peux pas expliquer à Tobias à quel point ma vie est compliquée pour quelqu'un qui y est extérieur.

— Tu viens de Mars ?

— Non.

— De Mercure ?

— Non, dis-je encore avec un roulement d'yeux.

— De la Terre ?

— Oui, Tobias, je viens de la Terre.

— Vous êtes donc du même monde, chérie. Du même putain de monde. Ce n'est pas parce que tu penses que le sien est différent que ça en fait une réalité. Je sais qu'on nous reproche plein de trucs, à nous, les mecs, mais on est plutôt résistants, ça, on ne peut pas nous l'enlever. Tu as déconné. Vraiment.

— Oui, elle a déconné, Tobias.

Je reconnais immédiatement la voix de Nick, tout comme la colère dans son ton.

— Nicky, le salue Tobias, qui se tourne et lui tend la main. Comment ça va, mec ? T'en as mis du temps !

Nick lui serre la main, mais ne me lâche pas du regard.

— J'allais bien, jusqu'à ce que je rencontre cette nana et qu'elle détale sans me laisser le temps de lui parler, comme si elle avait le feu aux fesses.

Les yeux de Tobias se tournent vers moi, puis reviennent sur Nick lorsque leurs mains se séparent.

— Je commençais à être à court d'arguments, mon pote. Je pensais que tu n'allais jamais arriver.

Nick secoue la tête.

— Ce sont ces putains de bouchons, Tob. Désolé, frangin.

— T'inquiète. Tu l'as présentée à Angel, mec ? Ça ne rigole pas.

— Tout le monde se connaît dans ce patelin, ou quoi ? bougonné-je, m'attirant les regards noirs des deux hommes.

Génial.

— Je vois qu'elle t'a déjà raconté toute sa vie. Ce doit être chouette de confier à un parfait inconnu ce qu'on n'est pas capable de dire à l'autre.

Tobias lève les mains et descend du tabouret.

— Une histoire complètement dingue. Je crois que je vais vous laisser régler ça à deux. Content de t'avoir revu, mon pote.

— Merci, Tobias. Passe au garage un de ces quatre pour dire bonjour. Tam et Mammoth seront contents de te revoir.

Tobias esquisse un sourire, dévoilant les dents blanches qui se cachent sous sa barbe.

— Je les adore, ces deux-là.

L'homme est à peine parti que Nick étend les bras de chaque côté de moi et appuie les paumes sur le bar.

— Fini de prendre la fuite, chérie.

Son torse ferme est pressé contre mon dos et je sens son souffle chaud effleurer ma nuque.

— Il est temps d'avoir une discussion. Fini, les conneries. Fini, les salades. On va passer aux choses sérieuses.

CHAPITRE 14
NICK

— NE M'EN VEUX PAS, me supplie-t-elle, sans tourner la tête pour me regarder.

— Chérie, je suis furax. Tu t'es barrée comme ça, sans explication, sans la moindre hésitation. Partie... *Pouf* ! Envolée.

— Je suis désolée, s'excuse-t-elle tout bas, tête baissée, les yeux rivés sur ses genoux.

Je me penche un peu plus, colle presque mes lèvres à son oreille.

— Pourquoi t'enfuir ? J'allais m'occuper du type, faire en sorte que, quoi qu'il se passe, ça ne te revienne pas en pleine figure. Sauf que tu ne m'en as pas laissé le temps et que tu es partie d'un coup, sans même te retourner.

— Je me suis retournée, proteste-t-elle.

— Quand ça ? Avant ou après avoir atterri dans ce bar à la con ?

Mon pouce effleure son auriculaire, et cette décharge électrique que j'ai ressentie lorsque je l'ai touchée plus tôt me traverse à nouveau.

— J'ai bien essayé de m'en aller, de partir loin, m'explique-t-elle, tournant le visage vers moi, si bien que mes lèvres se retrouvent légèrement pressées contre son oreille. Je me suis dit que c'était mieux pour toi, plus facile, même. Mais je n'ai pas pu. Bon Dieu, je n'ai pas pu. C'est pour ça que j'ai atterri dans ce bar à la con, comme tu dis, au beau milieu de nulle part, et que je me suis retrouvée à vider mon sac à un *biker* appelé Tobias, au lieu de me la couler douce sur une plage ou de monter à bord d'un avion.

— Tu ne partais pas ? lui chuchoté-je à l'oreille, plaçant mes mains sur les siennes, mes bras pressés contre sa peau nue.

—Non.

Elle tourne la tête jusqu'à ce que ma bouche se retrouve près de ses lèvres, et non plus de son oreille.

— J'ai essayé de partir, mais c'est comme si tu avais une laisse invisible, que tu me retenais, m'empêchais d'avancer.

Elle élève les doigts, les mêle aux miens.

— Je ne te connais que depuis peu de temps. Ça ne devrait pas être aussi dur de s'en aller. Mais, tu ne mérites pas la tempête qui va s'abattre sur toi à cause de ce qui s'est passé plus tôt.

— Tu parles des photos ? demandé-je, les yeux plongés dans ses prunelles bleues, et j'y vois profondément enfouis la tristesse et le remords.

— Oui, souffle-t-elle, exhalant un parfum sucré de whisky.

— Je m'en tape des photos, Jo. J'en aurai quelque chose à foutre si ça te cause des ennuis, c'est tout. Je n'ai rien à cacher. Qu'un petit connard publie des photos de nous en plein baiser, ça ne va pas me chambouler la vie.

Ses yeux se mettent à briller de colère.

— Tu ne sais pas de quoi tu parles, Nick. Je ne suis pas une fille ordinaire. J'arrive avec un bagage. Un bagage bien plus conséquent que toutes celles que tu as pu rencontrer jusqu'ici. Cet instant, ce foutu cliché, va bouleverser pour toujours le monde dans lequel tu vis.

Je remonte la main le long de son bras jusqu'à son cou, le pouce sur sa joue.

— Tu crois vraiment que j'en ai quelque chose à foutre de ce qu'on pense de moi ?

— Non, admet-elle, ses yeux dans les miens. J'imagine que non.

— Est-ce que ça va causer ta perte ?

— Avec un peu de chance, oui, ironise-t-elle, un faible sourire aux lèvres.

— Tu cherches les ennuis, chérie ? Tu veux dresser un mur entre ton passé et ton avenir ?

— Je veux m'affranchir du passé. Ces derniers jours ont été…

Elle ravale sa salive, marque une brève pause, et je ne cesse de la fixer, ne remue pas d'un cil.

— … les meilleurs de toute ma vie.

Sinistre.

C'est le seul qualificatif qui me vient à l'esprit pour décrire sa vie jusqu'ici, si ces derniers jours ont été les meilleurs de toute son existence : elle a tenté de passer la nuit sur un parking, s'est retrouvée saoule, a fini à genoux sur le carrelage de ma salle de bains, et s'est récolté une énorme gueule de bois. Je connais peu de monde qui classerait ces choses-là dans la liste des meilleures expériences à vivre.

— C'est dingue, murmuré-je, et mon regard plonge sur sa bouche lorsque pointe le bout de sa langue pour balayer sa lèvre supérieure.

— Je sais.

— Rentre à la maison avec moi.

Je ne comprends pas bien pourquoi je m'évertue autant à retenir une fille que je viens à peine de rencontrer.

Je n'ai jamais couru après les femmes, j'ai toujours attendu qu'elles viennent à moi, qu'elles me fassent ce qui leur chantait. D'ailleurs, j'ai toujours fait en sorte qu'elles ne restent pas après la baise, leur montrant la porte et les aidant à foutre le camp.

Jo hausse un sourcil.

— Tu veux encore de moi ? Même après que je me suis enfuie ?

Mes doigts se resserrent sur sa nuque, et j'attire son visage au mien jusqu'à ce que nos lèvres se touchent.

— Je n'ai jamais autant voulu quelqu'un, admets-je tout contre sa bouche.

Je suis aussi sincère avec elle que je le suis envers moi-même, même si j'ignore pourquoi je la désire autant.

Elle fait un quart de tour sur son tabouret, et faufile un bras à ma taille, tandis que je l'embrasse avec ardeur. Plongeant la langue dans sa bouche, j'aspire ses gémissements teintés de whisky et prends tout ce qu'elle a à m'offrir sans un remords.

Elle s'écarte, emporte ses douces lèvres avec elle.

— Ramène-moi à la maison, me prie-t-elle entre deux respirations haletantes.

— Fini de t'enfuir.

— Fini de m'enfuir, me promet-elle.

Nos mains toujours soudées, je jette un billet de 20 dollars sur le bar et l'aide à descendre du tabouret. Avant que nous n'allions plus loin, je passe un bras autour de ses épaules et l'entraîne d'un pas décidé vers la sortie.

Je croise le regard de Tobias, qui lève son verre et me fait un signe approbateur du menton. Je lui retourne le geste sans m'arrêter pour discuter ou le remercier. Quoi qu'il ait dit ou fait, cela l'a retenue le temps qu'il faut pour que je débarque ici.

Lorsque nous arrivons sur le parking, Jo commence à partir en direction de sa voiture, mais je la retiens par la taille.

— Laisse-la ici. On ira la rechercher demain. Tu as bu, alors tu ne conduis pas. La dernière chose dont on a besoin, c'est que tu te fasses arrêter en état d'ivresse.

Elle se tourne vers moi, une moue aux lèvres.

— Je ne suis pas saoule, Nicky.

— Peut-être pas, mais les effluves de whisky qui sortent de ta bouche sont suffisantes pour te faire souffler dans un éthylotest et, bien que mon père ait bossé dans les forces de l'ordre, je n'ai franchement pas envie d'avoir affaire à un flic ce soir. On passera la récupérer demain.

— C'est toi le chef, murmure-t-elle.

Je souris spontanément.

— Tu apprends vite.

J'ouvre la porte de mon pick-up et l'aide à monter.

— C'est la dernière occasion que tu as de t'enfuir, de tirer un trait sur moi et sur tout ça.

Elle regarde autour d'elle, avant de revenir à moi, ses yeux balayant mon visage.

— J'en ai assez de fuir. Je veux être ici, avec toi, et nulle part ailleurs.

Ma poitrine se serre à ces mots, et j'approuve d'un simple marmonnement, car je doute de pouvoir réussir à parler. Je l'enferme à l'intérieur, gagne le côté conducteur et prends la direction de la maison.

CHAPITRE 15
JO

NOUS NE SOMMES PLUS qu'à quelques kilomètres de chez lui quand mon téléphone se met à sonner. Je l'ignore, et renvoie aussitôt l'appel vers le répondeur.

Kimberly.

Elle va me gonfler, voire me passer un savon, au sujet des photos qui ont déjà dû fuiter.

— Tu devrais peut-être répondre, me conseille Nick, qui lance un coup d'œil dans ma direction, un bref regard pour mon téléphone.

— Je n'ai pas envie.

J'ai à peine prononcé cette phrase que mon téléphone se remet à sonner.

Kimberly est une acharnée. C'est pour cette raison que je l'ai embauchée en tant que chargée de relations publiques il y a cinq ans de cela. Il me fallait un pit-bull qui soit de mon côté, au lieu de me reposer sur le personnel de mes parents pour veiller sur mes intérêts.

Avec un soupir, je presse *décrocher*.

— Allô ?

Je regrette aussitôt d'avoir écouté Nick.

— Ça fait deux heures que j'essaie de t'avoir au téléphone ! aboie Kimberly. T'étais passée où, putain ?

— Nulle part.

Je regarde Nick et fais une grimace.

— Les photos sont partout. Si tu voulais te faire oublier, c'est raté.

— Je sais, je suis désolée. Au début, j'y arrivais, mais après…

— Ce mec est canon *de ouf*, au fait ! lâche-t-elle si fort que Nick a dû tout entendre, même si elle n'est pas sur haut-parleur, parce que Kimberly a toujours eu le verbe haut.

Il tourne la tête, ses yeux sur moi, un sourire au visage.

Je me mords la lèvre et rougis.

— Kimberly…

— Enfin, je dis ça, je ne dis rien. C'est, genre, une bombe. Une bombe de ouf.

— Tu as dit deux fois *de ouf* en trente secondes.

Je me tourne vers la fenêtre et ajoute tout bas :

— Il est juste là. On peut parler de ça plus tard ?

— Il est juste là ?

— C'est ce que je viens de te dire. Il est à côté de moi.

— Mets-moi sur haut-parleur, ordonne-t-elle.

— Non.

— Si.

Je soupire et finis par répondre sèchement :

— D'accord.

Je presse le bouton *haut-parleur* pour que nous puissions l'entendre tous les deux.

— Tu es sur haut-parleur.

— Bien. Salut, joli cœur ! C'est Kimberly, l'attachée presse de Jo. Vous deux, vous avez déchaîné les passions.

Nick se repositionne sur son siège et se redresse légèrement.

— Déjà ? s'étonne-t-il.

— Ouais ! Difficile de faire autrement quand on se tripote comme deux ados en chaleur. Ce n'est pas tous les jours qu'une starlette d'Hollywood est surprise en train de se faire peloter par un beau gosse plein de cambouis, hors du cercle.

J'adresse à Nick un sourire contrit.

— Désolée.

— J'ai reçu quelques coups de fil, poursuit Kimberly, et je suis convaincue qu'ils fouillent dans ton passé. Des choses qu'il vaudrait mieux que je sache ? Histoire de préparer un plan d'attaque.

Il tourne la tête vers moi et me regarde, tandis que nous patientons à un feu rouge.

— Un plan d'attaque pour quoi ?

— Pour les squelettes que tu as dans ton placard. On a tous des trucs à cacher, certains plus que d'autres. C'est mon job de les faire disparaître ou de veiller à, au moins, les minimiser pour qu'on ne cherche jamais à remuer la cendre pour les retrouver.

Il fronce les sourcils, et son visage s'assombrit.

— Putain de merde.

— Désolée.

— Chérie, m'interpelle-t-il de ce ton doux et posé pour lequel je me suis prise d'affection plus vite que je ne l'aurais pensé. Ne sois pas désolée. Ce sont mes problèmes, par les tiens.

— Il y a donc des squelettes ? s'enquiert Kimberly.

— Pas tant que ça, mais ils les retrouveront, c'est sûr.

— J'ai besoin de précisions, exige-t-elle, le bruit de feuilles de papier que l'on déplace en arrière-fond. Laisse-moi prendre un stylo.

Il serre les mains autour de volant et tend le corps vers le parebrise.

— La liste n'est pas si longue que ça.

— Disons que je ne veux rien oublier de crucial. Bon, je suis prête. Balance la sauce.

— On m'a envoyé en pensionnat à quinze ans, avoue-t-il, le regard tourné vers le parebrise, tandis que nous traversons l'intersection.

En pensionnat ? Il ne ressemble à aucun élève de pensionnat que j'ai pu connaître. Ces jeunes-là sont tellement collet monté, moulés pour l'excellence et l'arrivisme. J'aurais parié toute ma fortune qu'il avait fréquenté une école publique à proximité de chez lui.

— Pourquoi ? je m'enquiers.

— J'étais un peu rebelle.

Je me mets à rire. Cela me semble tout à fait crédible. Il n'a rien d'un type terne ni même d'un bon petit soldat. Peut-être est-ce pour cette raison que je l'apprécie autant. J'ai passé ma vie à me plier aux règles et à suivre les diktats, quand je ne demandais qu'à me libérer de mes entraves, à prendre mon envol et à vivre les libertés dont seuls les gens ordinaires semblaient jouir.

— J'ai volé une bagnole avec mes potes. Ça n'a pas plu à mon daron, puisqu'il avait bossé à la DEA[1]. Il a piqué une crise, m'a dit que j'étais ingérable et que son éducation ne suffisait plus. Il me poussait à marcher dans ses pas, voire à rejoindre l'armée, mais je ne voulais pas de cette vie et j'ai tout fait pour rendre ces options-là impossibles.

Je digère tout cela, un peu sonnée, parce que ça fait beaucoup d'un coup. Tant d'informations ont été déballées. Premièrement, son père faisait partie de la DEA et a travaillé pour le gouvernement. Deuxièmement, Nick s'est assuré de ne pas se retrouver dans la même position ou suivre la voie de son père. Troisièmement, il a volé une voiture. Bon sang, il a piqué la caisse de quelqu'un et s'est fait prendre. Et ça, c'est grave. Son *daron* ne l'aurait pas envoyé en pensionnat s'il ne l'avait pas su, et s'il l'a découvert, c'est que Nick s'est fait arrêter.

— Est-ce la seule fois où tu t'es fait arrêter ? demande Kimberly.

— Non, mais c'était la première.

Je cille à nouveau, bouche bée.

— Tu as fait de la prison ?

— Non. Mon daron m'a fait libérer en quelques coups de fil, mais, le jour d'après, je me suis retrouvé dans le bureau du principal du pensionnat militaire le plus conservateur de Floride.

— Et quelle était cette école ?

— La Andrews Academy.

— Tu as obtenu ton bac là-bas ?

— Non.

— Pourquoi ?

J'écarquille les yeux et ne peux m'empêcher de le dévisager d'un air crédule. Il a fait toutes ces conneries, mais on ne le devinerait jamais étant donné la manière dont sa mère s'adresse à lui et dont elle parle de lui. Elle adore son fils, n'a pas dit une seule fois du mal de lui durant le bref moment que nous avons partagé ensemble. Elle l'a couvert de louanges comme le ferait n'importe quelle autre mère poule, n'a jamais évoqué ses écarts de conduite.

— J'ai fabriqué et vendu de faux papiers d'identité. Un des élèves s'est fait pincer, il m'a balancé et je me suis fait virer en deux temps trois mouvements.

— En quelle année ?

— En dernière année.

— La vache, m'exclamé-je. Tes parents devaient être tellement furieux.

— Mon père l'a longtemps été, mais ça lui a passé, et on a tourné la page.

— Tu es encore proche de tes parents ? demande Kimberly.

— Oui.

— Tu t'es fait arrêter pour la fabrication de faux ?

— Non.

— D'autres arrestations ?

— Pour effraction, à vingt ans.

Je le regarde avec des yeux ronds, la bouche grande ouverte à m'en décrocher la mâchoire.

— Quoi ?

Il hausse les épaules, comme si ce n'était rien.

— J'avais perdu un pari, il fallait bien que j'aille au bout. Seulement, ils ont appelé les flics pour se marrer.

— Tu as fait de la prison cette fois-là ? le questionne Kimberly.

— Non.

— Ton père ?

— Oui, soupire-t-il. Mon vieux m'a sauvé les miches plus de fois que je ne le mérite.

— Tu détiens des parts dans cet atelier de réparation automobile ?

— Ce n'est pas un atelier de réparation, la corrige-t-il.

— Tu détiens des parts ?

— Un tiers. Ma cousine et son mari détiennent le reste.

— Comment as-tu payé ces parts ? lui demande-t-elle, continuant de le bombarder de questions à un rythme effréné.

— Avec l'épargne de l'héritage. Chaque enfant reçoit un million de dollars à ses vingt et un ans.

— Quoi ? m'exclamé-je.

— C'est la fortune familiale.

Il hausse les épaules et lance un regard dans ma direction.

— J'ai acheté ma maison et mes parts dans l'entreprise avec ça, mais il m'en reste un peu au cas où.

— Est-ce qu'une partie de cet argent a été acquise par des moyens illégaux ? demande Kimberly. Comme je sais que tu es d'origine ita…

— Tu ferais mieux de t'arrêter là. Je n'aime pas qu'on raconte des conneries sur ma famille parce qu'elle est italienne. Aucun centime n'a été obtenu de manière illégale. L'argent provient de la vente d'une affaire que détenait ma famille en Italie.

— Et tous les gens de ta famille continuent de travailler avec une telle somme d'argent ? je m'ébahis, sans laisser à Kimberly le temps de poser une autre question.

— On ne va pas loin avec un million de dollars, chérie. De toute façon, aucun Gallo n'aime glander. On peut bien avoir 10 millions de dollars sur un compte en banque, on ne va pas traînasser en sous-vêtements chez nous, à comater toute la journée et à foutre notre vie en l'air. On a tous une entreprise ou, au moins, un emploi. On nous a inculqué le sens du travail dès tout petit.

J'ai connu des gosses de riches à la pelle. J'en ai même été une. De l'argent dont nous disposions sans avoir travaillé. Pourtant, beaucoup d'entre nous ne se fatiguent pas à lever le petit doigt ou à trouver le moyen d'être un citoyen productif, si ce n'est en faisant les magasins au point que nous pourrions soutenir l'économie de je ne sais quel petit pays grâce à nos dépenses annuelles.

— Donc, pas de lien avec la mafia ?

Nick fait une grimace.

— J'ai un grand-oncle, le frère de mon grand-père, à Chicago, qui a fait de la prison pour des affaires de ce genre.

— Ça promet, marmonne Kimberly. Autre chose ?

— Non.

— Des ex cinglées ? demande-t-elle.

— Pas d'ex. Je ne sors jamais avec qui que ce soit.

Je ne peux m'empêcher de faire une moue.

Pas d'ex-petite amie ? Les gens peuvent raconter ce qu'ils veulent, j'ai tendance à ne jamais les croire. Qui, à vingt-cinq ans, n'a jamais eu de relation longue ? Même si cela n'a duré que quelques mois ? À ma connaissance, personne. Seulement, Nick est on ne peut plus sérieux.

— Bon, les enfants, ça va secouer, nous annonce Kimberly. J'espère que vous êtes parés à affronter ce qui est déjà en marche. Jo a traversé des tempêtes comme celle-ci, mais toi, Nick, ce sera tout nouveau pour toi.

— Peu importe. C'est comme ça, Kim.

— Kimberly, le corrige-t-elle.

Nick secoue la tête.

— Kimberly. Que doit-on faire pour que la tempête passe plus vite ?

Elle soupire.

— Laissez-moi élaborer un plan d'attaque. Je vous recontacte demain matin.

— Ça me va, réplique-t-il, tandis que nous nous rangeons dans son allée. Et toi, chérie ? Tu veux dire ou ajouter quelque chose ?

Lorsqu'il prononce ces mots, il me fixe des yeux, appuyé contre la portière de son pick-up, si beau que j'ai envie de le dévorer.

— Pas vraiment.

Je hausse les épaules et sens un tiraillement entre les jambes devant le regard de braise qu'il m'adresse.

— Merde, peste Kimberly. Ta mère m'appelle.

— Fait chier, murmuré-je. Je raccroche. Occupe-t'en.

— Tu me paies grassement pour le faire, *chérie*.

Elle me balance cela, car elle sait que je détestais ce mot, au début. Ce qu'elle ignore, c'est que j'ai appris à l'aimer.

— Merci, *chérie*.

— À plus.

— *Bye*.

Je raccroche et relève les yeux vers Nick.

— Je suis tellement désolée. Tellement, tellement, tellement désolée.

Les mots ont à peine franchi mes lèvres qu'il a déjà contourné le capot, m'a plaqué contre la portière, ses lèvres sur les miennes, et qu'il m'embrasse à en prendre haleine.

CHAPITRE 16
NICK

NOUS VENONS TOUT juste de passer la porte que Jo est sur moi, les jambes enroulées autour de ma taille, sa bouche couvrant la mienne. Nos corps s'imbriquent parfaitement, pressés ainsi partout où il faut, sans laisser d'espace entre nous.

— J'ai envie de toi, implore-t-elle contre mes lèvres, ses doigts enfouis dans mes cheveux pour me maintenir contre elle. J'ai besoin de toi.

Mes mains embrassent ses fesses et je la tiens plaquée contre le mur. J'ai autant envie d'elle qu'elle de moi. J'écarte ma bouche de la sienne.

— Moi aussi, j'ai envie de toi.

La peau de sa gorge est douce sur mes lèvres qui glissent jusqu'au renflement de ses seins dépassant du décolleté de son débardeur. Sans me lâcher les cheveux, elle broie son bassin contre le mien, chevauche mon sexe par-dessus les vêtements. Me servant du mur comme d'un support, je tire d'une main la bretelle de son débardeur et dévoile la dentelle de son soutien-gorge noir, qui laisse peu de place à l'imagination.

Je lève le regard vers elle, et ses yeux sont braqués sur moi, les pupilles dilatées, la respiration ample et précipitée.

— Ne t'arrête pas ! me supplie-t-elle.

Je n'ai jamais été du genre à décevoir.

Lorsque je la relâche, elle glisse à terre, et, l'espace d'instant, une moue apparaît sur ses lèvres. Dès lors que je saisis le bas de son débardeur, les coins de sa bouche se relèvent et ses mains se dirigent immédiatement vers mon tee-shirt. Nous nous déshabillons l'un l'autre, frénétiquement, ôtant les couches de tissu une à une pour les jeter au sol.

Je ne m'attarde pas à la contempler nue, bien que la vue soit magnifique. Sous ce tas d'habits se cachait une peau pâle sans aucune imperfection. Ses cheveux blonds retombent en cascade sur ses épaules et s'arrêtent à la naissance de ses seins. Si elle a une taille de guêpe, elle n'est pas filiforme comme la plupart des célébrités.

Pendant ce temps, elle me dévore du regard. Son examen est plus lent, plus méthodique, quand le mien est brouillon. D'abord, elle admire mon torse, cette partie de mon corps qu'elle a déjà vue en raison de mon aversion pour le port de tee-shirt quand je suis chez moi, préférant être le moins couvert possible. Son regard est pour le moins avide, mais, lorsqu'il descend plus bas, ses yeux s'écarquillent.

— Bon Dieu de merde, croasse-t-elle. Est-ce que c'est un… ?

— Oui.

J'esquisse un sourire et bouge mon sexe pour qu'elle puisse voir le piercing en métal.

— Je n'ai jamais…

Elle porte une main sous sa gorge et caresse le renflement de ses seins du bout des ongles.

— Ne t'en fais pas, chérie, ça ne fait pas mal, lui promets-je.

Elle se pourlèche les lèvres, bouche entrouverte.

— Je n'ai pas peur. Je me demande juste ce que ça fait de…

Je marche droit vers elle et la soulève dans mes bras.

— Tu verras, tu vas adorer, susurré-je contre sa peau, la couvrant de baisers.

Elle enroule les jambes autour de mon corps, se pressant contre ma queue. Ses doigts viennent à nouveau se nicher dans mes cheveux et, écartant ma bouche de ses seins, elle l'attire à la sienne.

— Prends ton temps avec moi, me prie-t-elle. Je veux savourer cet instant.

— Chérie, si ça ne durait qu'un instant, nous aurions un problème.

Elle rit tout bas, tandis que je l'emmène vers la chambre, préférant explorer son corps dans une position différente. Sa bouche ne quitte jamais la mienne pendant que nous traversons la maison, son sexe se frottant contre le mien de la plus agonisante des façons qui soient, le supplice grandissant à chacun de ses passages.

Arrivé dans la chambre, je me penche en avant et la plaque contre le matelas. Lorsque je m'écarte d'elle, son regard est tendre, ses lèvres rouges et enflées, et sa poitrine se soulève et retombe à une cadence rapide, comme si elle haletait.

Me retirant, j'enroule les doigts autour de ses chevilles et la tire d'un coup sec jusqu'au bord du lit. Elle glapit, surprise par la vitesse de mon mouvement et la facilité avec laquelle son corps a suivi. Sans lui laisser le temps de protester, j'écarte ses jambes à l'aide de mes mains et presse les lèvres sur la peau fine au bas de sa cuisse, juste au-dessus du genou.

Au début, elle glousse et referme machinalement les jambes, écrasant un peu ma tête au passage, mais cela ne m'arrête pas. J'enroule les mains autour de ses cuisses et les maintiens ouvertes. Je veux passer du temps à m'occuper d'elle, à goûter à son corps, à la boire jusqu'à plus soif.

Ses jambes s'écartent à mesure que ma bouche remonte. Je lève les yeux vers son corps, ne la quitte pas du regard durant tout ce temps. Lorsqu'elle porte une main à l'un de ses seins, en tire mutinement la pointe, la titille du bout des doigts et soupire de plaisir, je suis à deux doigts de perdre tout contrôle.

Poussant un grognement contre sa peau, je tente de rester calme et ignore la crampe entre mes jambes. Il est question d'elle, de lui faire du bien, de l'amener au bord de l'orgasme pour mieux me retirer et lui offrir ma queue à la place.

Ma bouche remonte sur ses cuisses, arrive à son entre-jambe, en embrasse à peine la chair jusqu'à ce qu'elle se tortille contre mon visage. Je me cale sur ses mouvements, couvre son centre avec ma bouche, l'entoure des attentions de ma langue.

Elle gémit de plaisir, pince son mamelon, agrippant le drap de l'autre main. Chaque fois que ma langue approche de son clitoris, elle tressaute, pousse une exclamation et se contracte, comme si personne ne l'avait touchée comme je la touche.

Son corps est très réceptif, et son clitoris, plus encore. La plus légère des caresses entraîne une réaction majeure. Avec lenteur et légèreté, je décris des cercles avec ma langue avant de refermer la bouche sur sa chair, et elle s'arrête de respirer.

— Nicky, m'appelle-t-elle du plus sensuel des tons.

Je relève la tête, mes lèvres couvertes de sa moiteur et de ma salive. J'adore lécher des chattes, surtout la sienne.

— Oui, chérie ?

— Je veux ta queue.

Qui suis-je pour ne pas offrir à une femme ce qu'elle désire ? Ce n'est pas à moi de juger ou de remettre en question ses envies, mon rôle n'étant que de la satisfaire. Je grimpe sur elle, tends le bras pour ouvrir le tiroir de la table de nuit et en sortir un préservatif. Avec attention, elle me regarde déchirer l'enveloppe d'aluminium à l'aide de mes dents, ses doigts tiraillant toujours ce mamelon.

— Tu me rends fou avec ça, lui confié-je, agenouillé entre ses jambes, tandis que je déroule le préservatif sur ma verge en érection.

— Fais-moi jouir, m'implore-t-elle, les yeux rivés à mon sexe, mais je ne lui en tiens pas rigueur.

— Intense ou langoureux ? demandé-je.

— Bref et intense, déclare-t-elle, posant les pieds à plat sur le matelas, soulevant le bassin. Intense et langoureux.

Je prends une grande inspiration et tente de garder mon sang-froid le plus longtemps possible pour qu'on en profite tous les deux. Je ne me souviens pas avoir été aussi excité par une fille, et me voilà, à baver d'envie devant une femme que je viens tout juste de rencontrer, mais que j'ai curieusement l'impression de connaître depuis toujours.

Je me penche en avant, en appui sur un bras, porte l'autre main entre ses cuisses et trouve son sexe mouillé ; humidité que je ne dois pas à ma bouche. Lorsque j'y enfonce un doigt, ses lèvres s'entrouvrent et ses yeux se referment dans un battement de paupières. Sa moiteur enduit mes doigts, les nappe à chaque pénétration. Ma bouche trouve la sienne, avale ses soupirs lascifs et ses suppliques.

La seconde d'après, ma main a disparu et mon sexe est à l'entrée du sien, il s'enfonce en elle dans un mouvement lent et cruel.

Ce n'est pas de l'amour.

C'est de la lubricité.

Un besoin naturel, pur et simple.

Elle se presse contre moi sitôt que ma queue est entièrement en elle. Sa bouche à mon oreille me mordille et descend ainsi jusqu'à ma gorge, pendant que ses ongles s'enfoncent dans mon dos. Le mélange de plaisir et de douleur me retient alors que je me retire pour m'enfouir à nouveau en elle, en un mouvement ferme, assuré et plus vif que le précédent.

Nos langues s'entortillent, s'emmêlent l'une à l'autre, tandis que nos corps évoluent en symbiose. Moi plongeant, elle poussant, baisant sauvagement comme si nous n'avions jamais connu le sexe avant cela.

C'est torride, sexy, charnel.

J'ignore combien de temps nous continuons ainsi, mais mes cuisses me brûlent, jusqu'au moment où son corps se raidit et qu'elle se met à scander mon nom comme si nous étions à un concert et que j'en étais la tête d'affiche.

— Bordel, gémis-je, lorsque je bascule avec elle en quelques derniers coups de bassin, le plaisir l'emportant, m'enlevant tout, jusqu'à mon souffle.

Son corps cesse de bouger sous moi et se relâche. Si ses mains n'ont pas quitté mon dos, ses ongles, eux, ne me transpercent plus la peau.

— Seigneur, murmure-t-elle.

Ses yeux sont vitreux comme si elle était à nouveau ivre. Sauf que, cette fois, c'est à cause de mon sexe, et non de l'alcool bon marché.

— C'était...

— Pas croyable, conclus-je à sa place, retrouvant soudain mon souffle.

— Oui...

Ses joues s'empourprent, et elle me regarde comme si j'avais chamboulé son monde.

Ce n'était même pas une bonne performance. C'était précipité, sauf que j'étais surexcité, que j'avais besoin de jouir, et qu'elle, non plus, ne semblait pas d'humeur à y aller doucement.

Je me penche en avant, l'embrasse, tendrement cette fois, comme pour la remercier de ce cadeau qu'elle vient de me faire.

— Je reviens.

Je descends du lit d'un pas chancelant et pars en direction de la salle de bains. Je jette un coup d'œil par-dessus mon épaule et la vois me reluquer le derrière, en étudier chaque mouvement. Elle sourit lorsque je la surprends en train de me regarder, et je comprends alors que je la tiens. Elle n'en a pas terminé avec moi, n'est pas prête à fuir à nouveau, pas prête à retourner à Hollywood sans avoir au moins eu sa dose de moi.

Dans la salle de bains, je m'apprête à retirer le préservatif rempli de sperme, quand je suspends mon geste, réalisant tout à coup que ma vie est ici et que la sienne est là-bas.

Mais qu'est-ce qui me prend ?

Je ne sais même pas pourquoi je pense à tout ça. Mammoth avait-il raison ? Sommes-nous plus que de simples potes de baise ? Je n'ai jamais couru après les femmes, et pourtant, j'ai traqué Jo, usant de tous les moyens à ma disposition pour la retrouver.

Après avoir jeté le préservatif à la poubelle, je m'appuie des deux mains sur le rebord du lavabo et me regarde dans le miroir.

Ai-je des sentiments pour Jo ?

Je ne peux pas nier mon attirance pour elle.

Est-ce de l'amour ?

Hormis les membres de ma famille, je n'ai aimé personne d'autre avant cela, pas de la façon dont une femme doit être aimée. Avec Jo, c'est différent.

Je ressens le besoin de la protéger, préférant voir son sourire éclairer son visage à l'expression d'effroi et de tristesse qui s'y peignait la première fois que j'ai posé les yeux sur elle.

— Nicky, crie-t-elle, après quelques minutes. Ça va ? J'ai fait quelque chose qui n'allait pas ?

Je ferme les yeux. Je ne supporte pas qu'elle se remette en question, rejetant toujours la faute sur elle, même quand elle n'a rien fait de mal.

Sa mère a dû lui saper sa confiance en elle.

— J'arrive, chérie, dis-je. Je fais un brin de toilette.

J'ai bien conscience que je ne peux pas rester planqué ici toute la nuit.

Notre relation est ce qu'elle est. Si elle veut être avec moi, si elle veut découvrir ce qu'il y a entre nous, je la suivrai, je lui ouvrirai mon univers comme je ne l'ai jamais fait avec quiconque.

Simplement, peut-on tomber amoureux de quelqu'un en quelques jours seulement ? Possible.

Je n'ai jamais présenté une fille à ma mère ou ma famille. Or, j'ai déjà présenté Jo à la première, et elle va rencontrer la seconde demain.

Si, ça, ce n'est pas de l'amour ou cela n'en prend pas, du moins, la direction, alors j'en perds mon latin. Je ne suis pas certain d'avoir déjà ressenti une telle attirance, aussi immédiate, envers quelqu'un.

En suis-je arrivé là parce qu'elle semble en détresse et a besoin d'être secourue ? Il est vrai que je ne lui aurais probablement pas accordé autant d'attention autrement. Seulement, mes sentiments pour elle viennent d'autre part.

— Reviens te coucher, me supplie-t-elle depuis la pièce voisine. Ou tu veux peut-être que je reprenne le canapé ?

Je respire un bon coup. Je dois la mettre à l'aise et lui faire comprendre qu'elle n'est plus une simple invitée. Je la veux ici. Je la veux dans mon lit. Je veux me retourner le matin et humer son parfum sur l'oreiller, sentir son odeur sur mes vêtements durant la journée quand la brise souffle dans la bonne direction.

L'instant d'après, je suis de retour dans la chambre, prends la place vacante à côté d'elle, glisse un bras sous son dos et rabats son corps contre moi.

— Je veux que tu restes là où tu es.

Elle lève la tête vers moi, sa peau pâle contre ma peau hâlée.

— Tu es sûr ? Parce que je peux…

— Non, chérie. Tu es exactement là où tu dois être.

Son sourire est immédiat et spontané.

— Je me sens bien ici.

Elle pose une main à l'endroit de mon cœur, la paume entre mes pectoraux.

— Pour la première fois de ma vie, j'ai le sentiment d'avoir ma place là où je n'aurais jamais imaginé me retrouver.

Mon cœur se met à palpiter sous l'effet de sa main sur mon torse et de ses mots. Avoir quelqu'un dans mes bras ne m'a jamais paru aussi naturel.

Pas jusqu'à cet instant.

Pas jusqu'à elle.

— J'aime te savoir là, chérie. Tu es faite pour être ici.

Elle relève la tête, me regarde de ses yeux d'un bleu azur.

— Je suis faite pour être ici ?

— Tu es faite pour être ici, répété-je.

— J'ai peur, m'avoue-t-elle, une petite ride entre ses sourcils. J'ai peur que tout ceci ne soit qu'un merveilleux rêve et que tout s'effondre, y compris ce qui grandit entre nous.

J'effleure son dos avec mes doigts, caresse sa douce peau de porcelaine.

— Profite de l'instant présent, sens-toi à l'abri, et laisse-moi me dresser contre tout ce qui pourrait gâcher ce que nous sommes en train de construire.

Mes paroles semblent avoir l'effet escompté puisque ses sourcils se défroncent et son visage se radoucit.

— Je peux faire ça, concède-t-elle.

Elle se blottit à nouveau contre moi, la tête sur mon épaule, la main sur mon cœur.

Mammoth avait raison.

Je l'ai à la bonne.

En un temps record, une femme m'a d'abord tenu par les couilles, puis m'a volé mon cœur, et je ne pense pas être capable de la laisser repartir un jour.

Elle se pelotonne un peu plus contre moi et ferme les yeux.

— Bonne nuit, Nicky.

— Bonne nuit, trésor, murmuré-je, mes lèvres effleurant son front.

Je ferme les paupières et sais que je suis foutu.

CHAPITRE 17

JO

JE LANCE UN REGARD CIRCULAIRE, les yeux ronds.

— Nom de Dieu, il y a un milliard de voitures et de motos ici.

— C'est le repas dominical, m'explique Nick depuis l'avant de sa moto, tandis qu'agrippée à sa taille, je le serre de toutes mes forces, comme si je risquais encore de tomber et de me tuer.

— Quand tu as parlé d'un repas de famille, je ne sais pas pourquoi, mais j'ai pensé qu'il n'y aurait que tes parents, tes grands-parents et nous.

Nick s'esclaffe entre mes bras, le corps secoué par le rire.

— Chérie, la famille, ça veut dire la famille *tout entière*. On passe tous les dimanches chez mes grands-parents, et tout le monde est présent, sauf ceux qui sont en voyage ou en déplacement. Et il n'y a pas de *mais* qui tienne avec ma grand-mère, sinon elle botte le cul à celui qui manque à l'appel.

— Mais il y a au moins vingt personnes ici, murmuré-je d'un air incrédule, complètement sonnée.

— Plus que ça.

Il me tapote la jambe, ce geste simple qui, sans avoir à dire un mot, m'indique qu'il est temps de le lâcher et de descendre.

— Ne stresse pas.

Mes pieds touchent le sol quelques instants plus tard, mais je suis encore bouche bée devant la folie de ce qu'ils partagent.

— Je n'arrive toujours pas à croire que toute ta famille soit ici. Je devrais peut-être…

Je fais un pas en arrière. Je n'ai aucune idée de l'endroit où je mets les pieds, mais on dirait un événement important auquel je n'ai pas ma place.

— Stop, proteste-t-il, lisant dans mes pensées sans que j'aie eu à lui livrer mes doutes. Je vois cette petite lueur dans ton regard, comme si tu étais sur le point de détaler. Pour aller où, chérie ? Tu n'as aucune raison de prendre tes jambes à ton cou.

Je baisse la tête et tape du pied un caillou sur le sol.

— Je ne sais pas dans quoi je mets les pieds ici. On n'a jamais rien fait en famille chez moi. Quand il y avait une fête, c'était avec les amis de mes parents ou des gens du cinéma. Il n'y avait rien d'intime là-dedans. Là, on dirait plus que…

Il m'attrape par la taille, m'attire à lui jusqu'à ce que je me retrouve entre ses jambes et que son visage se niche dans mon cou.

— Chérie, ce qu'on a fait hier soir, ça, c'était intime, me susurre-t-il tout en mordillant la peau fine sous mon oreille.

Je frissonne dans ses bras, l'épiderme chatouillé de partout.

Lorsque ses mains agrippent mes fesses, les pressent, mes jambes manquent de se dérober sous moi, mais il resserre sa poigne.

— C'est juste parfait, murmure-t-il au creux de ma gorge

J'enfouis les doigts dans ses cheveux et maintiens sa tête dans mon cou. J'adore la façon dont ses lèvres parcourent ma peau.

— Es-tu sûr de n'avoir jamais emmené une autre femme ici ?

J'aime me torturer ou me comparer à ses autres conquêtes.

— Jamais, assure-t-il, son souffle chaud effleurant ma chair. Je n'y ai emmené que toi, chérie. Rien que toi.

Je souris en contemplant la maison. J'adore penser que je suis la première. Ce sera probablement la seule première fois que je pourrais avoir avec lui.

— Pourquoi moi ? demandé-je, davantage à moi-même qu'à lui, prononçant tout de même les mots tout haut.

— Tu veux apprendre à me connaître ?

— Oui.

— Tu veux savoir quel type d'homme je suis ?

— Je pense que je le sais déjà.

Il secoue la tête.

— Pour me connaître, tu dois connaître ma famille. Pas seulement ma mère, mais tout le monde.

Je déglutis.

— Tout le monde ?

Il hoche la tête.

— La moindre personne qui a joué un rôle dans ma vie et m'a poussé à devenir celui que je suis.

— C'est peut-être trop tôt.

— Ce n'est jamais trop tôt. Ta présence ne les fera même pas sourciller. À ce repas, il y a trop de monde pour qu'on suive chacun à la trace. Tu te fondras dans la masse. La moitié d'entre eux ne remarquera même pas que tu es là.

Pourquoi ai-je le sentiment qu'il me ment ? Je n'ai jamais pu me fondre dans la masse. Même lorsque je ne suis pas dans mon élément, je détonne. J'ai fait de mon mieux aujourd'hui pour passer inaperçu, avec ce tee-shirt et ce jean que j'ai apportés pour les trajets en avion, ces moments où j'enfonce une casquette sur mon crâne pour dissimuler autant que possible mon identité.

— Tu es sûr ?

— À cent pour cent, assure-t-il tout en me prenant la main pour m'entraîner vers la maison.

Je balaie du regard la propriété, cette maison en excellent état dont les fleurs et les buissons sont soigneusement arrangés, impeccablement taillés et entretenus.

— Cet endroit est magnifique.

— Mes grands-parents vivent ici depuis bien avant ma naissance.

J'ignore ce que ça fait, de vivre longtemps quelque part. Ma mère a beaucoup déménagé, s'installant dans des demeures toujours plus gigantesques pour se faire mousser auprès du Tout-Hollywood. Pour asseoir son statut, rien de tel qu'une maison démesurément grande avec plus de chambres que dans la plupart des hôtels de campagne.

Mes pas ralentissent à mesure que nous nous rapprochons de la maison, et Nick me presse la main.

— Détends-toi, chérie. Vois-les comme de simples invités à une fête et, si ça ne marche pas, imagine-les nus. C'est ce que je fais quand je deviens nerveux.

J'éclate de rire. J'ai du mal à croire que Nick puisse devenir nerveux. Il a l'air parfaitement bien dans sa peau, quel que soit l'endroit où il se trouve ou la personne avec laquelle il est.

— Je ne vais quand même pas imaginer ta famille nue.

Il fait une grimace.

— Moi, je ne pourrais pas. Mais toi, tu peux. Si ça peut t'aider à t'ouvrir et à t'éviter d'être muette. Ma famille va t'adorer.

Mes jambes s'arrêtent net, et je le tire en arrière pour le stopper dans son élan.

— Et si c'était l'inverse ?

À peine ai-je prononcé cette phrase que la porte de la maison s'ouvre à la volée et qu'une vieille dame aux cheveux gris, raides et lisses, apparaît dans l'encadrement.

— Nicky, lance-t-elle, le regard radieux et le sourire large. Mon garçon.

— Mamie, s'exclame Nick.

Il avance vers sa grand-mère et m'entraîne avec lui puisque nos mains sont toujours jointes. Il l'enlace d'un bras et se penche pour l'embrasser sur la joue.

— Tu m'as manqué.

— Allons, mon mignon, on s'est vus la semaine dernière, le rabroue-t-elle gentiment avec un sourire. Ne raconte pas n'importe quoi pour m'amadouer.

Il rit de bon cœur. Je l'imite et porte aussitôt la main à la bouche pour ne pas être entendue, préférant rester invisible.

— Où est la fille ? demande-t-elle.

Mes yeux s'écarquillent et mon rire connaît une mort rapide.

Nick fait un pas de côté, me dévoilant à sa mamie.

Le sourire de sa grand-mère s'élargit, tandis qu'elle me détaille du regard, me jauge, étudiant chacun de mes attributs.

— J'ai toujours su que tu te mettrais avec une blonde.

Je m'étouffe avec ma salive et suis prise d'un accès de toux.

Nick secoue la tête, mais un sourire éclaire son visage.

— Arrête, mamie. Jo et moi, on est juste…

— Ne me mens pas, Nicholas. Tu ne m'as jamais menti, ça ne va pas commencer maintenant.

Elle avance dans l'allée, et Nick s'écarte un peu plus, me laissant totalement à découvert.

Je ne sais pas quoi faire. Je reste plantée là, figée, affolée, et me demande si je devrais m'enfuir. D'après Nick, tous seront gentils avec moi, mais c'est peut-être un mensonge. Sa notion de la gentillesse diffère peut-être de la mienne. Et puis, comment peut-il savoir qu'ils vont bien me traiter, puisque je suis la première femme qu'il ait amenée à son repas dominical en famille ?

— Je suis la mamie de Nick, se présente-t-elle, le visage radieux et enjoué. Tu peux m'appeler mamie aussi, ou grand-mère, mais rien d'autre.

— Oui, madame, dis-je.

Elle hausse un sourcil, et son sourire disparaît.

— Mamie, me reprends-je aussitôt.

Je ne veux pas la décevoir, bien que nous venions tout juste de nous rencontrer.

— Brave petite, réplique-t-elle en me touchant le bras,

sans cesse de m'étudier du regard. Tu es plus jolie qu'en photo, ma très chère.

Je souris nerveusement.

— Merci, dis-je sur un ton plus interrogatif qu'affirmatif.

— Je vois pourquoi Nicky en pince pour toi. Une beauté classique. Les poules toutes bichonnées du coin, ce n'est pas sa tasse de thé. C'est une brave fille comme toi dont il a besoin.

— Euh, je…

Je tourne le regard vers Nick dans l'espoir qu'il vole à mon secours, mais il n'en fait rien.

— Je ne sais pas si je suis…

— Balivernes. Mon petit fils a toujours eu un côté rebelle. Depuis le jour de sa naissance, il nous en fait voir de toutes les couleurs. Il lui faut une femme qui lui serrera la vis.

Nick renverse la tête et regarde le ciel.

— Je suis fichu.

— Entre, me prie-t-elle, avant de m'entraîner vers la maison. Tout le monde a hâte de te rencontrer.

Je lance un regard à Nick, les yeux plissés, au moment où je lui passe devant.

— Soi-disant personne ne va me remarquer.

— J'ai menti, avoue-t-il en riant. Ne t'en fais pas, ils sont inoffensifs.

— Traître, marmonné-je, avant d'afficher mon plus beau sourire et de suivre sa grand-mère à l'intérieur de la maison.

Il y a tellement de gens ici que j'en suis presque sous le choc. Comment se peut-il qu'ils soient tous de sa famille ? Et se réunissent-ils vraiment tous les dimanches ici pour manger ensemble et discuter le bout de gras ? Il arrivait à ma mère d'organiser de petites réceptions à L.A., des soirées privées entre amis et collègues, mais jamais avec la famille. Le fait que nos proches ne lui adressent plus la parole n'aide pas. Personne ne cherche à nous voir, à moins d'avoir un motif pécuniaire.

La mère de Nick est la première à s'avancer vers nous, un homme aux cheveux bruns et à la peau mate, une version de Nick plus âgée, à ses côtés.

— Jo, ça me fait plaisir de voir que tu vas mieux aujourd'hui. Je te présente Thomas, le père de Nick, mon époux.

Elle me dit tout cela pendant qu'elle m'enlace dans ses bras, m'arrachant à la mamie de Nick.

— Enchantée, monsieur, parviens-je à répondre d'une voix étranglée, tandis qu'Angel me serre de toutes ses forces et me bloque pratiquement la respiration.

Les yeux de Thomas scrutent mon visage, m'étudient comme si l'homme pouvait lire dans mon âme d'un simple regard.

— C'est un plaisir de faire votre connaissance, mademoiselle Carmichael.

Nick est le portrait craché de son père. Le même air grave et assuré, doublé d'un regard perçant qui donnerait à une personne tout habillée le sentiment d'être complètement nue.

— Appelez-moi Jo.

Je remarque les petites rides au coin de ses yeux et les touches grisonnantes à ses tempes.

— Jo, se reprend-il. Content que Nick t'ait retrouvée hier avant que…

Angel lui flanque une tape sur le torse et se place devant lui.

— Ne sois pas intimidée. On se sent vite dépassé avec autant de monde, mais garde en tête que tous ces gens sont de ton côté.

Nick et son père discutent tranquillement derrière Angel.

— De mon côté ? demandé-je, perplexe.

— Oui, ils ont hâte de rencontrer la première petite amie de Nick.

Je ravale ma salive. Je sais l'importance que revêt cette journée, mais de là à dire que je suis sa *petite amie…* Le suis-je ? Sommes-nous davantage que de simples connaissances qui ont couché ensemble ? Les sentiments sont là, c'est indéniable. L'étincelle a été instantanée, et la promesse d'une histoire couve sous la surface.

— Souffle un bon coup, et si tu te sens submergée, viens me voir, me rassure-t-elle, une main sur mon épaule lorsqu'elle voit que je ne réponds pas. Souffle un bon coup, Jo.

Je prends une grande inspiration pour me secouer, alors que d'autres personnes viennent vers moi. Derrière eux se trouve la bande que j'ai rencontrée au bar, l'autre soir. Tamara, Gigi, Lily, Mammoth et Jett. Ils sont assis à une table où deux chaises ont été, je l'espère, laissées vides pour nous.

Angel me prend par la main et m'entraîne vers un grand groupe de convives.

— Tu ne retiendras probablement pas les prénoms de tout le monde, alors souris et hoche la tête.

Je lance un regard en direction de Nick qui, avec un signe du menton, me laisse partir.

— D'accord.

Les hommes de cette famille sont tous beaux, avec leurs torses massifs, leurs larges carrures, tout en muscles malgré leur âge. Les tatouages sont d'autant plus impressionnants. Ils n'ont rien de tous ceux que je connais à Hollywood, mais ils y auraient parfaitement leur place avec leur beauté.

— Je te présente les oncles de Nick, annonce Angel, avant de désigner un homme qui pourrait rendre fébrile n'importe quelle femme. Voici Joe. Et puis, Mike, Anthony, et la tante de Nick, Izzy.

Izzy est la première du groupe à s'avancer vers moi et à me prendre dans ses bras.

— Enfin une autre femme parmi nous, et belle en plus.

— Merci, dis-je, sans savoir que répondre. Vous êtes incroyablement belle aussi.

Je me sens mal à l'aise, et pourtant, j'ai l'habitude d'être le centre d'attention des regards, sans cesse observée à la loupe ou bien vivant dans l'ombre du succès et de la beauté de ma mère.

Les longs cheveux châtains d'Izzy sont tirés en arrière, ramenés en une queue de cheval serrée, lissés sur le côté du crâne, les mèches bien rangées.

— Voici mon mari, James, et eux…

Elle pointe le doigt en direction de deux jeunes hommes et d'un adolescent qui se tiennent à l'extrémité de la pièce.

— … ce sont mes fils, Carmello, Rocco, et le plus jeune, c'est Trace.

Son mari est incroyablement sexy, avec un petit air dangereux. Quant à ses deux aînés, ils ont hérité des traits de leur père.

Où que mon regard se pose, je ne vois que des hommes séduisants et des femmes magnifiques, mais cela ne devrait pas me surprendre, étant donné le physique de Nick. Si je me fie à ce que je vois, il s'embellira encore avec l'âge et n'aura pas besoin de cette chirurgie plastique que bien des Californiens sur le déclin semblent consommer de façon régulière.

— Il y a un truc dans l'eau, ici, ce n'est pas possible, dis-je pour moi-même.

Izzy m'entend et me sourit.

— On le doit aux gènes et au bonheur, Jo. Le stress et l'inquiétude font vieillir plus vite que les années. Il faut profiter de la vie, la savourer même. Et quand la personne que tu aimes est à tomber, c'est encore mieux.

Je ris de bon cœur et hoche la tête.

— Si je me fie à ce que je vois, je pense que vous êtes les gens les plus heureux de la planète.

— Avec d'excellents gènes, ajoute-t-elle avec un clin d'œil. Mais oui, je suis heureuse, même si mon mari teste ma patience et il a appris à mes fils à faire pareil. Tu vois ces cheveux gris ?

Elle se penche en avant, tourne la tête pour montrer le côté de son crâne et pointe du doigt quelques mèches argentées.

— Ça, c'est à cause des quatre hommes de la famille. Ils veulent me faire vieillir et, jusqu'ici, ils y arrivent.

— Ne l'écoute pas, intervient James, son époux, qui vient se placer à côté d'elle et passer un bras autour de sa taille d'un geste possessif et sensuel. Ses cheveux blancs, c'est à elle qu'elle les doit. Nos garçons sont comme il faut et ils aiment leur mère par-dessus tout.

Elle lève les yeux vers lui, quand il les baisse vers elle, et le regard qu'ils s'échangent est brûlant.

— Ils peuvent m'aimer tout en me donnant des cheveux blancs.

— On vieillit, chérie. On n'y peut rien. Mais, je dois dire que tu deviens de plus en plus sexy avec l'âge.

Elle fronce le nez.

— Je refuse de vieillir.

Il ricane et dépose un baiser sur sa tempe.

— Tu vieillis avec moi, et il n'y a qu'avec toi que je veux finir mes jours.

Je me prends d'affection pour cet homme que je connais à peine. Mon cœur enfle à la façon dont il regarde son épouse de toujours, et une part de moi ressent une pointe de jalousie. J'aimerais partager ma vie, les années à venir avec une autre personne. Je veux être avec quelqu'un qui me regardera avec toujours autant d'amour dans les yeux après des décennies passées ensemble.

Tout à coup, Nick est à mes côtés et passe son bras autour de moi de la même façon que l'a fait James avec Izzy.

— Salut, tonton.

Il salue son oncle d'un signe de tête.

— Ça roule, le boulot ?

— Ton père nous charge de travail, comme d'habitude.

— Vous feriez bien de prendre votre retraite un jour, commente Izzy, qui pose la tête contre le torse de son mari.

— Et toi, quand vas-tu prendre ta retraite, mon amour ? réplique-t-il, passant les doigts dans ses cheveux.

— Je n'ai pas un métier dangereux, moi.

James pousse un rire.

— Tu ne réponds pas à la question. Tu es devenue bonne en diversion.

— Je l'étais bien avant que tu débarques dans ma vie, mon cœur, rétorque-t-elle, un sourire aux lèvres.

— Chaud devant, clame une femme toute menue, un téléphone à la main. Petite vieille en approche !

James écarte Izzy, le bras toujours enroulé autour de sa taille et la main sur sa hanche, tandis que la femme arrive vers nous.

Nick se penche vers moi, porte la bouche à mon oreille.

— C'est Fran. Une vieille dame un peu dingue, mais inoffensive. Estime-toi heureuse de ne pas être un mec.

— Pourquoi ?

Je regarde approcher la femme qui est habillée comme si elle était prête à tenir la vedette dans un *clip* de rock.

— Parce qu'elle a un faible pour les jeunes hommes musclés et qu'elle adore rendre son mari jaloux.

— Et son mari est... ?

Nick pointe du doigt un homme robuste, couvert de tatouages, à la longue barbe grise et aux yeux de faucon.

— Elle fait tout pour le faire rager. Ce sont leurs préliminaires à eux.

Lorsque la femme appelée Fran s'arrête devant moi, elle m'attrape par la main et me regarde de la tête aux pieds.

— Bon sang, mais c'est une belle plante, déclare-t-elle d'une voix charmeuse. Bien joué, Nicky.

Nick se met à rire et presse la taille.

— Merci, tante Fran.

— Bear, chéri, viens faire connaissance avec Jo ! crie-t-elle par-dessus son épaule à son mari, qui n'a pas cessé de la dévorer du regard depuis le moment où elle s'est éloignée de lui.

Il grommelle dans sa barbe et se fraie un chemin parmi les convives pour nous rejoindre de l'autre côté de la pièce.

— C'est le mien, feule-t-elle, comme si j'allais tenter quelque chose pour le lui voler.

— Vous en avez, de la chance, dis-je, en toute sincérité toutefois.

S'il est un peu brut de décoffrage, il n'en est pas moins séduisant. L'homme est imposant, et tout porte à croire que toutes les autres parties de son corps sont du même calibre.

— Salut, Jo, lance-t-il.

Son timbre est doux, suave et grave.

— C'est un plaisir de rencontrer enfin la copine de Nick.

— Je ne suis pas…

— Bear, s'il te plaît ! Jo et moi, on est juste amis.

Bear le regarde sans ciller ni sourire.

— Continue de te raconter des mensonges, mon garçon.

— Il dit vrai, interviens-je. Nous sommes amis.

— Vous avez déjà fait la bête à deux dos ? s'enquiert Fran tout de go.

— Ben, on…

Je me mords les lèvres pour m'empêcher de répondre. Nous ne parlons pas ouvertement de sexe dans ma famille, non pas que je n'ai jamais eu envie d'en discuter avec ma mère ou mon père.

— Fran, la rabroue Bear. Un peu de classe, chérie.

Fran reporte son regard sur moi.

— Bon, bon… Bear et moi, nous étions amis au début,

nous aussi, mais Nick te tient d'une manière qui ne fait pas penser que vous êtes copains.

Je ne m'écarte pas de Nick, parce que j'aime sa façon de me tenir, et ce que Fran dit est vrai. Aucun de mes amis, même les plus proches, ne m'a tenue comme il me tient, avec possessivité… mais ça me plaît.

— Nous explorons nos options, expliqué-je, estimant que cette réponse satisfera toutes les personnes concernées.

— L'exploration, c'est plus drôle, pas vrai ? commente Fran avec un clin d'œil.

— Tata, tu es incorrigible.

Elle tend le bras et tapote la joue Nick.

— Je suis peut-être vieille, mon bouchon, mais je ne suis pas morte. Il faut vivre pleinement, vivre intensément, parce qu'un jour, on est vieux et on se fait mal en dormant.

— Hein ? demande-t-il, perplexe, tandis qu'elle retire sa main.

— Tu comprendras quand tu seras plus vieux.

— Fran, fous donc la paix aux jeunes. Laisse-les vivre dans l'oubli.

— Voilà la star de la journée, lance Fran, son regard quittant mes épaules pour se tourner vers le bruit de pas.

— Mon grand-père, me murmure Nick à l'oreille. Mais ne te méprends pas, ce n'est pas lui, le chef de famille. Chez nous, ce n'est pas un patriarcat. C'est ma grand-mère qui tient les rênes. C'est elle, la boss.

— Toutes les femmes sont les boss, nuance Fran en secouant la tête. Les hommes ont besoin de croire qu'ils ont la main, tout comme ils apprécient une paire de faux seins, mais il y a la réalité et la fiction.

— Comment ça ? demandé-je.

— Ne fais pas attention à elle, me prévient Nick. Elle

parle en rébus et parfois, ça n'a aucun sens, mais je pense que ça lui plaît.

— Nicky, mon garçon, le salue son grand-père qui s'approche de nous. Tu as été bien occupé cette semaine, à ce que je vois.

Nick se frotte la nuque.

— Tu as vu les photos, hein ?

— Bien sûr, tout le monde les a vues ! Mais…

Ses yeux se tournent vers moi, sans une once de jugement dans le regard.

— … ce qui compte, c'est que vous soyez heureux. Je m'appelle Sal.

Il tend une main vers moi et je glisse ma paume dans la sienne. D'un geste leste et élégant, il porte ma main à ses lèvres et y dépose un baiser chaste.

— Ravi de faire ta connaissance, Joséphine.

Mon nom sonne comme le plus beau mot du monde. Je retrouve dans ses traits et ses gestes des similitudes avec Nick. C'est comme regarder dans un miroir et voir Nick plus âgé.

— Tout le plaisir est pour moi, monsieur, dis-je, tandis qu'il se redresse, sans pour autant lâcher ma main.

— Appelle-moi Sal.

Il me sourit, et je fonds, pas parce que je suis attirée par lui, mais devant cet humble acte de gentillesse et la douceur dans sa voix.

— Je suis désolée d'avoir attiré l'attention sur votre famille par ma présence dans la vie de Nick.

Sal secoue la tête.

— On ne peut pas tout contrôler dans la vie, Joséphine. Vous n'avez rien fait de mal, et tu n'as pas à t'excuser au nom d'une personne qui cherche à montrer en épingle un baiser entre deux adultes consentants. Sache que, quand tu te trouves ici, au sein de ma famille, en tant que membre à part entière, tu es à l'abri et nous te couvrons.

Je digère ses paroles. Personne ne m'a couvert, à moins d'être rémunéré par mes parents ou par mes soins. Je vais mettre du temps à comprendre ce que cela signifie, d'être aimé et chéri sans réserve ni incitation financière.

— Meuf, ramène-toi ! m'interpelle Tamara, qui agite le bras en l'air et désigne la chaise vacante à côté d'elle.

— Vas-y, ordonne le grand-père de Nick. J'espère que tu ne vois pas d'inconvénients à t'asseoir à la table des enfants.

J'éclate de rire, pensant qu'il plaisante.

— Merci, monsieur.

— Sal, me corrige-t-il.

Je hoche la tête.

— Sal.

— Il ne mentait pas, me murmure Nick, tandis que nous quittons Sal, Fran et Bear.

— Les gens font vraiment ça ? Je pensais qu'on ne voyait ça qu'à la télé.

Nick se met à rire et me presse tendrement la taille.

— Tu as tellement de retard à rattraper, chérie. Tellement de retard.

Je risque bien de le rattraper, ce retard.

CHAPITRE 18
NICK

— REMPORTE ÇA.

Mamie remet à Jo une énorme boîte hermétique contenant des spaghettis et des boulettes de viande.

— Je veux que vous ayez suffisamment à manger.

Je secoue la tête.

— Mamie, je sais cuisiner.

Elle tourne la tête vers moi et me sourit.

— Je sais, mon chéri, mais ça ne tue personne d'avoir des restes. Manger quelques sucres lents ne vous ferait pas de mal.

Je lève les yeux au ciel, et Jo se met à rire.

— N'importe quoi.

— Ça demande beaucoup de calories de faire des bébés, renchérit-elle.

Jo s'étouffe avec sa salive et, tournant la tête d'un air gêné, se tape la poitrine d'une main.

— Je n'arrive pas à croire que tu aies dit ça, marmonné-je tout en prenant le récipient des mains de Jo pour éviter qu'il ne lui échappe des doigts.

Mamie me décoche un sourire malicieux.

— Je tente. On a bien le droit de rêver.

Je passe un bras autour des épaules de Jo et m'accroche à elle.

— Ne fais pas attention à ma grand-mère. Parfois, elle dépasse les bornes.

— Pas du tout, s'insurge mamie en croisant les bras. Je jette des bouteilles à la mer en espérant que mes souhaits se réalisent.

— Marie, l'interpelle mon grand-père, qui vient se tenir à côté d'elle et nous regarde, tous les trois, tour à tour. Qu'as-tu encore dit ?

— Une histoire de bébés, dis-je. Elle parle constamment de bébés.

— Vous attendez un enfant ? me demande mon grand-père, qui a visiblement bu plus de vin qu'il n'a mangé de spaghettis ce midi.

— Mais enfin, non ! On ne se connaît que depuis trois jours.

— Mais ce serait possible ? insiste-t-il, un sourcil interrogateur.

Je secoue la tête et m'esclaffe devant une telle absurdité.

— Bon, on doit y aller.

Je n'ai pas envie de rester là, à les écouter déblatérer et parler de progénitures avec la femme que je viens de rencontrer et qui n'est même pas certaine de m'aimer tant que ça.

— Il faut qu'on rentre pour…

— Faire des bébés, termine ma grand-mère.

Je nous entraîne vers la porte, gardant Jo serrée contre moi sous mon bras.

— Je suis sincèrement désolé, lui dis-je lorsque nous quittons la maison, avant que la porte ne soit refermée.

Jo lève la tête vers moi, me sourit, les yeux brillants de larmes d'avoir toussé.

— Ils sont géniaux, vraiment géniaux, Nicky. Tu as tellement de chance.

— Tu dis ça juste parce que tu n'as pas à supporter leurs délires au quotidien.

— Je préfère largement leurs délires aux crises de colère passives-agressives et bêcheuses de mère.

— Elle est si horrible que ça ?

Jo s'arrête de marcher et se tourne vers moi, alors que nous arrivons près de ma bécane.

— Elle est peut-être même pire que je ne peux la décrire. Quand on voit ta famille et tout l'amour que les uns se portent aux autres, ma mère, à côté, passe pour le grand méchant loup. Elle est antipathique au possible.

— Pourtant, elle a réussi à te faire.

Je penche en avant et, posant le récipient de pâtes sur le toit de la voiture de ma cousine, presse mes lèvres sur son front.

Elle ferme les yeux, s'imprègne de mon baiser.

— C'est ma grand-mère qui a fait de moi celle que je suis aujourd'hui, Nick, pas ma mère.

— C'est désolant, chérie. Ça me fait mal au cœur pour toi.

Elle passe ses bras autour de moi et pose la tête sur mon torse.

— Je me demande ce qu'aurait été ma vie si j'avais eu une famille comme la tienne. Les Noëls et les anniversaires auraient été bien plus rigolos et pleins de joie.

— Bon sang, même pas un Noël sympa ?

— Ma mère est athée et ne voulait pas fêter Noël, même si cette tradition religieuse est surtout devenue une fête commerciale. Nous n'avons jamais eu de sapin, je n'ai jamais vu papa Noël, et je n'ai jamais eu un seul calendrier de l'avent.

— Chérie, murmuré-je contre ses cheveux.

Mon cœur se serre lorsque je m'imagine une fillette blonde, privée de l'esprit de Noël.

— Tu es passée à côté de tant de choses merveilleuses. On va devoir changer ça.

— Nick…

Elle entortille ses doigts dans le dos mon tee-shirt

— … un jour, peut-être, j'aurais toutes ces choses dont j'ai manqué, mais arrête de croire que c'est à toi de transformer ma vie en ce qu'elle n'a jamais été.

Je m'écarte d'elle, relève son menton à l'aide de mon index et de mon majeur pour la forcer à me regarder.

— Tu as raison, Jo. Ce n'est pas à moi de tout régler, mais je refuse de te laisser continuer à vivre une telle vie. Là, tu es avec moi, dans mon univers. Et dans mon univers, ma copine obtient tout ce qu'elle veut. Tu veux un Noël en grande pompe ? Tu veux un sapin, des guirlandes, le père Noël, un calendrier de l'avent, des cadeaux et je ne sais quoi, encore ? Je ferai en sorte que ça arrive, quoi qu'il m'en coûte.

— Nick, murmure-t-elle, mais je l'empêche d'en dire plus.

— Monte sur ma bécane, chérie. On a des trucs à faire.

— Quoi donc ? s'étonne-t-elle en clignant des yeux.

— Il est l'heure de faire les boutiques.

Une heure plus tard, après avoir échangé la moto contre mon pick-up et mis les spaghettis au réfrigérateur, nous voilà garés devant un magasin qui vend des articles de Noël toute l'année, et Jo a le nez collé au parebrise.

— C'est du délire.

Elle regarde avec de grands yeux ronds, bouche bée, les décorations criardes et outrancières exposées en vitrine.

— Tu es sérieux, là ?

Je souris, satisfait de voir la surprise sur son visage.

— Oui, chérie. Très sérieux. J'ai quelques décos chez moi, mais je veux que tu en choisisses quelques-unes à ton goût. On va faire les choses en grand.

— Les choses en grand ?

Elle déglutit et tourne les yeux vers moi.

— Genre, maintenant ?

Je hoche la tête.

— Mais on est en août.

— Rien à branler. Ma copine veut fêter Noël ? Je lui offre Noël.

— Tu es un peu fou.

— Seulement de toi.

Je sors du pick-up, en fais le tour et ouvre sa portière.

— C'est surfait et chiant à mourir d'être normal. Tu te sens de taille pour ça ?

Elle hoche la tête, glisse sa main dans la mienne et me laisse l'aider à sortir de la voiture.

— Tu en es sûr ? me demande-t-elle, tournant le regard à gauche, vers le gigantesque père Noël gonflage qui salue de la main tous les passants.

— Plus que jamais.

Nous marchons en direction du magasin, nos doigts entrelacés, et elle regarde dans tous les sens, sans savoir où poser les yeux.

— Il y en a de partout.

— On prendra notre temps. Prends ce que tu veux.

— Ce que je veux ?

— Oui. Tu veux un tas de conneries roses assorties à ta jolie petite valise ? Prenons toutes les conneries roses qu'ils ont en magasin.

Elle me sourit, l'expression douce et tendre.

— Mais qui es-tu ?

— Le type qui va t'offrir le Noël que tu n'as jamais eu.

— Tu n'as pas besoin de faire ça pour me rendre heureuse.

— Si.

Elle secoue la tête.

— Oui, mais non. Tu m'as déjà rendue plus heureuse que n'importe qui d'autre.

— C'est triste, Jo.

Je la pousse à l'intérieur du magasin, fatigué de débattre sur ce que je dois ou ne dois pas faire. J'ai toujours fait ce que je voulais, et je veux voir ma nana sourire. Lorsqu'elle est heureuse, c'est un rayon de soleil, et vu tout ce qu'elle m'a dit, elle ne l'était pas vraiment avant d'atterrir dans ma vie.

— Tu as conscience que c'est complètement dingue, n'est-ce pas ? me demande-t-elle, tandis que nous entrons au son des chants de Noël et du sifflet du train du père Noël qui passe au-dessus de nos têtes.

— Ça te plaît ?

Je montre d'un geste la pièce où Noël a explosé et dégobillé son bonheur partout.

— Je ne me souviens pas avoir été aussi heureuse que maintenant.

— Alors, je suis aux anges. Allez…

D'une petite fessée, je la presse à avancer.

— … bouge tes fesses, parce qu'on a une maison à décorer.

⁎⁎

Jo fait quelques pas en arrière et contemple, bouche bée, le sapin de trois mètres de haut, couvert de décorations de Noël roses et blanches et habillé de la guirlande lumineuse la plus éclatante que j'ai vue.

— As-tu déjà vu quelque chose d'aussi beau ? me demande-t-elle.

Je la fixe et vois la joie sur son visage, les lumières scintillant dans ses yeux bleus.

— Jamais.

Or, je ne parle pas de l'arbre.

Jo se tourne vers moi et détache son regard du sapin.

— Nick, je parle du sapin.

Je pose une main sur son cou et suis incapable de détourner les yeux de sa bouche.

— Je sais, mais moi, pas.

— Pourquoi es-tu aussi gentil avec moi ?

Je n'ai aucune réponse. Du moins, aucune qui soit simple ou ait un semblant de sens en dehors de cette minuscule bulle que nous nous sommes construite en un temps record. Aussi, fidèle à moi-même, je lui réponds de la seule façon que je connaisse.

Je penche la tête et l'embrasse d'abord doucement, jusqu'à ce qu'elle s'ouvre à moi. Alors, le baiser se fait plus intense, plus exigeant. Mes mains trouvent ses fesses, les pressent, les doigts refermés sur leur galbe.

Ses mains à elle sont dans mes cheveux et les tirent suffisamment fort pour qu'une onde me traverse l'échine et établisse un lien direct avec ma queue qui grossit. L'objectif de ce soir n'était pas censé être le sexe. Il s'agissait de fêter Noël, mais difficile de résister à la lumière tamisée du sapin et de la joie présente sur son visage devant une chose aussi simple que j'ai prise pour acquis toute ma vie.

— Merci, murmure-t-elle contre mes lèvres, les yeux dans les yeux.

Nos visages sont si proches l'un de l'autre. Il y a une intimité que je ne crois pas avoir déjà ressentie.

— Demain, nous déballerons les cadeaux.

— Les cadeaux ? s'exclame-t-elle, les yeux ronds.

— Un tas de cadeaux, dis-je. Si tu veux faire Noël, autant le faire bien.

Tout à coup, la sonnette carillonne et vient briser l'instant. Jo a cessé de me regarder et sa tête est tournée vers la porte d'entrée.

— Tu attends quelqu'un ?

— Non. Qu'il aille se faire foutre.

— Tu ne peux pas ne pas répondre, proteste-t-elle, tentant de se dégager de mes bras.

— Je vais me gêner ! Il n'y a aucune loi qui nous oblige à ouvrir une porte, surtout quand celui qui se trouve de l'autre côté n'a pas été invité à passer. La seule personne que j'ai envie de voir se tient juste ici, son cul entre mes mains et ses lèvres mouillées par mon baiser.

La sonnette retentit encore et encore, suivie d'un martèlement bruyant.

— Ça a l'air important.

— Rien n'est plus important que notre soirée, dis-je, sans aller ouvrir à l'intrus qui a décidé de venir nous déranger en pleine soirée. Il n'arrive jamais rien de bon à cette heure tardive dans ce patelin.

— Nick, insiste Jo, lorsque les coups se font plus fort et que l'invité surprise ne comprend pas le message. Va ouvrir, qu'on puisse vite reprendre notre soirée là où elle en était.

Avec un soupir, je la relâche et me dirige vers la petite table de la salle à manger. Je plonge la main dans un des tiroirs et en sors mon Glock 43, car j'ai le sentiment que la personne qui se trouve de l'autre côté de la porte n'est pas un visage amical.

— Oh, mon Dieu ! s'indigne Jo, les yeux ronds et rivés sur mon Glock. Tu as un pistolet ?

— Chérie, on est dans le sud, ici, au fin fond de la pampa. Tout le monde a un flingue.

Ses prunelles s'écarquillent encore plus, et je comprends que mes paroles n'ont rien fait pour la réconforter. Seulement, la vérité est parfois la meilleure et la plus simple des réponses.

— Quoi ? demandé-je, le pistolet au bout du bras, le long du corps, tandis que j'ouvre la porte, me préparant à tout.

Une grande femme, perchée sur des talons aiguilles, moulée dans une robe cintrée, lunettes de soleil sur le nez, se tient sur le seuil ; une limousine noire, moteur allumé, rangée sur le bord du trottoir se trouve derrière elle.

— Où est ma fille ? me demande-t-elle, avant de baisser la tête vers ma main. Vous la retenez en otage ?

Madeline Carmichael. Je n'ai jamais vu un seul de ses films, mais elle pue le fric et le snobisme.

— Maman ? s'ébahit Jo, qui se précipite derrière moi sans pour autant me passer devant. Mais que fais-tu ici ?

— Est-ce que cet homme te retient contre ton gré ? lui demande sa mère, m'ignorant royalement.

— Mais non, voyons ! Ne sois pas ridicule.

— Il est armé, Joséphine. Quel genre d'homme ouvre sa porte d'entrée avec un pistolet à la main ?

— Quel genre d'homme ne fait pas ce qu'il a à faire pour protéger ce qui lui appartient ? rétorqué-je.

Elle m'agace déjà, avec sa mentalité à la con.

Madeline me bouscule pour entrer et attrape sa fille par le bras.

— Prends tes affaires. On s'en va.

— Non ! rugit Jo. Je n'irai nulle part.

— Je t'interdis de me parler sur ce ton, ma fille.

Jo s'arrache de la poigne de sa Madeline.

— Maman, je ne suis plus une enfant, mais une adulte. Et d'ailleurs, on ne peut pas vraiment dire que tu aies été une mère pour moi. Tu m'as mise au monde, mais en dehors de ça, quand as-tu pris la peine de venir me chercher quelque part ?

Madeline ôte ses lunettes de soleil, les replie lentement et bien trop calmement. Elle se tient parfaitement droite, le résultat de plusieurs années à prendre une posture impeccable pour être en représentation.

— As-tu vu les photos et les gros titres ?

— Non, aboie Jo, avant de se rapprocher de moi et d'enrouler un bras dans mon dos, tandis que je passe le mien autour de ses épaules.

Sa mère suit du regard chacun de ses mouvements, puis se tourne vers moi, les yeux plissés.

— Tu traînes notre famille dans la boue pour ce cul-terreux qui brandit une arme quand il ouvre sa porte à quelqu'un et qui a un sapin de Noël chez lui en plein été, bon sang ! Tu vas rentrer avec moi et laisser tout ça derrière toi. Tu vas retourner auprès de Jamison et faire tout ce qu'il faut pour réparer les dégâts que tu as causés. Tu as assez joué les rebelles, ma fille, il est l'heure de grandir un peu et redescendre sur terre.

Les doigts de Jo s'enfoncent dans mes flancs et son corps se raidit.

— Non, maman. Je ne rentre pas avec toi, et je ne vais certainement pas me remettre avec Jamison. Je me fiche de ma réputation, ou de la tienne d'ailleurs. Je viens de passer les plus beaux jours de ma vie.

— Avec ce… ce *redneck* ?

— Je croyais que j'étais un cul-terreux ? demandé-je sur un ton sarcastique, parce que, franchement, pour qui elle se prend, cette bonne femme ?

— Il est clair que vous êtes un homme de la basse classe, en dépit de votre jolie et pittoresque maison, raille Madeline qui me toise.

— Maman ! Ne sois pas odieuse. Nick n'a cessé d'être gentil avec moi et de me traiter comme une personne normale, pour une fois.

Madeline ricane tout en secouant la tête.

— Il en a après ton argent, ma chérie. Rien de plus. Tu n'as rien d'autre, en dehors de ce qu'il y a entre tes jambes, qu'un homme comme lui pourrait vouloir. Il n'a rien à t'offrir. Pas d'avenir, rien que du déshonneur. Vous avez fait assez de dégâts comme ça, et il va falloir des années pour réparer ça. Prends tes affaires. Nous partons. L'avion décolle dans une heure.

— Non.

Jo se blottit contre moi, arrimant son corps au mien à l'aide de ses mains.

— Je reste ici.

— Saloperie d'enfant gâtée, crache Madeline qui s'avance vers Jo.

Je pousse Jo derrière moi pour me placer devant elle.

— Madame, je ne vous connais pas et je m'en tape, de vous et de votre argent. Ce qui est sûr, c'est que vous n'avez pas à entrer chez moi et à insulter ma nana. Que vous l'ayez mise au monde ou pas, je m'en branle, vous n'avez pas à lui parler de cette façon. On peut me traiter de ce qu'on veut, je peux l'encaisser, surtout quand ça vient d'une pourriture de la *jet set* comme vous. Mais quand vous commencez à l'insulter, à la menacer, ou à essayer de la commander comme si elle était votre propriété, on a un problème. Et là, on a un gros problème.

Madeline, fumante de colère, relève le menton.

— Vous ne faites pas partie de la famille.

— La famille ? demandé-je en riant. Je ne vois aucune famille. Je vois une mère égoïste qui force sa fille, qui est adulte, à faire quelque chose contre son gré, et chez moi, ça ne marche pas comme ça. Alors, soit vous vous en allez de vous-même, soit je vous mets dehors, mais vous ne restez pas ici, et Jo ne part pas avec vous.

— Joséphine, s'offusque Madeline, tu comptes le laisser me parler de cette façon ?

Jo pose ses mains à ma taille, resserre les doigts sur mon tee-shirt et enfouit le visage dans mon dos.

— Va-t'en, maman. Je ne veux pas de toi ici. Je ne veux pas de toi dans ma vie.

Une lueur assassine se met à briller dans le regard de Madeline.

— Tu n'es rien sans moi.

Jo se décale légèrement et passe la tête à côté de mon épaule.

— Je n'étais rien avec toi ni pour toi, maman. Ici, je suis considérée comme une personne à part entière. Je peux enfin être moi. Va-t'en, laisse-nous. Je ne veux plus faire partie de ton monde.

— Et tu crois que les paparazzi vont te ficher la paix ? Tu es ma fille, et ils seront prêts à tout pour m'humilier.

— Tu y arrives déjà bien assez toute seule, réplique Jo, et j'arque un sourcil étonné. Entre les infidélités de papa et ton attitude de merde envers tous ceux qui t'entourent, c'est facile de faire quotidiennement la une de la presse à scandale. Si je reste ici, loin de toi et de L. A., ils finiront par partir.

— Elle délire complètement, marmonne Madeline pour elle-même. J'aurais dû te faire interner.

À ces mots, je saisis doucement Madeline par le bras en prenant soin de ne pas lui faire de mal et la pousse vers la sortie.

— Il est temps de partir, madame. On en a assez entendu. Ne remettez plus un pied sur ma propriété ou je vous ferai arrêter pour violation de domicile.

Elle se libère de ma poigne.

— Ne me touchez pas, sale brute. Je devrais vous faire arrêter pour agression.

Je me mets à rire.

— Essayez donc. Je connais tous les flics à cent kilomètres à la ronde. Ils ne me feront rien, mais vous pouvez toujours tenter le coup. Allez-y, ne vous gênez pas ! Les tabloïds vont se régaler quand ils mettront la main sur cette histoire.

Dans un dernier grognement offusqué, elle franchit la porte d'un pas irrité.

— C'est ta dernière…

Jo tend la main devant moi et claque la porte au nez de sa mère.

— Je suis vraiment désolée, s'excuse-t-elle aussitôt, tandis qu'elle se laisse tomber dans mes bras, à peine me suis-je retourné vers elle.

— Chérie, murmuré-je, passant mes doigts dans sa chevelure et déposant un baiser sur le haut de son crâne. Ne t'excuse pas, tu n'as rien fait de mal.

Son corps tremble, mais elle reste silencieuse. Elle doit pleurer pour les propos ignobles et impardonnables que sa mère a tenus lorsqu'elle se trouvait dans mon salon.

— Ta mère ne te mérite pas.

Je la serre dans mes bras et la laisse se vider le cœur.

— C'est une personne odieuse, Nick. Odieuse.

— Oui, soufflé-je, lui laissant le temps de réfléchir à tout cela. Mais il faut que tu saches que tu ne lui ressembles absolument pas. Tu es exceptionnelle, chérie. Si exceptionnelle, que le soleil brille un peu plus fort quand tu es là.

Elle relève la tête pour me regarder.

D'une main, je chasse ses larmes.

— Tu mérites ce qu'il y a de mieux, Joséphine, et aussi longtemps que tu voudras de moi, je ferai tout ce qui est en mon pouvoir pour te l'offrir.

CHAPITRE 19
JO

NICK et moi avons passé la nuit sur le canapé, à contempler les lumières chatoyantes du sapin de Noël. Après la scène que ma mère a faite hier soir, l'étreinte de Nick et les décorations m'ont réconfortée.

— Bonjour, chérie.

La tête posée sur son torse, j'entends résonner sa voix tels des gravillons montant du fond de sa poitrine.

— Bonjour, dis-je tout en traçant de l'index les crêtes et les sillons de son abdomen. Bien dormi ?

Il me caresse le bras, réchauffe ma peau rafraîchie par l'air conditionné.

— Mieux que jamais.

— Menteur.

Je souris et contemple les ornements délicats aux multiples nuances de rose qu'il m'a laissé choisir.

Sa main s'immobilise près de mes cheveux et se met à jouer avec la pointe d'une mèche.

— Tu sais quel jour on est aujourd'hui, et ce que ça signifie ?

— Ben…

Je m'interromps pour réfléchir. Je sais que nous sommes lundi, alors lui ira travailler, et moi, je m'ennuierai.

— Pas vraiment, finis-je par admettre.

— Le jour des cadeaux de Noël. On va faire du shopping.

Je pousse un cri d'exclamation et me redresse au creux de son bras, le coude appuyé sur l'assise du canapé et le visage tourné vers lui.

— On va faire du shopping ?

Son rire grave est exquis.

— Je ne t'ai jamais vue aussi excitée. Je sais maintenant ce qui te branche.

Je souris, les joues rouges.

— Ma vie ne se résume pas au shopping, mais j'aime bien faire les belles boutiques.

— Je te rappelle qu'on n'est pas en Californie. Il n'y a pas de rue commerçante à la Rodeo Drive ici. On se contentera des quelques centres commerciaux du coin.

— Je n'ai pas besoin d'aller dans des boutiques chics, mens-je.

Même si je me passe très bien des enseignes de luxe, elles sont un peu comme Disneyland : remplies de choses merveilleusement jolies.

— Où veux-tu aller ? demandé-je.

— À Rural King ?

Je fronce le nez.

— Rural, quoi ?

— Rural King. Ce magasin est génial. Ils ont littéralement tout ce dont on peut rêver.

J'arque un sourcil.

— Des chaussures ?

— Oui. Des chaussures en croco et des bottes.

Je le regarde d'un drôle d'air, la moue aux lèvres.

— Négatif.

D'une main sur ma nuque, il m'attire à lui et plante un baiser sur ma joue.

— Alors, va pour le centre commercial. Mais d'abord, on va manger.

Sa barbe matinale me chatouille la peau, et je souris.

— J'espère que tu ne t'attends pas à ce que je fasse le petit-déjeuner, à moins que tu ne sois d'humeur à manger des céréales.

Il rit doucement et me relâche.

— Nous allons manger en ville, et ensuite, on fera les magasins jusqu'à ce que tu en aies marre.

— Nicky, je pourrais les faire pendant des heures ! plaisanté-je, et lui décoche un clin d'œil.

— Il y a beaucoup de femmes dans ma famille. Je ne doute pas de tes capacités.

Je pouffe de rire et, démêlant mes jambes des siennes, me redresse pour passer au-dessus de lui.

— Je peux être prête d'ici une heure.

Il me donne une fessée avant que je n'aie pu descendre du canapé.

— Une demi-heure. Je crève de faim.

Sitôt que mes pieds ont touché le sol, je me retourne et pose les mains sur les hanches.

— Il me faut plus qu'une demi-heure pour me préparer.

— Hé…

Il me prend la main et me tire vers lui.

— … tout va bien ?

— Oui, pourquoi ?

Il me presse les doigts et m'adresse un sourire triste.

— Par rapport à hier soir. Ta mère…

Je lève une main pour le faire taire. J'ai passé toute ma vie à me soucier d'elle et de ses sentiments.

— Ma mère a été celle qu'elle a toujours été. Je suis étonnée qu'elle ait trouvé le temps, malgré sa vie bien remplie, de traverser tout le pays pour exiger mon retour. En dehors de ça, c'est toujours le même scénario, Nicky.

Il pince les lèvres.

— Personne ne devrait avoir affaire à une mère pareille. Je suis navré pour toi.

Je secoue la tête et lui presse à mon tour la main.

— Ne sois pas désolé. Je ne peux rien changer à mon passé, mais je peux faire ce que je veux de mon avenir, et elle n'en fera pas partie.

— Et ton père ?

— Il n'est pas aussi moralisateur qu'elle, mais il se fiche complètement de moi. Je n'ai des nouvelles de lui que pour les fêtes et quand il revient négocier un contrat pour un nouveau film, ce qu'il fait uniquement parce que son agent exige qu'il vienne en personne. Autrement, il ne fait pas partie de ma vie.

Nick s'assied, nos doigts toujours entrelacés.

— Ça te plaît d'être ici ? me demande-t-il, l'expression grave, ses yeux dans les miens, tandis qu'il m'attire entre ses jambes. D'être ici avec moi ?

Je contemple son beau visage et ce regard doux, bienveillant, qu'il prend souvent lorsqu'il ne joue pas les durs à cuire.

— Ça me plaît d'être ici, admets-je en toute honnêteté.

Ça fait du bien d'être soi sans avoir à se soucier de quoi ou de qui que ce soit.

Il ouvre la bouche, mais je place un doigt sur ses lèvres.

— Et puis, tu n'es pas vilain à regarder, et je me sens en sécurité avec toi.

Il esquisse un sourire en coin.

— Tu te sens en sécurité avec moi ?

— Bien sûr.

Je passe ma main dans ses cheveux en bataille.

— Jamais personne n'a tenu tête à ma mère comme tu l'as fait hier soir. Jamais personne n'a pris ma défense, Nick. Tu as grandi dans une famille qui t'aime et qui ferait n'importe quoi pour toi. Je n'ai jamais eu ça, pas jusqu'à ce que je te rencontre, mais je sais qu'on est juste…

Cette fois, c'est lui qui m'interrompt tout en secouant la tête.

— Ne dis pas que nous sommes amis, chéri. C'est plus que ça, et tu le sais. Tu le sais. Il faut se rendre à l'évidence.

Il prend ma main et la place sur son torse, là où se trouve son cœur.

— Tu le ressens comme moi, n'est-ce pas ?

— Oui, admets-je. Et ça m'effraie.

— Ça t'effraie suffisamment pour fuir ?

Je fais *non* de la tête et ravale ma salive, les mots coincés dans la gorge l'espace d'un instant.

— Non, je n'irai nulle part. Pas tant que je ne saurai pas.

Il se rapproche et enroule les bras autour de mes jambes, et je laisse ma main sur son torse.

— Que tu ne sauras pas quoi ? demande-t-il, et je peux

sentir les battements de son cœur s'accélérer un peu plus à chaque mot.

— Si c'est ce que je crois.

Je porte l'autre main dans ses cheveux bruns et y emmêle les doigts.

— Et que crois-tu ?

Il relève mon tee-shirt, place ses lèvres près de mon nombril, et je ressens un soubresaut dans le bas-ventre.

— Si je le dis, ça va nous porter la poisse.

Il lève les yeux vers moi, les lèvres toujours posées contre ma peau.

— Ne me dis pas que tu crois à ce genre de trucs !

— Je ne sais plus quoi croire.

Je suis parfaitement honnête. En quelques jours, ma vie a basculé. Ce en quoi j'ai toujours cru s'est révélé complètement faux. La façade soignée d'Hollywood s'est érodée et n'est plus aussi brillante qu'elle l'a été durant toute mon existence.

Le fait d'avoir passé du temps avec Nick et sa famille me donne envie d'autre chose. Quelque chose d'authentique. Quelque chose qui ressemble à eux, à sa famille.

Suis-je amoureuse de Nick ?

Je l'ignore, mais je sais que cela en prend le chemin.

J'ai développé plus de sentiments pour lui en quelques jours que pour aucun autre homme auparavant. Il m'a bien traitée, a pris soin de moi, a cuisiné pour moi et a fait tout ce qui était en son pouvoir pour me satisfaire sans rien attendre en retour.

Nick est-il amoureux de moi ? Ça non plus, je n'en sais rien. Je suis convaincue qu'il ressent la même chose que moi, qu'il veut voir là où ça va nous mener.

— Je t'ai chamboulé l'existence, déclare-t-il, un

sourire présomptueux aux lèvres, tandis que ses doigts effleurent l'arrière de mes cuisses.

J'ai toutes les peines du monde à ne pas réagir à ses caresses et à me retenir de me jeter sur lui.

— Quelque chose comme ça.

— Tu veux de moi dans ta vie, me nargue-t-il, ses yeux bleus levés vers moi. Admets-le.

Je me retiens de rire, non pas parce qu'il se trompe, mais parce qu'il est d'une honnêteté incorrigible, même quand il s'agit de me mettre face à mes mensonges.

— Je ne vais pas te mentir, concédé-je d'une voix suave, contenant mon rire. Ta belle gueule me fait craquer.

Son sourire s'élargit.

— Ma nana craque pour moi.

À la manière dont il dit *ma nana*, quelque chose dans mon ventre se met à papillonner et mon cœur s'emballe comme si je venais de piquer un sprint dans l'allée, à la poursuite d'un objet insaisissable.

— Je pense que toutes les filles craquent pour toi.

Il se penche en avant et presse à nouveau ses douces lèvres contre ma peau.

— Je me fiche des autres. Il n'y a que toi qui comptes.

La chaleur de son souffle se diffuse sur ma chair, et je resserre instinctivement les jambes. Le souvenir de ses lèvres et du plaisir qu'elles arrivent à me procurer me reste en mémoire, et mon corps s'en souvient bien.

Je m'écarte de lui. J'ai besoin d'une échappatoire et d'une douche, avant que nous ne nous laissions entraîner plus loin et n'accomplissions absolument rien de notre journée, si ce n'est nous donner du plaisir et des orgasmes.

Il commence à tendre les bras pour me faire revenir

entre ses jambes, quand mon téléphone se met à sonner à côté de lui. Il baisse les yeux et regarde l'écran.

— C'est Kimberly.

Je pousse un soupir et lève les yeux au ciel.

— Ce n'est jamais bon quand elle m'appelle si tôt. Il n'est même pas 6 heures du matin à L.A.

Il saisit l'appareil et tient son doigt au-dessus de l'écran.

— Tu veux que je réponde ?

Je le lui arrache des mains avant qu'il n'ait le temps de décrocher.

— Non, non, dis-je, partant vers la salle de bains. Je m'en charge.

— Tu as toujours trente minutes, pas plus, me crie-t-il. L'homme qui se tient là a besoin de se nourrir pour affronter le programme de la journée.

Espérons qu'il n'y ait pas que du shopping à l'ordre du jour. Bien que je puisse faire les boutiques durant des heures, ce n'est pas ce dont j'ai envie aujourd'hui. Je compte bien passer plus de temps avec la tête de Nick entre mes cuisses et à explorer son corps, moi aussi.

— Bonjour, ma belle ! me salue Kimberly, à peine ai-je décroché.

— Salut, ma chérie. Comment se fait-il que tu sois déjà levée ?

J'ai pris un ton délibérément enjoué, histoire de faire bonne figure, parce que je sais qu'elle va, au choix, lâcher une bombe ou me passer un savon.

— C'est ta foutue mère, l'entends-je marmonner, suivi d'un bâillement. Elle m'a téléphoné hier soir pour me dire que je devais te faire revenir. Elle est l'invitée d'un *talk-*

show diffusé cet après-midi, et elle sait qu'on va la questionner sur toi et sur tes frasques en Floride.

— Je m'en fous, Kimberly. Elle a débarqué hier soir ici.

Kimberly pousse une exclamation.

— En Floride ?

— Ouais.

J'ouvre ma trousse de toilette. J'ai choisi de me maquiller avant de prendre ma douche. Ce n'est pas le meilleur ordre pour faire les choses, mais c'est le seul moyen pour moi d'être prête à temps.

— Elle s'est pointée chez Nick et m'a fait son cinéma pour que je reparte avec elle. Du grand Madeline Carmichael !

— Ça alors.

— Ce n'était pas beau à voir.

— Mais tu es restée.

Je prends mon anticerne et commence par là. On dirait que je n'ai pas dormi depuis des jours. Les croissants bleuâtres sous mes yeux s'accentuent toujours en période de stress et, putain de merde, c'est un beau bordel dans ma vie depuis quelques jours. Si l'on met de côté Nick. Il est ma seule planche de salut.

— Non, Nick l'a mise dehors, et je lui ai claqué la porte au nez.

— Arrête !

— Je te jure.

— Tu me fais marcher.

— Je t'assure. Madeline était au beau milieu d'une tirade, mais ce qu'elle avait à me jeter au visage a terminé dans la porte.

J'étire un peu plus le sourire sur mon visage pour

unifier l'anticerne et le fond de teint léger que je viens d'appliquer, prenant soin de ne pas tout gâter et de dépasser les trente minutes imparties.

Kimberly éclate de rire.

— J'aurais payé cher pour voir sa tête.

— Ça ne devait pas être fameux, mais elle l'a mérité.

— Elle n'a jamais été sympa avec toi.

Je pousse un soupir. Ce que dit Kimberly est vrai. Pendant longtemps, j'ai fermé les yeux sur le comportement de ma mère, le lui pardonnant, partant du principe qu'il était typique de la relation mère-fille. J'ai fini par réaliser qu'elle me traitait davantage comme un accessoire de sa collection que comme son enfant.

— C'est sûr qu'hier soir, elle ne l'a pas été. Après avoir insulté Nick, elle s'en est prise à moi. Il n'a pas laissé passer ça.

— Ce type m'a tout l'air d'une perle, *chérie*, me taquine-t-elle. Et à voir les photos du paparazzi, il est canon. C'est tout bénef'.

— Tu n'es pas fâchée ? demandé-je à dessein, car je sais que la question va entraîner une longue réponse, ce qui va me permettre de me maquiller les yeux en toute tranquillité.

— Que tu te sois trouvé un mec bien et sexy qui t'empoigne par le cul pendant qu'il t'embrasse ? Tu rigoles ! Mon boulot, c'est de veiller à ton image et, là, ton image ne s'est jamais aussi bien portée auprès de l'opinion publique. Continue d'agir comme tu le fais, y compris à te taper ce mec. Je me charge des retombées de l'interview que ta mère va donner. Je voulais simplement que tu saches qu'elle allait passer à la télé aujourd'hui pour promouvoir son prochain film dramatique.

— Hélas, je vais rater sa mise en scène de la mère fabuleuse, qui jongle avec tout, y compris sa fille qui refuse de marcher dans ses pas.

— Hé, on l'emmerde. Tu sais bien qu'elle m'insupporte et que ça a toujours été le cas.

— Je sais. Bon, je dois te laisser. Nick m'emmène déjeuner et faire du shopping.

— Attends une seconde…

— Quoi ?

— Il t'emmène faire du shopping ? piaille-t-elle de cette voix digne d'une Californienne.

— On part acheter des cadeaux de Noël.

— Vous avez pris de la drogue ?

— Non. Pourquoi ?

— Noël ? C'est l'été, Jo.

— Il est décidé à m'offrir le Noël que je n'ai jamais eu.

— Plus ça va, plus il a l'air génial. Je suis un peu jalouse de voir comment il s'est entiché de toi. Les mecs d'ici sont tellement…

Je roule des yeux.

— Artificiels et intéressés ? Je peux te dire que ce côté-là d'Hollywood ne me manque pas.

— Quand rentres-tu ?

— Je ne sais pas. J'en ai marre que ma vie soit millimétrée. Est-ce que j'ai des affaires pressantes ?

— Rien durant les prochains mois, mais je peux m'arranger pour le reste.

— Je vais réfléchir, mais je pense que je vais prendre une pause plus longue que prévu et me concentrer sur moi pendant quelque temps.

— Fais-toi plaisir, chérie. Ça ne change rien pour moi, et je pense que, cette fois, ça te sera bénéfique.

En effet, Kimberly s'en fiche. Elle n'est pas mon agent. Elle s'occupe de mon image, ce qui veut dire qu'elle est payée, que je travaille ou non.

— Je dois filer. Je suis en retard et j'ai désespérément besoin de prendre une douche.

— J'aurais tellement de trucs à dire, là, se moque Kimberly.

— *Bye* !

— Encore une cho…

— À plus.

Je raccroche, parce que je n'ai pas envie de savoir ce qu'est cette dernière chose ni de répondre à d'autres questions sur ma mère, sur Nick ou sur moi.

— Chérie.

On frappe à la porte, et je me fige, la culotte à moitié descendue sur les jambes.

— Tu te prépares ou quoi ? J'entends beaucoup de blabla, et pas tellement d'eau qui coule.

— Arrête de m'espionner, dis-je. J'entre dans la douche, là.

— Tu veux de l'aide pour frotter ton dos ?

Je réfléchis à la proposition l'espace de quelques secondes et suspends mon geste, la culotte dans une main qui pendouille près de ma cheville. Seulement, je sais qu'un petit frottage de dos va vite déraper et, alors, nous serons en retard, il mourra de faim, et nous aurons littéralement gâché une journée entière. Non pas que ce soit une mauvaise chose, mais j'avais à cœur de faire Noël d'abord, et du sexe ensuite.

— Non, merci.

Je ne suis pas convaincue par ma voix et je suis sûre que lui, non plus.

— Si tu changes d'avis, tu peux me rejoindre dans la salle de bains de la chambre d'ami. Il y aura de la place pour toi.

— Merci, dis-je tout en finissant de me déshabiller.

— Quinze minutes, crie-t-il, avant que le son de ses pas ne s'assourdisse.

J'ouvre le mitigeur et me trémousse sur place en sentant l'air froid du climatiseur souffler sur ma peau nue. Lorsqu'enfin l'eau devient chaude, j'entre dans la douche et prends soin de ne pas me mouiller les cheveux.

Je me lave des mauvais souvenirs de la veille. Ces choses ignobles que ma mère a dites. Son air pincé. Sa façon de me toiser, la rage et la haine dans son regard.

Tout ça n'a plus d'importance.

Aujourd'hui, je vais profiter de Nick et vivre mon tout premier Noël.

CHAPITRE 20
NICK

— VOUS ALLEZ OÙ, comme ça ? demande Gigi, qui entre dans le café-restaurant au moment où nous en partions.

— Faire des achats de Noël, répond Jo sans réfléchir, et je serre aussitôt les paupières.

Annoncer à Gigi que nous partons faire du shopping, c'est lui ouvrir une porte. Comme toutes les autres femmes de ma famille, elle dépense sans compter.

— Des achats de Noël ?

Ses yeux passent de gauche à droite, comme si nous étions les gens les plus insensés qu'elle ait connus.

Je prends une grande respiration et soupire.

— Oui. Jo n'a jamais fêté Noël.

Gigi en reste bouche bée.

— Sérieux ? Jamais ?

Jo secoue la tête.

— Jamais, mais Nicky est sur le point de changer ça.

Elle me sourit.

— Eh bien, ma fille, tu ne peux pas faire tes achats de

Noël seule ou accompagnée de la personne à qui tu offres des cadeaux. Je ne travaille pas aujourd'hui.

Gigi esquisse un sourire et remue ses sourcils parfaitement sculptés, avant d'ajouter :

— Enfin, tu sais, si tu veux passer une journée entre filles et te débarrasser de lui…

Elle me jette un bref coup d'œil.

— … quelques heures.

— Ben… commence Jo, qui tourne le visage vers moi.

Je hausse les épaules, car ce n'est pas moi qui vais la commander, elle est libre de faire ce qu'elle veut.

— Je pense que…

— Chérie, je l'interromps et lui presse la taille. Tu fais ce que tu veux. Tu veux passer une journée entre filles et faire ce que les filles font pendant ce genre de journée ? Alors, passe une journée entre filles. Je ne vais pas te mentir, le shopping, ce n'est pas ce que je préfère, mais je le faisais pour toi.

La commissure de ses lèvres retombe, ainsi que ses sourcils.

— Je pensais qu'on allait tous les deux acheter des trucs au centre commercial… Non ?

J'esquisse un sourire en coin.

— Je sais déjà ce que je vais te prendre, et ce n'est pas dans une boutique de luxe qui vend des chaussures à mille dollars que je le trouverai.

— Tu vas aller à King machin ? demande-t-elle.

Gigi écarquille les yeux.

— Nom de Dieu… Tu ne vas quand même pas acheter un cadeau à Rural King à cette fille !

Je secoue la tête et, une main sur le cœur, l'air offusqué, préfère mentir :

— Bien sûr que non ! Pour qui me prends-tu ?

Ma cousine croise les bras et penche la tête sur le côté.

— Un crétin.

Un sourire amusé aux lèvres, Pike passe un bras autour des épaules de Gigi.

— Mais ils ont de la bonne came là-bas, ma belle.

Elle tourne la tête si lentement que l'on croirait une scène tirée tout droit d'un film. Il n'y a aucun sourire sur son visage ni humour dans son regard.

— Tu déconnes, là ?

Caressant son bras nu avec le pouce, il hausse les épaules.

— Je t'ai acheté des cadeaux là-bas.

— Mes bottes en caoutchouc et un fusil. Je ne pense pas que ce soit le genre de cadeau que Jo rêverait de recevoir pour son premier Noël, ni même jamais.

Pike passe son nez dans le cou de Gigi.

— Mais tu as adoré tes bottes.

Elle rit et se tortille, épaules courbées, pour échapper à ses lèvres.

— C'est vrai, mais je ne suis pas d'Hollywood. Je suis une Floridienne pure souche, et je doute que Jo ait fait du *mudding* une seule fois dans sa vie.

— Du *mudding* ? s'enquiert Jo, perplexe.

Ma cousine tend un bras vers Jo.

— Tu vois ? Elle ne sait même pas ce que c'est.

Le regard de Jo passe de Gigi à moi.

— C'est un truc que je pourrais aimer ?

— Chérie…

Avec un rire, je l'attire vers moi et lui embrasse le front.

— … tu es tout, sauf une *muddeuse*.

— N'importe quoi, proteste Gigi. Tu vas voir, on va lui faire faire du *mudding* ! Si tu vas à Rural King, prends-lui des bottes et du matos, mais ça ne doit pas être ses seuls cadeaux ou tu auras de mes nouvelles, Nicky.

— Bon, d'accord, marmonné-je.

Je ne compte pas acheter le cadeau de Jo à Rural King, mais c'est drôle de voir Gigi s'emporter.

— Bien ! s'exclame ma cousine, avant de se tourner vers Jo. On y va ?

— Si Nick n'y voit pas d'inconvénient.

— Je te le redis, chérie, tu n'as pas à me demander la permission. Va faire les boutiques avec Gigi et éclate-toi. Pike et moi, on va faire nos trucs et on se retrouvera à la maison plus tard. Ça te va ?

Elle se blottit contre moi, enroule les bras autour de ma taille et me plante un énorme *smack* dans le cou.

— Trop bien ! Merci.

Je plonge le regard dans ses yeux azur.

— Merci de quoi ?

— Merci pour tout. Le shopping, les amis, Noël… tout, Nick. Absolument tout.

— Tant que tu n'as pas fêté Noël avec la famille tout entière, tu n'as pas vécu de vrai Noël, explique Gigi. C'est un truc complètement dingue. Tu seras peut-être encore ici, et si tu es à L. A., reviens le fêter avec nous.

Le sourire sur le visage de Jo s'efface.

— Ça me plairait beaucoup, répond-elle tout bas, toujours agrippée à moi.

Ma poitrine se serre, une sensation qui m'était totalement étrangère avant que Jo ne débarque dans ma vie, mais qui est devenue courante. Chaque fois que l'idée qu'elle puisse s'en aller me traverse l'esprit, mon corps réagit, et pas en bien.

— Prête ? lui demande Gigi.

Je serre encore un peu Jo contre moi et colle un gros baiser sur ses lèvres.

— Amuse-toi bien, chérie.

— Je vais te manquer ? me demande-t-elle sans crier gare, comme si elle pouvait lire dans mes pensées.

Je lui décoche un clin d'œil.

— Un peu.

Elle me sourit.

— Tu vas me manquer aussi.

— Eh merde, murmure Pike. Il est fichu.

Je lance un regard noir dans sa direction et relâche Jo.

— N'allez pas trop loin.

— Entendu, papa ! réplique Gigi qui pousse Jo vers la sortie d'une main et me fait un doigt d'honneur de l'autre. Et puis, on rentrera avant minuit.

— Quelle plaie, dis-je à Pike tout en secouant la tête.

— Oui, mais c'est ma plaie.

— Je te comprends complètement.

Pike enfonce les mains dans ses poches et regarde ses pieds quelques instants, avant de ramener ses yeux verts sur moi.

— Donc, avec Jo…

Je lève les deux mains, tandis que je regarde les deux femmes s'éloigner derrière la vitre du café-restaurant.

— N'en rajoute pas, mec, dis-je tout bas. Je sais, je sais. Je suis foutu.

Il rit.

— Pire que ça. Je suis passé par là, on n'est plus le même après ça.

— Quand as-tu compris que Gigi était la bonne ?

Nous restons plantés là, à discuter sentiments comme deux nénettes. Cependant, il est plus facile d'en parler à Pike qu'à Mammoth, qui passe plus de temps à me casser les burnes qu'à me donner de vrais conseils.

— J'ai passé un peu moins d'une semaine avec elle, et c'est là que j'ai compris que j'en voulais plus. Mais ta cousine, fidèle à elle-même, s'est barrée, et je ne l'ai plus revue pendant des mois.

Il hausse les épaules.

— Je l'avais presque chassée de ma tête quand elle s'est repointée dans ma vie, toute sûre d'elle, pleine de venin. J'ai su, à ce moment-là, que je ne la laisserai plus jamais se sauver.

— Genre, une semaine, et t'étais accro ?

— Le cœur est un drôle d'organe. Quand ce n'est pas la bonne personne, tu le sais, et quand quelqu'un débarque et y a sa place, tu as beau faire n'importe quoi, impossible de refouler les sentiments.

— Putain, je n'ai jamais eu une fille à la bonne comme ça.

— C'est elle ou sa célébrité qui t'attire ?

— C'est elle, Pike. Ce sont ses failles de la vie. Sous sa façade parfaitement lisse, il lui manque tellement de choses. Et je veux lui offrir tout ce qu'elle n'a jamais eu.

— Oui, t'es foutu.

Je secoue la tête, un sourire au coin des lèvres.

— Sympas, les encouragements.

— Ben…

Il sort une main de sa poche et la pose sur mon épaule, tandis que les deux femmes montent dans la vieille Jeep de Gigi.

— La vraie question, c'est... Est-ce qu'elle ressent la même chose ?

— J'ai besoin de prendre l'air.

Je ne me suis jamais laissé aller à ressentir autant de sentiments envers quiconque, excepté envers mes proches. J'ai passé ma vie entière à éviter les relations amoureuses, faisant mon possible pour ne pas tomber amoureux. Et, la seule fois où je baisse la garde... *bim !*

Je bouscule Pike pour sortir, prends une grande bouffée d'air et ferme les yeux.

Merde.

Et si elle ne ressentait pas la même chose que moi ?

Si tout ceci n'était que du bon temps, qu'elle cherchait simplement à vivre rien qu'un instant hors des sentiers battus ?

Je finirais bien par m'en remettre, mais, bon sang, cela mettrait des lustres, et je serais malheureux comme les pierres durant tout ce temps.

Trois heures plus tard, je suis de retour chez moi, entouré d'une montagne de cadeaux destinés à une fille que je connais à peine, mais à laquelle je ressens le besoin de montrer tout ce à côté de quoi elle est passée.

Cela fait une heure que je n'ai plus de nouvelles de Gigi ni de Jo. Je me dis qu'elles doivent être absorbées par des trucs de filles ou qu'elles essaient tellement de chaussures que Pike devra fabriquer un nouveau dressing pour Gigi.

Moi : Gigi, vous avez bientôt fini ? Je n'ai pas de nouvelles de Jo.

Sur mon écran, trois petits points apparaissent plus longtemps qu'ils ne le devraient, avant de disparaître.

Moi : Allô ?

Les trois petits points réapparaissent, et je regarde fixement le téléphone, attendant la réponse.

Gigi : Je ne sais pas où est passé Jo. Je l'ai perdue.

Mon cœur s'arrête de battre, et mes paumes deviennent moites.

Moi : Comment ça, tu l'as perdue ?

Je me mets à faire les cent pas devant le sapin de Noël, que nous avons décoré hier soir, et compose le numéro de ma cousine.

— Je ne sais pas, lâche-t-elle avant même que je n'aie pu dire quoi que ce soit.

Elle parle si vite qu'elle ne prend même pas le temps de respirer entre chaque phrase.

— Elle était là, et l'instant d'après, elle n'y était plus. Sur le coup, je me suis dit qu'elle était partie flâner dans un autre rayon, mais j'ai cherché partout, sans succès. Elle a disparu. *Pouf* !

Le nœud qui s'était déjà formé dans mon estomac se resserre.

— Va voir la sécurité, demande-leur de repasser les bandes de vidéo surveillance, et retrouve-la. J'arrive.

— Je vais leur demander d'y jeter un œil, mais je suis sûre qu'elle est quelque part. Ne viens pas, c'est trop loin. Ça ne sert à rien de paniquer. Tu sais, j'ai déjà perdu Tamara une fois ou deux ici.

— Je t'ai dit d'aller voir la sécurité, répété-je d'une voix grave en articulant chacun de mes mots. J'arrive. Appelle-moi quand ils auront visionné les bandes.

— D'accord, me promet Gigi sans plus discuter. Je vais aller les voir.

Je raccroche et compose le numéro de mon père dans la foulée.

— Papa.

— Salut, fiston ! Quoi de neuf ?

Sa voix est remplie d'une joie que je m'apprête à anéantir.

— Jo a disparu, papa. Gigi et elle sont allées au centre commercial et...

— Je m'en occupe, réplique-t-il sans hésiter de sa voix rugueuse. Tu vas là-bas ?

— Oui.

Je pars en direction de la porte et ne m'arrête que pour enfiler mes bottes, avant de me diriger vers le pick-up.

— J'ai demandé à Gigi d'aller trouver le service de sécurité.

— Je vais faire ce que je peux de mon côté, mais rappelle-moi dès que tu en sauras plus. Ne t'affole pas, Nick...

Sa voix est calme et posée.

— ... je suis certain qu'elle va bien. Tu connais les femmes.

Je ne relève pas sa remarque. Si ma mère l'entendait parler, il se retrouverait avec un bleu quelque part.

— Sa mère est passée hier soir.

— Sans déconner ! Pourquoi ?

— Elle s'est pointée et a dit à Jo qu'elle devait rentrer en Californie. Ce n'était pas une simple requête, alors je l'ai gentiment raccompagnée à la porte et lui ai fait comprendre qu'elle n'était pas la bienvenue sur ma propriété.

— Je suis sûr que c'est une coïncidence.

— Peut-être.

Je monte dans mon pick-up et tourne la clé dans le contact.

— Quoi qu'il en soit, je vais là-bas.

— Je vais faire ce que je peux, m'assure mon père. Je t'appelle dès que j'ai des nouvelles et, toi, téléphone-moi quand tu auras visionné les caméras de sécurité.

— Entendu, lui promets-je, mais il a déjà raccroché.

Je sors de mon allée sur les chapeaux de roues, les arbres et la chaussée défilant à toute allure par les vitres, tandis que je prends la direction de l'autoroute et du centre commercial de Tampa. Je savais que j'aurais dû partir avec elles, ne pas laisser Jo seule avec Gigi, vu son statut de célébrité et les paparazzi qui la recherchent.

— Eh merde ! pesté-je, claquant la paume contre le volant, tandis que je patiente à un feu rouge, l'autoroute à portée de vue.

Le téléphone se met à vibrer sur le siège passager.

Gigi : Tiens, voilà une image tirée de la bande vidéo. Elle est partie avec quelqu'un, mais je ne le connais pas. La photo est en train de se télécharger.

J'ouvre le message et attends, les yeux voyageant entre le feu de signalisation et l'écran. Quelques secondes plus tard, un cliché de Jo, flanquée d'un grand type dégingandé qui la tient par le bras et la tire vers la sortie, s'affiche sur mon téléphone. La photo n'est pas nette, mais lorsque je zoome… aucun doute possible.

C'est Jamison.

CHAPITRE 21

JO

— LAISSE-MOI PARTIR, supplié-je Jamison qui me tient par le bras, une arme pointée dans mon dos, et qui me pousse vers la voiture. Je t'en prie, ne fais pas ça.

Il resserre sa poigne et enfonce un peu plus le canon dans ma cage thoracique.

— La ferme. Tu ne peux t'en prendre qu'à toi-même.

J'accélère le pas pour tenter de m'éloigner du pistolet, mais il le presse un peu plus fort contre mon dos, c'est inutile.

— Pourquoi fais-tu ça ?

— Pourquoi ? répète-t-il, la voix pleine de venin. D'après toi ?

Je veille à garder la tête droite, cependant mes yeux fouillent le parking souterrain à la recherche d'une aide. Il n'y a personne. L'endroit est désert, mis à part les rangées de voitures de luxe.

— Je ne sais pas, Jamison. Je ne t'ai rien fait.

Arriverai-je à le raisonner ? Il ne m'a jamais paru fou, bien qu'il ait eu tendance à se montrer cruel lorsqu'il est en colère. Jamais au grand jamais, je ne l'aurais cru capable de brandir un pistolet, *a fortiori* de menacer quelqu'un, autrement que pour se défendre.

— Tu n'es qu'une petite garce pourrie gâtée, crache-t-il, me serrant le bras si fort qu'il me coupe la circulation sanguine. Tu t'es barrée avec un pauvre bouseux ! Tu me laisses tomber comme si je n'étais rien pour toi et tu fous ta vie, notre vie, en l'air pour un illustre inconnu.

— Je ne t'ai pas quitté pour lui, tenté-je d'expliquer, ralentissant mes pas dans l'espoir de gagner du temps, jusqu'à ce que quelqu'un passe par là et que je puisse, peut-être, m'enfuir.

— Je voulais que tu reviennes. Je t'ai suppliée de retourner avec moi.

Si je n'avais eu pas un canon pointé sur moi, j'aurais ricané. Il ne m'a jamais suppliée de revenir. Il l'a exigé, et sans douceur ni belles paroles. Jamison Ryan n'a jamais imploré qui que ce soit de faire quoi que ce soit, en particulier les femmes, et je me compte parmi elles.

— Je vais revenir, mens-je. Je voulais retourner avec toi.

— Vraiment ? demande-t-il d'une voix brièvement radoucie.

Serrant les poings, je tente de tenir bon.

— Oui.

— Tu peux ajouter *salope de menteuse* aux raisons pour lesquelles je suis là, rage-t-il à peine ai-je parlé.

Nous nous arrêtons brusquement près d'une berline aux vitres teintées. Si Jamison garde le pistolet pointé dans mon dos, il me lâche le bras pour saisir la poignée de la portière.

J'esquisse un mouvement et fais deux pas, croyant

pouvoir m'échapper, quand il m'attrape par les cheveux et me tire en arrière.

— Je devrais te buter maintenant et en finir avec toi.

La nuque tordue, je cligne des yeux pour tenter de voir à travers mes larmes et repère une caméra de surveillance au-dessus de nous. Seigneur, faites qu'on nous voit. Quelqu'un est peut-être en train d'accourir. Non, la personne serait déjà là, puisque le trajet du magasin à la voiture a pris plusieurs minutes.

— Tu me fais mal, gémis-je, attrapant ses mains pour tenter de les faire lâcher prise.

— Tu as de la chance d'être encore en vie, me lance-t-il, tandis qu'il me tire vers la voiture en se servant de mes cheveux comme d'une laisse. Monte.

Je n'ai pas d'autre choix que de m'exécuter, puisqu'il pousse sur ma tête et force mon corps à se replier sur le siège.

— Garde les mains en l'air, m'ordonne-t-il, son regard noir, haineux et sans vie me transperce.

— Je ne m'enfuirai pas, mens-je à nouveau. Promis.

— Ta parole ne vaut rien, Joséphine.

Il agite le pistolet devant mes yeux pour bien me rappeler qu'il détient le pouvoir.

— Tes mains !

Chaque minute que je passe en vie laisse un peu plus de chance à Nick de me retrouver. Il va me retrouver, pas vrai ? Seigneur, faites que Gigi ait remarqué ma disparition et qu'elle ait trouvé mon absence suffisamment étrange pour l'alerter.

Je garde les mains en l'air et laisse couler mes larmes, cédant à mon sort. Je ne perds pas espoir, mais je dois jouer le jeu suffisamment longtemps pour être retrouvée.

À l'aide d'une seule main, Jamison passe l'un des bracelets d'une paire de menottes à mon poignet et l'autre à la portière, ce qui rend impossible toute tentative de fuite.

— Je ne comprends toujours pas, murmuré-je pour moi-même.

— Les petites morveuses comme toi méritent une bonne leçon, lâche-t-il avant de me claquer la portière au nez, m'offrant quelques instants de solitude.

Je le suis du regard et le vois contourner le capot de la berline tout en prenant connaissance des alentours. Il n'y a toujours personne dans le parking, parce qu'on est en plein après-midi et qu'il est quasi complet.

Je tire sur les menottes, contorsionne les articulations dans le but de rapetisser suffisamment ma main pour qu'elle passe par le trou en métal. Mon foutu pouce bloque le passage et rend illusoire toute évasion, tandis que Jamison grimpe dans la voiture à côté de moi et claque sa portière plus fort encore qu'il l'a fait avec la mienne.

— Tu es coincée, bébé, déclare-t-il sur un ton aigre-doux. Tu as besoin d'un rappel de discipline, Joséphine. Laisse-toi faire, tout ça sera bientôt terminé.

—Un rappel de discipline ?

Je pousse un rire amer.

— C'est un comble, venant de toi ! Tu as toujours été un emmerdeur, Jamison. Si l'un d'entre nous mérite une correction, c'est bien toi.

C'est alors que la fin de sa phrase gagne enfin mon cerveau. *Tout ça sera bientôt terminé.* Terminé ? Jamison insinue-t-il qu'il va me tuer ? La bile me monte à la gorge, et mon corps se met à trembler, suffisamment pour que je le ressente, mais pas assez pour qu'il puisse le voir.

Je savais que le risque existait, puisqu'il est armé, mais jamais je n'ai pensé qu'il puisse passer à l'acte. Dans mon raisonnement stupide, il s'en servait pour me maîtriser, mais, au bout du compte, cela n'est absolument pas son but.

Jamison est là pour se venger… se venger de moi.

Il coince le pistolet entre ses cuisses et lève une main pour me caresser la joue.

— Tu as toujours été une langue de vipère, commente-t-il sur un ton songeur, tandis qu'il passe son pouce sur ma lèvre et me force à ouvrir la bouche. Ta langue toute soyeuse et pourtant si affilée.

La façon dont il regarde ma bouche et le goût de sa peau sur ma langue me donnent envie de vomir. Lorsqu'il se met à enfoncer son pouce entre mes lèvres, je referme la mâchoire d'un coup sec. Il a un mouvement de recul, mais sa main reste en place : son pouce est piégé entre mes dents, tandis qu'il hurle de douleur.

Seulement, j'ai agi sans réfléchir, ce que j'ai déjà eu le tort de faire par le passé, à ceci près que ma vie n'était pas en jeu. Une seule de main est libre, l'autre est menottée à la portière, me privant de toute fuite.

Il farfouille maladroitement entre ses cuisses, avant de pointer l'arme en direction de ma tête. Je la repousse d'une tape, faisant de mon mieux pour ne pas lâcher son pouce et l'empêcher de viser mon crâne.

— Espèce de salope ! s'égosille-t-il, avant de lever le bras en l'air et d'abattre la crosse du pistolet sur mon crâne.

Poussant un cri de douleur, je relâche son pouce, tandis que ma vision se brouille.

— Tu vas me le payer, déclare-t-il, et tout devient noir.

. . .

*
**

— Mais qu'est-ce qui t'a pris ? résonne la voix courroucée de mère au loin. Je t'avais demandé de me la ramener, pas de la frapper.

Des pas se rapprochent, se déplaçant avec rapidité sur le parquet.

— Elle s'est débattue, Madeline. Que pouvais-je faire ? Vous savez bien comment elle est.

— Fait chier, Jamison ! Tu n'es décidément bon à rien, siffle-t-elle. Et maintenant ? Elle nous est inutile dans cet état.

— Qu'êtes-vous en train de dire ?

— D'après toi ? rétorque-t-elle.

Je garde les yeux fermés, reste immobile, respire à peine.

Est-elle en train de suggérer...

Non, elle ne ferait pas une chose pareille.

C'est ma mère. Elle a beau être une garce, elle ne me ferait pas plus de mal qu'elle ne m'en fait déjà... n'est-ce pas ?

— C'est toi, le crétin qui s'est servi d'une arme, Jamison. Je t'ai demandé de me la ramener, mais tu as pris la liberté de pousser le vice.

— Madeline, vous m'avez dit de faire le nécessaire. C'est ce que j'ai fait.

— Tu es un idiot. Va-t'en ! Je vais me charger d'elle.

— Et où suis-je censé aller ? lui demande-t-il, ses pas ne résonnant plus sur le sol.

— Ça m'est égal. Tu m'es inutile.

— Vous m'aviez promis un rôle dans votre prochain film si je vous la ramenais, Madeline.

Ma mère s'esclaffe et paraît plus hystérique qu'équilibrée.

— Tu vas probablement finir en prison après ce… ce coup d'éclat. Je pourrais m'estimer heureuse si je ne termine pas avec toi derrière les barreaux. Jo dramatise toujours tout. Je suis certaine qu'elle ira directement voir la police à son réveil.

J'ouvre un œil, suffisamment pour voir où je suis. Je me suis déjà retrouvée dans cette pièce. C'est la suite que Jamison et moi avions réservée avant qu'il ne décide de se payer un extra avec la bonne.

— Putain de merde, on ne peut pas la laisser faire ça, s'inquiète-t-il. On devrait peut-être…

Quoi ?

Je bondis du canapé et cours en direction de la porte, puisqu'ils sont de l'autre côté de la pièce. J'y suis en quelques pas et tends une main vers la poignée, quand un bras passe autour de ma taille et me tire en arrière.

— Où crois-tu aller, comme ça ? grommelle Jamison à mon oreille, tandis qu'il me soulève, mes jambes frappant dans le vide. *La fête n'est pas terminée, princesse.*

CHAPITRE 22

NICK

LE CRI de Jo résonne dans le couloir, tandis que je cours jusqu'à la suite où je me suis retrouvé face à face avec Jamison moins d'une semaine plus tôt.

Mon père et mon oncle devraient arriver d'une minute à l'autre. Pike et Mammoth sont dans l'ascenseur, ils ont tout laissé tomber quand ils ont appris ce qui s'était passé et où je me rendais.

Arrivé devant la suite, je lève une jambe et donne un grand coup de pied dans la porte. Jo est dans les bras de Jamison et agite les pieds dans le vide comme un animal sauvage pris au piège. Leurs têtes pivotent, et les yeux de Jamison s'écarquillent, avant de se plisser de haine.

— Pose-la à terre ! ordonné-je, levant mon arme, prêt à vider mon chargeur sur lui.

— Va te faire foutre, crache-t-il sans la relâcher.

Deux ombres envahissent l'encadrement de la porte derrière moi. Les premiers renforts sont arrivés.

— On peut régler ça à la manière douce ou la manière létale, dis-je, le canon pointé en direction de sa tête.

Je suis un bon tireur, je m'exerce depuis tout petit. Mon père trouvait que cette compétence était nécessaire, même à un jeune âge.

— Elle est dans mes bras, tu n'oseras pas tirer.

— Fais-le, m'encourage Jo, les larmes coulant le long de ses joues. Tire-lui dessus, Nick !

Mon regard se porte vers la droite où une silhouette se déplace. Sa mère, vêtue d'un tailleur blanc, a l'air bien élégante, toute vermine qu'elle soit.

— Oh, mais voilà la brute armée de l'autre jour, raille-t-elle, levant une main pour remuer ses doigts bagués de diamants dans ma direction. Accompagné de ses sbires.

Le soleil se reflète sur un objet qu'elle tient dans l'autre main, ce qui attire mon attention, et j'aperçois alors son arme à feu.

Pike et Mammoth entrent dans la pièce et se placent de part et d'autre de moi, leurs pistolets dégainés aussi.

— Vous êtes cernée, Madeline, déclaré-je d'une voix calme, tenant fermement mon arme. Je devine ce qui se trame dans votre petite tête de star hollywoodienne. N'y pensez même pas.

— Vous allez bien ensemble, grommelle-t-elle, jetant un bref coup d'œil à sa fille. Les vauriens s'attirent.

Je lâche un grognement et me retiens de lui tirer dans la jambe pour le *kiff*.

— Madame, l'interpelle Mammoth à ma droite, Nick est un gars bien plus sympa que je ne le suis. Je vous aurais déjà flingué tous les deux, sans un remords ni une larme en vous voyant pousser votre dernier soupir.

— Les flics sont en chemin, ajoute Pike, le bras tendu, le doigt sur la gâchette de son Glock 43. Vous n'avez plus d'issue.

Je garde mon arme pointée sur Jamison, car les gars tiennent Madeline en joue. Je suis convaincu que, même à cette distance, elle ne saurait pas viser.

Elle choisit de déverser son venin sur Jamison.

— Tu es un minable. Tu avais une mission, une seule, et tu n'as même pas été fichu de l'accomplir correctement. S'ils sont ici, c'est à cause de toi.

— Nous sommes ici pour elle.

Je pointe le menton en direction de Jo.

— Je m'en cogne de vous. Seulement, je vous l'ai déjà dit et vous le répète, vous n'avez pas intérêt à lui chercher des noises. C'est ma nana et, ma famille et moi, on protège les nôtres.

— Vous parlez d'elle comme si elle vous appartenait, caquette Madeline.

— C'est vous qui la traitez comme si elle vous appartenait.

Je m'adresse à Madeline, mais j'ai les yeux rivés sur Jamison.

— Jo est la prunelle de mes yeux, poursuis-je. Vous ne méritez pas qu'elle vous porte de l'amour ni qu'elle vous consacre une seule autre seconde de son existence.

— Tire, marmonne Mammoth à mes côtés. Finissons-en.

Jamison pose lentement Jo à terre.

— Promets-moi de ne pas tirer si je la relâche.

— Tu as ma parole, lui promets-je, mais tu as trois secondes pour le faire avant que je ne t'en colle une dans la tête.

Ses yeux s'écarquillent, et il retire immédiatement son bras de la taille de Jo. Elle se met à courir vers moi et s'écrase contre mon corps avec une telle force que je vacille en arrière.

Le coup part, et Jo se raidit dans mes bras au son de la détonation. Elle relève la tête vers moi et suit mon regard jusqu'à l'endroit où elle s'est tenue plus tôt.

— Bordel ! Tu m'as tiré dessus ! s'écrie Jamison, qui roule sur le sol.

— Moi, je n'ai jamais fait de promesse, s'esclaffe Mammoth. Ce fils de pute le méritait amplement.

— Appelez une ambulance ! Je peux mourir, là.

— Ce n'est que ta jambe, putain, commente Mammoth. Tu n'es pas en train de mourir, pauvre con.

Son sourire s'élargit et il ajoute :

— Mais quelle chochotte !

Madeline lâche son arme et recule ; elle a l'air d'un animal pris au piège qui se résigne à son sort.

— Ben, merde, s'étonne derrière nous mon père qui entre dans la pièce. Ça a dégénéré plus vite que je ne le pensais.

— Je n'ai pas pu m'en empêcher, explique Mammoth. Parfois, il faut prendre les choses en main.

Je baisse les yeux sur ma nana, qui est cramponnée à moi.

— Chérie, ça va ?

Elle lève la tête, ses prunelles bleues bordées de larmes.

— Oui, on peut dire ça. Mieux, maintenant que tu es là.

— Quel putain de merdier ! lâché-je.

Elle fait une moue.

— Je sais, mais tu es venu.

— Jamais je ne te laisserai, lui promets-je. Jamais.

— Va la mettre à l'abri, ordonne mon père, posant une main mon épaule lorsqu'il nous passe devant. On se charge de tout. James et moi, on s'occupe des flics. J'ai un passé avec le shérif.

— Viens, prié-je doucement Jo. Allons-nous-en d'ici.

Elle s'accroche à moi, ses jambes flageolant au premier pas. Je me courbe et la récupère dans mes bras. C'est le contrecoup qui frappe.

— Je suis là, chérie. Je ne laisserai personne te faire du mal.

Posant la tête sur mon torse, elle se blottit contre moi et pleure en silence.

— Tu m'as sauvé la vie, sanglote-t-elle dans mon tee-shirt. Tu m'as sauvé la vie.

Je la soutiens solidement, assure ses pas en la tenant contre moi, tandis que je l'entraîne dans le couloir en direction de l'ascenseur.

— Je me battrai jusqu'au bout pour toi. Je déplace-rais des montagnes pour te retrouver et ferais tout ce qui est en mon pouvoir pour te sauver, quitte à y laisser la vie.

Elle relève la tête, plante ses yeux bleus dans les miens, et porte une main à ma joue.

— Je t'aime, déclare-t-elle, les pommettes baignées de larmes et les yeux brillants.

— Je t'aime, chérie. Je t'aime de cet amour un peu dingue qui ferait faire à un homme n'importe quoi. Je n'ai jamais aimé quelqu'un comme je t'aime. J'étais foutu dès le départ.

— Je suis désolée.

— Moi, pas.

Je me penche en avant et pose longuement mes lèvres

sur les siennes jusqu'à ce que les portes de l'ascenseur s'ouvrent.

Lorsque je m'écarte d'elle, elle fait une grimace.

— Qu'y a-t-il ? Il t'a fait du mal ?

— Il m'a frappée avec son arme, et j'ai ma tête qui bourdonne.

Si je ne risquais pas la prison, je retournerais dans cette suite et le tabasserais jusqu'à ce que mort s'ensuive, blessé ou pas. Il mérite bien pire que cette balle dans la jambe pour avoir levé la main sur elle.

— Je vais prendre soin de toi, lui promets-je lorsque les portes se referment et que je ramène ma petite amie chez moi.

Ses yeux s'ouvrent dans un battement de paupières lorsque je m'assieds près d'elle sur le lit.

— Coucou.

Un sourire adorable se dessine sur son visage.

J'écarte les cheveux qui lui barrent le front, dévoilant sa tempe et la contusion.

— Comment va ta tête ?

— Elle me fait toujours mal, mais pas autant que tout à l'heure.

— Je t'ai rapporté de la glace pour que ça désenfle.

Elle grimace lorsque je place le sachet près de la zone qui a déjà changé de teinte.

— Merci.

— Ce n'est que de la glace, trésor.

Sa migraine doit être pire que toutes les gueules de bois qu'elle a pu avoir dans sa vie.

— Non…

Elle pose une main sur mon bras.

— … merci pour tout. Pour être venu me chercher, pour avoir volé à mon secours, pour m'avoir sauvé la vie. Sans toi, je ne sais pas ce qui…

Ses doigts se resserrent autour de ma chair et ses yeux se remplissent de larmes.

— Chut, Jo. Tu es en sécurité, maintenant. Personne ne te fera du mal ici.

Les larmes débordent de ses cils fins, dévalent ses jours et s'écrasent sur l'oreiller.

— Je le sais. Je le sens. Je crois bien que je ne me suis jamais sentie autant en sécurité de toute ma vie.

Je me rapproche, m'adosse contre la tête de lit, et elle vient se blottir contre moi lorsque je lève mon bras.

— Ça craint, chérie.

— Je sais.

Elle pose la tête sur mon ventre et glisse les doigts sous la couture de mon tee-shirt.

— Mais c'est la vérité, ajoute-t-elle.

— Il faut croire que le monde du cinéma n'est pas aussi glamour qu'il y paraît.

Elle lève la tête vers moi, un sourire triste aux lèvres, tandis que ses doigts remontent sous mon tee-shirt pour me caresser le ventre.

— Tout est contrefait, même la famille.

— Je ne me vois pas vivre comme ça.

— Nick…

Elle me regarde dans les yeux et, penchant la tête, m'offre une vue complète de son visage.

— … je peux te demander quelque chose ? Promets-moi que tu ne me prendras pas pour une folle.

Alignant mon mouvement au sien, je m'arrange pour que le sachet de glace ne quitte pas sa tempe et je lui souris avec douceur.

— Bien sûr.

— Ça te dérangerait que je vienne vivre ici ? me demande-t-elle.

Puis, elle s'empresse d'ajouter :

— Pas ici, ici, mais dans le coin. Je ne veux pas retourner à Hollywood, devoir esquiver les paparazzi dès que je vais quelque part. Cet endroit n'a rien à m'offrir. Ni amis ni famille. Rien. Tandis qu'ici…

Je pose un doigt sur ses lèvres et l'empêche de poursuivre.

— Chérie, je pensais que tous ces « je t'aime, moi aussi » avaient été clairs et que tu avais compris que ta place était ici.

Ses yeux s'écarquillent et ses lèvres s'entrouvrent sous mon index, alors qu'elle prend une grande inspiration.

— Je pensais que tu…

— Tu pensais quoi ?

— Je pensais que tu avais dit ça dans le feu de l'action.

— Pourquoi ? Toi, oui ?

— Bien sûr que non, murmure-t-elle, ses beaux yeux bleus dans les miens. Je pensais chacun des mots que j'ai dits.

— Alors, pourquoi ce serait différent dans mon cas ? demandé-je, un sourcil arqué.

Elle hausse l'épaule qui n'est pas nichée au creux de mon bras.

— Je n'en sais rien. Je me suis dit que, puisque tu étais un ho…

— Ne me sors pas ces conneries de « tu es un homme ». Je dis ce que je pense et je pense ce que je dis.

— Bon. Alors, tu ne vois pas d'inconvénient à ce que je trouve un appart et vienne m'installer dans le coin ?

Je médite ses paroles, les laisse faire leur chemin.

— Non, ça ne me va pas.

Son sourire s'évanouit.

— Mais tu…

— Tu comptes vraiment prendre un appart ? demandé-je.

Elle cligne des yeux, bouche entrouverte.

— Ben… je…

— Chérie, ça fait quelques jours maintenant que tu dors dans mon lit. Mes draps ont ton odeur, un changement qui n'est pas pour me déplaire. Tes affaires sont partout dans la maison. Mon meuble de salle de bains n'a jamais vu autant de petits tubes de je ne sais quoi. Tu habites déjà ici. Je ne vois pas pourquoi tu voudrais aller vivre ailleurs.

— Attends un peu, me dit-elle tout en se redressant, sans toutefois retirer sa main de mon ventre. Tu veux que je vive avec toi ?

— Ben oui, Jo !

Elle porte l'autre main à sa bouche et se ronge les ongles.

— Je ne sais pas si c'est une bonne idée. Ça pourrait mal se passer pour tellement de raisons.

— Je peux aménager la chambre d'ami pour toi, pour que tu aies ton espace à toi. Mieux, on peut même aménager les deux chambres d'ami. La première te servirait de dressing, la seconde de bureau pour faire les trucs que tu fais à L.A.

Ses joues rosissent.

— Disons que je ne fais pas grand-chose là-bas, mis à part organiser des galas de charité et aller à des soirées hollywoodiennes.

— Mes grands-parents dirigent une association caritative. Ils seraient ravis de t'avoir à bord, j'en suis sûr.

— Vraiment ? demande-t-elle d'un air stupéfait.

Je hoche la tête.

— Ils sont pleins aux as, mais ça leur plaît d'aider la population. Ma tante Mia, par exemple. Elle a ouvert un hôpital il y a des années pour soigner les gens défavorisés et qui ont des difficultés à accéder aux soins.

— Comment est-ce possible de naître dans un tel océan de bonté ? Tu ne sais pas la chance que tu as.

— Oh, mais je le sais, crois-moi. J'ai de la chance d'être un Gallo. Alors, c'est d'accord ?

— Quelle partie ? me demande-t-elle, remontant un peu plus la main sous mon tee-shirt pour racler ma peau de la pointe des ongles.

— Tout. Que tu emménages ici et que tu vives avec moi. Le dressing. Le bureau. Nous.

Ses traits s'attendrissent.

— Tu vas le regretter, me défie-t-elle.

— C'est possible, dis-je en glissant le bras dans son dos pour la soulever et la mettre sur moi.

Dès lors que son entrecuisse atterrit sur ma queue, je sais qu'il y aura un tas de bons côtés à ce que Jo reste ici pour toujours.

CHAPITRE 23
JO

UN MOIS *plus tard*

— Mais qui sont ces gens ? s'extasie Kimberly, penchée vers moi. On croirait avoir remporté le jackpot de la « canonitude » ici.

— Je sais.

Le sourire jusqu'aux oreilles, je lui donne un coup de poing taquin à l'épaule.

— On est en Floride, bordel, et dans un trou paumé, renchérit-elle. Il y a un élevage de beaux gosses dans le coin que j'aurais loupé en venant ici ?

— Les gènes, meuf.

Son regard se pose sur l'entrejambe de Mammoth.

— Des gènes énormissimes, murmure-t-elle.

— Kimberly, arrête. C'est le mari de Tamara.

Elle arrondit les yeux et les lève les mains.

— Quoi ? Il n'y a aucune loi qui interdit de mater, et puis, je ne saurais même pas dire qui est Tamara parmi tous ces gens.

— Elle va t'arracher tes extensions si elle te surprend

en train de le reluquer comme ça.

Kimberly pâlit et détourne aussitôt le regard.

— Elle a l'air charmante…

— Elle l'est, mais, dans cette famille, on ne touche pas au mec, ou à la copine d'ailleurs, de qui que ce soit.

— C'est chaud bouillant, ça aussi.

— Carrément, dis-je, comme une lycéenne qui a craqué sur un garçon.

À bien des égards, Nick a cet avantage. Il ne se laisse pas marcher dessus, mais ne menace jamais personne, ne se montre jamais cruel envers qui que ce soit, à moins que l'autre ne l'ait mérité, comme Jamison et ma mère.

— Hé, salut ! lance Rocco, un des jumeaux de James et d'Izzy, à Kimberly, lui adressant un signe du menton suivi aussitôt d'un clin d'œil, lorsqu'il passe à côté de nous. Comment ça va, toi ?

Kimberly ne s'en est jamais laissé conter et a l'habitude de composer avec les êtres humains les plus arrogants et les plus égocentriques de cette planète, alors Rocco Gallo ne fait pas le poids.

— Tu t'es cru dans *Friends*[1], p'tit gars ? réplique-t-elle en riant.

Il lève un bras, contracte le biceps pour la frime et passe une main dans sa longue frange noire.

— Chérie, il n'y a rien de petit chez moi.

Kimberly croise les bras.

— Je ne sors pas et je ne flirte pas avec les mineurs.

Nous nous tenons dans l'allée de Nick, qui est aussi la mienne à présent.

— J'ai dix-neuf ans. Totalement majeur, chérie.

Avec un sourire suffisant, il lève plus haut le bras et

nous dévoile ses abdominaux parfaitement hâlés, ainsi que la ligne de poils sur son bas-ventre.

— Petit prétentieux, va, se moque-t-elle tout en secouant la tête.

— Rocco…

Mello, le frère jumeau de Rocco, lui assène une claque à l'arrière du crâne.

— … fous la paix à cette pauvre femme.

Rocco se retourne, la mine renfrognée.

— Mec, elle te paraît pauvre, à toi ?

Kimberly me lance un regard surpris, et je hausse les épaules, incapable de contenir mon rire.

— Ah, les hommes ! dis-je.

— Meuf, ne m'en parle pas, marmonne-t-elle.

— Non, crétin, réplique Mello, qui s'empare du dernier carton dans la camionnette de déménageurs. Mais elle est bien trop stylée pour un trouduc dans ton genre.

— On ferait la paire, je suis sûr que c'est une belle cochonne, réplique Rocco, qui adresse un nouveau clin d'œil à Kimberly.

— Seigneur, murmure-t-elle. Tu es sûre que tu veux rester ici ?

— Je croyais que tu les trouvais canons ? la charrié-je, toujours prise de rire.

Elle passe son bras sous le mien et, laissant Carmello et Rocco à leur chamaillerie, m'entraîne vers la maison.

— Ils le sont, mais, Jo, ces gens sont…

— Incroyablement gentils, ultra-attentionnés, accueillants, chaleureux, tout ce que ma mère et mon entourage en Californie ne sont pas.

Elle m'adresse un bref hochement de tête, car elle connaît ma vie.

— Mais ces hommes… poursuis-je, esquissant un sourire sitôt que j'aperçois Nick, qui transporte mon bureau dans le couloir avec Pike.

Tous deux sont torse nu, leur tee-shirt pendant de leur poche arrière, et absolument exquis.

— … ils sont formidables, comme le reste de la famille. J'ai connu tellement pire que je ne renoncerais à ce que j'ai là pour rien au monde, même pas pour les paillettes d'Hollywood.

— Il n'y a pas de tapis rouge, ici, aucune occasion de porter tes robes de créateurs.

— Ah, mais détrompe-toi. Je vais travailler pour l'association caritative des Gallo en tant que responsable des acquisitions et de la fidélisation des donateurs.

— Oh, s'exclame-t-elle en haussant les sourcils.

— Je compte mettre à profit mon carnet d'adresses, et puis, je suis aussi chargée de planifier des événements locaux pour faire valoir le fruit de notre travail auprès de la population.

— C'est super, ça, Jo !

Nick traverse le couloir, ses yeux fouillent le salon bondé de gens jusqu'à ce qu'ils me trouvent.

— Chérie !

— Je reviens, dis-je à Kimberly.

Je lui tapote la main, avant de dénouer mon bras du sien.

— Ça roule, mon chou à la crème ?

— Mon chou à la crème… se moque Mammoth dans sa barbe, tandis qu'il s'appuie sur le comptoir de la cuisine, chevilles croisées, et sirote sa bière. On aura tout entendu.

Nick tourne la tête et, les yeux plissés, pointe un doigt vers son cousin par alliance.

— La ferme, toi.

Je remonte la main sur son torse, me fichant complètement de la sueur qui le couvre, jusqu'à ce que mes doigts trouvent son visage. D'une petite pression, je l'incite à tourner le regard vers moi.

— Qu'y a-t-il, chéri ? demandé-je, préférant l'appeler par le petit nom dont il m'affuble que par un autre terme cucul la praline.

L'air arrogant qu'il a pris pour s'adresser à Mammoth s'efface dès lors qu'il se tourne vers moi. Le sourire a remplacé le regard de reproche, et son expression s'attendrit.

— Tu veux ton bureau près de la fenêtre ou au centre de la pièce ?

Il est ultra sexy avec ses cheveux en bataille, le corps tout en sueur, juste ce qu'il faut pour que sa peau luise. Je n'ai jamais été attirée par les hommes qui transpirent et j'ai toujours fait mon possible pour éviter d'entrer en contact avec eux, mais Nick est différent. Pas un seul aspect de sa personne ne me rebute, même lorsqu'il parle comme un homme des cavernes.

Je le regarde d'un air désabusé.

— C'est pour ça que tu m'as fait venir ?

Il passe les mains dans mon dos et m'empoigne les fesses.

— Ce truc pèse une tonne. J'aimerais qu'il soit à la bonne place avant que les gars ne repartent.

— Au centre de la pièce.

Je dépose un baiser sur ses lèvres, tandis qu'il me presse le postérieur.

— Bon choix, approuve-t-il, me souriant comme si j'étais sa seule raison de vivre. Dès qu'on en aura terminé avec ça, je foutrai tout le monde dehors.

— Ah oui ?

Son sourire s'élargit.

— Ma copine vient de passer une semaine en Californie, et elle m'a manqué. Il me faut ma dose de Jo.

Je passe les bras autour de ses épaules, remonte sur sa nuque et enfouis les doigts dans ses cheveux.

— Est-ce que ça implique qu'on soit nus ? chuchoté-je.

— Ça, tu peux en être sûre !

— Sans moi, clame Kimberly, les mains hautes en l'air, avant de se retirer, ses talons aiguilles claquant sur le parquet. Je vais prendre une chambre en bord de mer. On se revoit demain.

— Tu veux de la compagnie ? s'enquiert Rocco, tandis qu'elle se dirige vers la porte, là où il se tient.

Celui-là n'abandonne jamais.

— Ton joli cul a intérêt à ne pas bouger d'ici, petit, lui rétorque-t-elle, avec un tapotement de l'index sur le torse. Je ne suis pas d'humeur.

Il se retourne et la regarde franchir la porte, la démarche lascive, les hanches qui ondulent dans son jean moulant.

— Putain, je crois que je suis amoureux, murmure-t-il, la main couvrant la zone où elle a posé le doigt.

— Ben, voyons ! commenté-je. Il est ridicule.

— Moi, à son âge, je me contentais de...

Je pose une main sur la bouche de Nick pour le faire taire.

— Stop, ne dis rien.

Il se met à rire, ses yeux miroitant dans la lumière qui filtre par la baie vitrée derrière moi.

— Dire quoi ? demande-t-il d'un air innocent lorsque je baisse la main.

— Voilà qui est mieux.

Sans lâcher mes fesses, toujours plaqué contre moi, il tourne la tête vers Rocco et lui crie :

— Tout est déchargé ?

— *Yes* ! confirme son cousin qui jette un coup d'œil dans l'allée. T'as encore besoin de moi ? J'ai des trucs à faire.

— Non, tu es libre, on a terminé.

Rocco s'écarte à peine du chambranle que Carmello arrive à ses côtés.

— Arrête, trouduc. Ne lui cours pas après. Enlève-toi ça de la tête.

— Mec, ne me gâche pas mon plan cul.

— J'ai mieux à te proposer. Carrie et moi, on va passer quelques jours au chalet, et elle a invité une de ses copines.

Il remue ses sourcils bruns, un sourire malicieux aux lèvres.

— Ça te dit ?

— Elle est bonne ? est la réponse de son frère.

Mello le dévisage, avant de le frapper au torse.

— Carrie n'a aucune copine moche.

Rocco étire le cou d'un côté, puis de l'autre, comme s'il réfléchissait à la proposition et que la décision était dure à prendre.

— Une fille du lycée ?

— Non, ducon. Une nana de sa sororité. Allez, magne-toi, parce que si j'arrive en retard, je vais…

— Banco ! réplique Rocco, pris d'un enthousiasme

soudain. Allons-y, mais c'est moi qui conduis. Tu roules comme une mémé.

— Ta gueule, rétorque son jumeau. Je conduis mieux que toi.

— Oui, mais je conduis quand même, insiste Rocco tout en secouant la tête.

— *Ciao* ! lancé-je lorsqu'ils franchissent la porte et s'empressent de rejoindre la voiture de Rocco. Amusez-vous bien.

— Et mettez des capotes, crie Nick à ses deux cousins en rut.

— On y va, annonce Pike, Mammoth sur ses talons. On a mis le bureau au centre de la pièce. Nos femmes nous attendent, et tu m'as l'air d'avoir d'autres obligations pour ce soir.

— Amuse-toi bien, mon chou à la crème, se moque Mammoth.

Tout le monde quitte la pièce.

— Nous voilà seuls…

Je lève la tête et lui lance un regard qui en dit long.

— … et les cartons peuvent attendre.

— Je t'ai manqué, chérie ?

Je remonte la main sur sa joue, érafle sa barbe naissante du bout des doigts.

— Tellement que mon corps te réclame à en souffrir.

— On ferait bien de réparer ça, alors.

Il m'embrasse sur le coin de la bouche, mais ne me donne pas exactement ce que je veux. Je presse alors mes seins contre son torse, me plaque contre lui.

— J'aurais bien besoin de prendre une douche. Tu veux te joindre à moi ?

Je me défais doucement de ses bras et recule lentement

vers le couloir. Il me regarde avec fascination ôter mon haut, le laisser tomber à terre, et il fait un pas vers moi, avant de s'arrêter lorsque je commence à défaire le bouton à ma taille.

Je baisse le short sur mes jambes en me dandinant, l'enlève et l'abandonne à quelques mètres de mon tee-shirt. Il se remet à marcher, plus vite cette fois, et me suit dans le couloir jusqu'à notre chambre tout en se désha-billant.

Lorsqu'il arrive dans la salle de bains, l'eau coule déjà et je me tiens là, vêtue en tout et pour tout que de ma culotte et de mon soutien-gorge en dentelle noire.

— Qu'ai-je fait pour avoir autant de chance ? murmure-t-il.

Il m'attire vers lui et m'embrasse pendant que l'eau se réchauffe.

Je lève la tête, pose une main sur son torse et l'observe comme s'il était tout ce dont j'avais toujours rêvé.

— Ta chance tient à ça, dis-je, glissant l'autre main entre nos corps pour m'emparer de son membre. Tes superpouvoirs sont concentrés là-dedans.

Il retient son souffle, tandis que je le branle méthodi-quement

— Une semaine, ça paraît interminable, Joséphine.

— Je suis là, maintenant, Nicholas, et je ne vais nulle part, lui promets-je.

— Tu risques d'en avoir marre de moi.

J'accélère le mouvement de ma main, comprime un peu plus sa queue.

— Tu m'aimes ?

— Je t'aime, affirme-t-il.

— Plus que quiconque ? demandé-je, car j'ai besoin de l'entendre.

— Plus que tout au monde.

Je l'attire dans la douche en le tirant par le sexe, et il avance avec moi, un pas après l'autre, sous le jet d'eau chaude. Il me plaque alors contre le carrelage froid, et je pousse une exclamation dont il étouffe rapidement le son en couvrant ma bouche avec la sienne.

Ses mains dérapent sur ma peau glissante, explorent chaque recoin de mon anatomie, comme si elles cherchaient à en mémoriser chaque dépression et renflement. Il plonge sa langue entre mes lèvres et savoure le goût de ma bouche.

Je soupire de plaisir, enfouis mes doigts dans ses cheveux pour retenir son visage contre le mien, pour intensifier notre baiser. Ses mains migrent vers mon dos, dévalent mon épine dorsale jusqu'à mes fesses pour les empoigner une fois de plus. Sans qu'aucune parole ne soit nécessaire, je me laisse aller de tout mon poids et, me servant du mur de la douche pour garder l'équilibre, enroule les jambes autour de sa taille.

— Baise-moi ! l'imploré-je.

— Préservatif, baragouine-t-il.

— Je prends la pilule.

— Sûre ?

— Sûre, promets-je contre ses lèvres. Je n'ai jamais été aussi sûre de quoi que ce soit ou de qui que ce soit.

À ces mots, il passe la main entre nous et frotte son gland contre mon sexe. Je crève d'envie de l'avoir en moi.

— N'y va pas doucement. Je veux sentir que tu me possèdes.

Il esquisse un sourire en coin. Il adore que je lui parle

ainsi. Sans ménagement, il enfonce sa queue en moi, me claquant contre le mur au point que ma respiration se coupe.

Poussant une exclamation, je resserre les bras autour de ses épaules et mes doigts tiraillent un peu plus fort la pointe de ses cheveux.

— Oui ! Comme ça !

Me soutenant par les fesses, il me pilonne, la queue raide.

La baise est frénétique.

Mes mains sont partout, mes ongles lui griffent la peau, et je suis parcourue de frissons lorsqu'il courbe la tête et couvre de baisers le renflement de mes seins. Il me soulève plus haut et me pénètre plus fort, plus profondément.

Je halète à chaque coup de bassin, tandis que mes cuisses se resserrent autour de sa taille et que j'enfonce les talons dans ses fesses, car j'en veux toujours plus.

En quelques secondes, sa respiration change, et il plonge avec moi dans la volupté, alors que les vagues du plaisir déferlent sur nous et nous emportent.

CHAPITRE 24
NICK

MON PÈRE nous accueille à la porte, égal à lui-même... à la cool.

— Salut, les enfants ! nous lance-t-il, un sourire chaleureux aux lèvres.

— Salut, papa.

Je passe un bras autour de ses épaules et lui donne une brève tape.

Il en fait de même avec moi, avant de tourner le regard vers Jo.

— Content de te voir aussi, ma jolie.

Le sourire de Jo est immense lorsque mon père ouvre grand ses bras, délaissant la simple bourrade amicale pour la serrer contre lui.

— C'est toujours un plaisir de vous voir, monsieur Gallo.

— Appelle-moi Thomas ou papa, Jo. Plus de « monsieur Gallo », je pense qu'on a dépassé ce stade.

— Et Tommy ? le taquine-t-elle, le regard espiègle, un sourire au coin des lèvres.

— Tout ce que tu voudras, approuve mon père, nous prenant par surprise.

— « L'ancien », ça marche aussi, renchéris-je, ce que me vaut un regard assassin de mon daron.

— Chéri, fais-les donc entrer ! crie ma mère depuis la maison. Ne laisse pas l'air frais s'évacuer.

Mon père roule des yeux.

— Elle n'a que les mots « air conditionné » à la bouche, marmonne-t-il. On se les pèle à l'intérieur. Foutues bouffées de chaleur !

— Bouffées de quoi ? demandé-je.

Jo pose une main sur mon bras et m'adresse un petit sourire.

— C'est un truc de femmes, mon cœur.

— Un jour, tu goûteras à ces joies, mon fils.

Dans un grand éclat de rire, mon père fait un pas de côté pour nous laisser passer.

— Mais regardez-moi ce beau petit couple ! s'exclame ma mère, les mains gantées de maniques. J'ai cuisiné pour un régiment. J'espère que vous avez faim.

— Je crève la dalle, dis-je, tandis que Jo ôte ses sandales et les laisse dans l'entrée, avec les autres paires de chaussures. Jo n'a pas mangé de la journée.

Ma mère écarquille les yeux.

— Vous devriez vraiment vous arrêter de temps en temps pour vous alimenter. Ce n'est pas sain, et il faut veiller à ce que ton organisme…

Ces mots-là, elle les adresse à Jo.

— … dispose de toutes les vitamines dont il a besoin.

Je fronce les sourcils et tourne le visage vers ma copine. Elle est blanche comme un linge et regarde ma mère en battant des cils, les lèvres pincées.

— Vous me cachez quelque chose ? demandé-je, tendant la main pour attraper celle de Jo. Un truc, n'importe quoi ?

Jo secoue la tête.

— Euh… non, pas que je sache, à moins que ta mère ait des dons extrasensoriels.

Maman ricane, ses cheveux roux secoués par le rire.

— Je pense au futur.

— Loin, loin, loin dans le futur, la corrigé-je.

— Parfois, ça vous tombe dessus, ajoute mon père, comme si les enfants apparaissaient par magie.

Je tire Jo vers le canapé, près du fauteuil préféré de mon père, m'y installe et la place à côté de moi.

— Je vous suis tombé dessus, moi ?

Mon père s'assied et lance un regard à ma mère, qui sourit.

— Tu étais désiré.

— Tu es sûre de ça ? insisté-je d'un air suspicieux, car la manière dont ils se regardent suggère l'inverse.

— Désiré, complètement désiré.

— Mais des accidents, ça peut arriver, ajoute ma mère qui s'en va vers l'îlot de la cuisine.

Jo entrelace ses doigts aux miens.

— Vous avez besoin d'aide, madame Gallo ?

— Reste assise, chérie. Je m'occupe de tout.

Ma mère lève le nez de ses casseroles et nous sourit.

— J'ai cuisiné le plat préféré de Nick.

— Et c'est… ? demandé-je.

J'ai eu de la chance de ne pas grandir chez Gigi, avec Suzy pour mère. Tout adorable qu'elle soit, c'est la pire cuisinière de la terre entière. Gigi n'est pas mieux.

— Des boulettes de viande maison et les raviolis de ton

traiteur préféré à St Pete.

— Tu es allée chez Mazzaro ?

Mon estomac gargouille et réclame un morceau au goût de paradis qui mijote dans ces marmites.

— Évidemment, réplique-t-elle en mélangeant la sauce. Je veux ce qu'il y a de meilleur pour vous, mes enfants.

— Moi, j'ai droit à du surgelé, explique mon père à Jo, avant de pointer la tête vers moi, mais quand il vient dîner, elle est prête à faire deux heures de voiture pour aller lui chercher ses raviolis préférés.

— Arrête de geindre, le rabroue gentiment ma mère, qui lui décoche un clin d'œil lorsqu'il lui lance un regard par-dessus l'épaule. Je te gâte de bien d'autres façons.

Jo pouffe de rire, parce qu'elle a compris le sous-entendu. Je ne peux que secouer la tête, encore gêné à l'idée que mes parents s'envoient en l'air.

— Vous voulez ma mort, marmonné-je.

Quand j'étais petit, je les surpris. J'ai mis cinq ans à effacer cette image qui me revenait à l'esprit chaque fois que je les regardais dans les yeux. Je n'ai plus vu la pratique de la lutte du même œil après ça. J'ai immédiatement quitté l'équipe, trouvant une connotation sexuelle à ce sport, le souvenir trop présent pour m'en débarrasser.

— Des ennuis avec la presse en ce moment ? demande mon père à Jo, lorsqu'il se retourne enfin et change, Dieu merci, de sujet.

Jo se rapproche de moi pour se serrer contre mon flanc.

— Pas vraiment. Je publie tellement de selfies et de photos sur les réseaux sociaux, qu'il ne leur reste plus grand-chose à se mettre sous la dent. Je leur ai pris le pouvoir des mains.

— Voilà qui est intelligent, la félicite-t-il avec un sourire.

— J'ai écouté vos conseils, monsieur…

Mon père hausse un sourcil.

— Thomas, se reprend-elle aussitôt. Ils sont trop occupés à suivre le déroulement du procès de ma mère et de celui de Jamison pour se soucier de moi en train de marcher pieds nus sur la plage. Ils n'ont aucune raison de s'aventurer jusqu'ici, dans une zone où il n'y a aucune autre célébrité à des kilomètres à la ronde.

— C'est un petit coin de paradis, ici, n'est-ce pas ?

— En effet.

Elle esquisse un sourire et me serre la main.

— Je n'aurais jamais imaginé avoir la paix.

— Papa, je me demandais si, demain, après le repas chez mamie, tu pouvais nous accompagner au stand de tir. Je veux qu'elle apprenne à manier une arme et à tirer.

Mon père hausse à nouveau un sourcil.

— Tu veux le lui apprendre ?

Je secoue la tête.

— Je pense que tu serais meilleur à ça. Tu m'as appris tout ce que je sais, et puis, tu as bien plus de patience que moi. Je peux lui enseigner les bases, mais tu sauras mieux lui montrer la mécanique de l'arme.

— Tu veux apprendre ? demande mon père à Jo.

— Oui. On ne m'a jamais autorisée à porter une arme, mais après ce qui s'est passé, je ressens le besoin de savoir au moins comment me protéger, au cas où il m'arriverait à nouveau quelque chose.

— Tu comptes la porter ? lui demande-t-il encore.

Elle plisse le front.

— Comment ça ?

— Le droit au port d'arme. Tu peux obtenir un permis pour avoir une arme dans ton sac ou la dissimuler sur toi.

Jo le regarde en battant des cils.

— Oh ! Non, je n'ai pas envie de la trimballer partout.

Mon père pousse un petit rire.

— On verra si tu changes d'avis demain. Tu as traversé beaucoup de choses, et même si tu ne vis plus en Californie, j'ai peur que tu sois toujours une cible, même une petite, pour les tarés fascinés par ta mère.

Jo rentre la lèvre et en mordille la commissure. Je tends la main pour voler au secours à ce petit carré de chair avant qu'elle ne le ronge entièrement.

— Chérie, tu ne crains rien ici, ne t'en fais pas. Papa a toujours été extrêmement suspicieux.

— N'écoute pas mon mari, Jo. Dans son métier, il se doit de toujours envisager le pire. Du coup, il en fait toujours trop.

— Chérie…

Mon père tend un bras vers ma mère, qui essaie de passer devant lui, et l'accroche par la jambe. Il l'attire sur ses genoux comme deux adolescents amoureux.

— Même toi, tu t'es retrouvée dans ses embrouilles, pas vrai ?

— Oui, Thomas, lui rétorque-t-elle d'un air effronté.

— Je t'ai sauvé la vie, n'est-ce pas ?

— Oui.

— Est-ce que tu aurais pu t'en sortir toute seule ?

— Non.

Ma mère lève les yeux au ciel.

— As-tu fini de me le rabâcher sans cesse ?

Il enfouit le visage dans son cou et la serre contre lui.

— Tu saurais t'en sortir seule aujourd'hui ?

Elle se laisse aller contre lui.

— Oui, mais seulement parce que tu m'as appris à me protéger après que… Enfin, tu vois.

Mon père caresse machinalement le bras de ma mère avec son pouce.

— Exact, chérie. N'importe qui, homme ou femme, doit savoir quoi faire quand quelqu'un s'en prend à lui ou attente à sa vie.

— Que vous est-il arrivé ? demande Jo, et ma mère se redresse. Sans vouloir être indiscrète… autrement, dites-le-moi.

— Tu ne l'es pas, ma chérie. Ça ne me dérange pas de parler de ce qui m'est arrivé. Cela remonte à longtemps, avant la naissance de Nicholas.

Mon bras autour de l'épaule de Jo, je la serre un peu plus contre moi, nos mains toujours liées l'une à l'autre.

— Mes parents ont un passé mouvementé.

— C'est vrai.

Mon père sourit et lève la tête vers ma mère.

— Heureusement, on s'en est sortis, mais c'était moins une. Je n'aimerais pas revivre ça.

— Je sais, trésor, convient-elle, une main caressant la joue de mon père, avant de tourner le regard vers Jo. Nous nous sommes rencontrés durant une mission. Thomas avait infiltré un club de motards pour le compte des autorités et, moi, je travaillais au sein d'un établissement tenu par le même club. Après notre départ, quand Thomas m'a ramenée chez lui, nous avons pensé être tranquilles. Seulement, une autre personne ne voyait pas les choses du même œil.

— Mince, s'exclame Jo. On vous a fait du mal ?

— Non, Thomas m'a retrouvée à temps et m'a secourue. Il a toujours été et restera mon héros à moi.

— Tel père, tel fils, murmure Jo à mes côtés, nous regardant tour à tour, mon père et moi. Était-ce un coup de foudre ?

Je sais déjà que la réponse risque de la scotcher.

Ma mère se met à rire.

— C'était passionnel entre nous, ça, c'est sûr. Cette façon qu'il avait de me regarder…

Ma mère s'évente avec une main.

— Je voulais en faire mon quatre heures.

— Chérie, tu me fais passer pour un bout de viande. Un peu plus, et je me vexerais.

Ma mère le tape avec malice et, lorsque je me tourne, je vois le sourire de Jo et à quel point elle se sent à l'aise en présence de mes parents.

Jo les adore. Elle aime leur gentillesse, une qualité que j'ai toujours prise pour une évidence dans une maison où l'amour règne. Jo, elle, n'a jamais connu et ne saura jamais ce que cela fait de grandir dans un tel environnement, elle ne comprendra jamais à quel point cela à modeler mes opinions.

— Je suis certaine que c'était moi, la proie, trésor, rétorque ma mère, avant de déposer un tendre baiser sur sa joue. Et ça m'allait.

Jo se penche vers moi et approche sa bouche de mon oreille.

— J'adore tes parents, me murmure-t-elle.

On frappe à la porte, et toutes les têtes se tournent vers l'entrée.

— C'est James et Izzy. Je les ai invités à dîner ce soir.

D'un bond, ma mère quitte les genoux de mon père et

part ouvrir la porte.

— Ma tante et mon oncle, précisé-je à Jo.

Elle me sourit.

— Je me souviens d'eux. J'adore qu'il y ait toujours plein de monde. C'était affreux, toutes ces années de solitude, et c'est agréable d'être entourée comme ça.

— Parfois, c'est un peu trop, chérie.

Elle me donne une tape.

— Arrête tes mensonges, Nicholas. Tu adores être avec ta famille.

C'est moi, cette fois, qui me penche vers elle, mes lèvres effleurant son oreille, et lui susurre :

— Parfois, être seuls, c'est mieux. Surtout quand tu es nue dans mon lit.

Jo rougit.

— Arrête de parler de nous nus, avec ton corps d'Apollon.

— Sans oublier mon piercing, chérie.

Je souris contre sa peau.

Elle se tourne jusqu'à ce que nos bouches se retrouvent alignées.

— Quel coup bas, murmure-t-elle, les pupilles dilatées, la respiration ralentie.

Même si j'adore ma famille, je préférerais être à la maison, à culbuter ma copine dans notre lit. C'est étrange de penser que ce n'est plus mon lit, mais le nôtre. C'est la première fois qu'une femme vit sous mon toit et, jusqu'ici, ça se passe plutôt bien. Elle a beau avoir été pourrie gâtée, elle est facile à vivre… hormis tous ses vêtements et toutes ses chaussures, mais je ne peux rien y faire. Mes tantes et mes cousines ne sont pas différentes, je ne m'aventurerais pas à essayer de changer Jo.

— Mais regardez-moi ces tourtereaux ! s'exclame ma tante Izzy lorsqu'elle entre dans le salon, suivie de James.

Ses cheveux châtains sont coiffés en un chignon lâche, son maquillage est impeccable, comme toujours, car elle ne sort jamais sans s'être « fait une beauté »… ou je ne sais quoi.

Maman prend le bras d'Izzy et nous regarde, Jo et moi, comme si nous étions deux bêtes de foire.

— Ne sont-ils pas adorables ?

— Ils feront de beaux bébés.

Ces mots sortent de la bouche de ma tante.

— Oh, eh bien… c'est un peu tôt pour ça, réplique Jo. Je compte bien profiter de Nick autant que possible avant d'envisager les enfants.

Les lèvres d'Izzy frisent, puis elle éclate de rire.

— Tu es trop mignonne ! Moi non plus, je n'étais pas prête à avoir un enfant, mais *paf* ! Rocco et Carmello sont arrivés.

James passe les bras autour de ma tante d'un geste puissant et possessif, comme chaque fois.

— Cela faisait partie de mon plan.

Elle le regarde par-dessus son épaule, les yeux plissés.

— J'aime mes deux garçons, mais je n'étais pas prête.

— Personne n'est jamais prêt, bébé.

— Oui, ça, c'est bien vrai, concède-t-elle.

Elle relève les épaules et se laisse volontiers embrasser dans le cou.

— Mais j'aime nos fils plus que tout au monde.

— Plus que moi ? demande James, sur un ton faussement scandalisé.

— Ne sois pas bête…

Elle se tourne dans ses bras et relève la tête vers lui, tandis qu'il porte les mains à ses fesses.

— … évidemment que je les aime plus.

Il lui donne une fessée, et elle rit.

— Tu me poses la question, je te réponds. Je suis quelqu'un de franc.

— Bon sang, ils font rêver, eux aussi, me souffle Jo. On dirait ce couple parfait que l'on ne voit que dans les films romantiques, mais jamais dans la vraie vie.

— James est une vraie plaie, commente Izzy, qui a entendu Jo et se retourne pour nous faire face. Tous les hommes sont impossibles.

— Je peux en dire autant de toi, mon amour, rétorque James.

Il n'a que de l'amour et de l'admiration dans les yeux.

— Avez-vous eu le coup de foudre, vous aussi ? demande Jo, tellement intriguée par ma famille, et l'intensité et la facilité avec lesquelles ils s'aiment.

Izzy rit à gorge déployée.

— Je détestais James.

— Bébé, tu as couché avec moi le premier soir. Tu ne me détestais pas tant que ça.

— J'étais saoule.

— La bonne excuse.

— Tu étais un petit con arrogant.

— Je le suis toujours, mais c'est pour ça que tu m'aimes tant.

— Tu couchais avec la sœur de ton meilleur ami, ajoute-t-elle. Tu n'avais clairement pas de principes ni de limites.

Il esquisse un sourire suffisant.

— À la seconde où j'ai posé les yeux sur toi, j'ai su

que je devais te mettre le grappin dessus. Rien à foutre que Thomas soit mon ami. Pendant des années, je l'avais écouté me parler de sa petite sœur et me rabâcher à quel point elle était géniale. C'est sa faute si je t'ai eue en tête avant même de te rencontrer. Le reste, après qu'on s'est rencontrés, ça a été la cerise sur le gâteau. J'aime les femmes qui ont du mordant.

— Le dîner est prêt, lance ma mère qui est retournée aux fourneaux, passant à côté de cette séquence nostalgie. Qui a faim ?

— Je m'occupe du vin, annonce Izzy qui se défait des bras de James.

— J'adore vraiment les femmes dans cette famille, déclare Jo qui s'éloigne de moi, elle aussi, pour suivre Izzy.

— Tu es piqué, me glisse James, tandis que je regarde Jo, ne rate pas une miette de son déhanchement ou de la grâce avec laquelle elle traverse la pièce.

Je tourne lentement les yeux vers lui et plisse le front.

— Pardon ?

— Tu es amoureux, petit. Tu crois peut-être que tu joues au papa et à la maman, mais tu l'as dans la peau. Elle fait partie de toi, maintenant. Tu peux plus t'échapper.

— Je ne comptais pas m'échapper.

— Tu vas te marier avec elle ? me demande mon père suffisamment bas pour que les femmes n'entendent pas notre conversation.

— Une étape à la fois, mens-je. Je ne voudrais pas trop m'avancer.

J'espère bien lui passer la bague au doigt. Et le plus tôt sera le mieux.

— Continue de te mentir si ça te rassure, fiston.

CHAPITRE 25
JO

NOUS SOMMES DIMANCHE, ce qui implique de la bonne cuisine, la famille au grand complet et de l'amour en pagaille.

Les femmes sont réunies dans le salon des grands-parents de Nick, tandis que les hommes sont dans le *lanai* en train de regarder le match à la télévision.

C'est un nouveau mot que j'ai appris depuis mon arrivée en Floride. En Californie, on appellerait ça une *véranda* ou une *terrasse couverte*, mais ici, on ne parle que de *lanai*. La plupart comptent une piscine et sont pourvues de moustiquaires, et avec le nombre de bestioles ici, c'est juste parfait.

— Quel conseil peux-tu nous donner, mamie ? l'interroge Gigi qui est assise par terre, au pied de sa grand-mère, un bras en appui sur le rebord de l'assise. Comment avez-vous fait, papy et toi, pour rester mariés si longtemps ?

Sa grand-mère lui caresse les cheveux et regarde sa petite-fille comme si elle était le trésor le plus précieux au monde.

— Ça ne tient pas qu'à un élément, ma chérie. C'est un mélange de plusieurs composants, en fonction de la situation ou du degré de colère.

— Mais tu ne te fâches jamais contre papy, ajoute Lily, qui est installée sur le canapé de l'autre côté de la pièce, les jambes repliées sous ses fesses. Du moins, je ne t'ai jamais vue faire.

Leur grand-mère se met à rire. Elle est tellement belle avec ses cheveux argentés et ses beaux habits. Mais la chose la plus belle de toutes, c'est la dévotion qu'elle a pour sa famille et l'amour qu'elle leur porte.

— Ma puce, je me fâche contre lui quotidiennement, mais après cinquante ans de vie commune, on apprend à *manier* une personne.

Tamara ricane.

— Je n'en reviens pas que tu dises que tu *manies* papy.

Madame Gallo redresse la tête, le port altier, et paraît majestueuse dans son fauteuil à dossier haut digne d'une reine.

— Eh bien, oui. Il arrive que la vérité blesse ou soit difficile à croire, pourtant c'est un fait, je *manie* l'homme, tout comme je manie chacun de mes enfants.

— Ce ne sont pas des conneries, marmonne Izzy derrière moi. C'est elle, la boss.

— Nous, les femmes, nous sommes les fils qui maintiennent en place le tissu de la famille. Sans nous, la trame tout entière se détisserait. Personne ne serait ici aujourd'hui. Nous ne serions pas assis là, à partager un bon repas et à jouir de la compagnie des uns et des autres. Un jour, quand je ne serai plus là…

— Mamie, ne dis pas ça, l'interrompt Tamara tout en secouant la tête. Tu ne vas nulle part.

Sa grand-mère lui adresse un sourire à la fois triste et doux.

— Pour l'heure, non, mais un jour, je ne serai plus de ce monde. Dans un futur lointain, tu seras assise sur ce fauteuil, entourée de tes enfants et de tes petits-enfants, et tu prodigueras, je l'espère, le même conseil que je m'apprête à te donner, mon enfant.

— Je ne suis pas encore prête à affronter ça.

Tamara replie les genoux contre sa poitrine et pose le menton sur ses rotules.

— J'ai besoin de toi, poursuit-elle. On a tous besoin de toi.

— Je suis là, trésor.

Madame Gallo sourit, mais je l'ai rarement vue faire la tête, du moins depuis le peu de temps que je la connais.

— Mais j'ai besoin de vous transmettre ma sagesse. Ainsi, lorsque je quitterai ce monde, j'aurai la certitude que vous ne serez pas dans l'ignorance.

— Oh, Seigneur Dieu, marmonne Fran, la belle-sœur de Mme Gallo. Crache donc le morceau, Marie. Tu tournes autour du pot, tu te répètes. À ce rythme-là, je risque de rendre mon dernier souffle avant que tu ne nous distribues la bonne parole.

Tout le monde pouffe de rire, et Mme Gallo, contre toute attente, du moins la mienne, lui décoche un doigt d'honneur.

— Va donc te resservir un verre, Fran. Fais quelque chose de constructif avec cette bouche au lieu de m'enquiquiner.

Fran s'approche et brandit une main, mais pas son majeur.

— Laisse-moi dispenser mon conseil d'abord. Moi

aussi, j'ai quelques paroles sages, surtout après avoir connu deux maris bien différents.

Madame Gallo, d'un geste de la main, invite sa belle-sœur à poursuivre.

— Je t'en prie, Fran. Tu as la parole. J'attends fébrilement d'entendre cette connaissance particulière que tu souhaites transmettre à la jeune génération.

Fran lève brièvement les yeux au ciel avant de s'asseoir, jambes croisées, et de poser les mains sur ses genoux.

— En premier lieu, il faut les épuiser au lit.

— Mon Dieu, marmonne Mme Gallo, qui se couvre le visage des deux mains. C'est reparti.

Je pouffe de rire. J'adore la dynamique de cette famille. Je me demande dans quelle mesure je serais différente si, petite, j'avais baigné dans l'amour, entourée de femmes de caractère et d'hommes tout aussi forts et dévoués. Être élevé par du personnel qui veille sur vous laisse des marques invisibles en surface, mais gravées éternellement sous la peau.

— Ne fais ta mère Teresa, Marie, et ne nous fais pas croire que tu ne t'es pas servie de tes talents au lit pour obtenir ce que tu voulais de Sal.

Une exclamation de dégoût collective s'élève, mais le sourire ne me quitte pas.

— Je me souviens encore de l'incident avec la tenue de soubrette. Je crois sincèrement que tu essayais d'amadouer Sal.

— Tais-toi donc, la rabroue Mme Gallo.

— Je vous en prie, ne me reparlez pas de ce jour-là, s'exclame Izzy. Je n'ai jamais été aussi gênée et horrifiée à la fois.

— Dixit la fille au collier de bondage, murmure Max, sa belle-sœur. Je pense que tu t'es retrouvée dans des situations bien plus embarrassantes.

Izzy lui flanque un coup de coude dans les côtes, et Max se tord et grimace.

— Putain, je plaisantais. Détends-toi !

— La mère de Sal nous a donné le meilleur des conseils lorsque nous avions votre âge, reprend Mme Gallo, qui détourne la conversation.

— J'adorais ma mère, mais elle était vieux jeu, paix à son âme, nous explique Fran, qui signe dans la foulée. C'était une femme formidable, mais elle croyait en l'asservissement et nous renierait certainement si elle nous voyait aujourd'hui.

Poussant un rire, Mme Gallo acquiesce d'un hochement de tête.

— Elle était un poil excessive. Elle a quand même porté du noir pendant vingt ans, après le décès de ton père.

— Vingt ans de gaspillés ! Quand Bear mourra, je me laisserai un an de deuil avant de me remettre en chasse.

Au même moment, son époux, Bear, passe le nez par la porte.

— Tu parles de moi, ma belle ?

Fran tourne brusquement la tête sur le côté, et le plus large des sourires se fiche sur son visage.

— Je leur expliquais à quel point je t'aimais, chéri.

Il l'étudie longuement, puis lâche :

— Tu mens.

La vieille dame porte une main à son cœur et pousse une exclamation indignée.

— Comment oses-tu ? Je ne mens jamais.

Ces paroles provoquent un grommellement chez son

mari, suivi d'un *balivernes* marmonné, avant qu'il ne disparaisse aussi vite qu'il est apparu.

— Tante Fran, l'interpelle Tamara lorsque nous nous retrouvons entre femmes. Je peux te poser une question ?

Sa grand-tante, qui rit encore de l'échange avec son mari, acquiesce d'un hochement de tête.

— Bien sûr, mon enfant.

— Pourquoi tripotes-tu chaque homme qui entre dans cette maison ? Bon, on s'y attend et on l'accepte, mais pourquoi ? Oncle Bear est plutôt sexy, même pour son âge.

— Seigneur, murmure Mme Gallo.

Fran rit de plus belle.

— Chérie, nous avons beau être vieux, nous ne sommes pas morts ! Tu parles de Bear comme s'il était mûr pour la maison de retraite.

— Ben...

Tamara hausse les épaules.

— ... il n'est pas tout jeune.

— Tu as raison, Tam. Nous sommes *plus âgés*, mais nous ne sommes pas vieux. L'âge n'est qu'un chiffre, mais la jeunesse, c'est dans la tête.

— OK, murmure Tamara, je te l'accorde, mais pourquoi ces tripotages ?

Fran se renverse avec décontraction sur son siège, le sourire toujours fiché aux lèvres.

— Des avantages viennent avec l'âge. Jeune, je ne m'en serais jamais tirée à si bon compte avec la moitié de ce que je fais aujourd'hui. Les gens ont tendance à pardonner beaucoup de choses aux personnes âgées. Si j'avais ton âge et tripotais chaque homme, on m'en ferait tout un fromage.

— Tu te ferais sûrement arrêter, avance Mme Gallo qui secoue la tête d'un air désapprobateur.

Fran hausse les épaules.

— Peut-être bien. Ce ne serait pas la première que je terminerais au trou.

— Quoi ? s'étonne aussitôt Izzy, tournant la tête vers sa tante. Pourquoi n'ai-je jamais entendu parler de cette histoire ?

— Certaines choses doivent rester de l'ordre de l'intime, lui explique Fran qui remue un doigt en direction de sa nièce. Bref, j'aime les hommes.

— Je suis choquée, lance Suzy de l'autre côté de la pièce.

Fran lui lance un regard noir, et l'épouse de Joe se tait aussitôt. C'est un trait de caractère que j'ai tout de suite remarqué chez elle : Suzy est la plus discrète de toute la bande. Elle a certes du tempérament, mais elle est vite influencée ou réduite au silence. Ce n'est pas difficile, avec la quantité de femmes qui ont de la trempe et la langue bien pendue dans cette famille.

— Qui plus est, j'admire la plastique masculine, et il n'y a rien qui énerve plus mon mari que de me trouver en train de toucher un autre homme. Bear a ce vilain défaut, et en même temps très sexy, d'être jaloux comme la peste. Alors, quand il me voit peloter quelqu'un, je sais que je vais…

— Tu peux t'arrêter là, la coupe Izzy, une main levée. On a compris.

— Donc, tu tripotes chaque homme pour exciter oncle Bear ? résume Tamara.

— Oui. Mais, ma fille, ces hommes sont aussi de sacrés beaux morceaux, et je serais bête de ne pas les palper au moins une fois à notre première rencontre, avant qu'ils ne deviennent les maris des unes et des autres. Je suis âgée, mais pas stupide.

— La jalousie est un bon stimulant, confirme Mme Gallo. Je m'en suis servie quelques fois avec Sal, mais je n'ai jamais tripoté les autres hommes.

— Tu es passée à côté de bien des muscles, Marie. Tant pis pour toi.

— C'est la conversation la plus ridicule que j'ai jamais entendue, raille Max, qui secoue la tête et finit par se lever. Je ne sais pas pour vous, les filles, mais moi, j'ai un homme à surveiller.

— Tu portes la culotte ? lance Izzy, avant même que Max n'ait fait un pas. Ou tu la lui rends de temps en temps ?

Max fait un demi-tour sur elle-même, pose une main sur la hanche et affaisse une épaule.

— Tu connais ton frère… Tu crois vraiment qu'il pourrait la porter tous les jours ?

Izzy éclate de rire.

— Non. Absolument pas. Il n'avait que des emmerdes avant que tu ne débarques dans sa vie.

— C'est lui qui a débarqué dans la mienne, la corrige Max. Il s'est implanté là et, après, il ne m'a plus lâchée.

Izzy agite une main avec désinvolture.

— Arrête un peu. Tu adorais qu'il te coure après.

Max fait une moue et secoue lentement la tête.

— Il m'a eue à l'usure.

— Ça va ? me demande Gigi, qui se penche vers moi, tandis que je regarde ses deux tantes se renvoyer la balle, le genre d'échange que l'on voit souvent dans cette famille.

— Je les adore, toutes ces femmes ! dis-je, reportant mon attention sur elle. Sais-tu à quel point tu as de la chance de les avoir dans ta vie ?

Avec un sourire, elle hoche la tête.

— Oui, c'est ce que j'essaie de me rappeler chaque fois qu'elles me courent sur le haricot.

— Coucou, chérie, me lance Nick qui se glisse derrière moi, me faisant presque sursauter.

J'étais tellement concentrée sur Gigi que je ne l'avais pas vu entrer dans la pièce.

— Tout va bien ici ?

Je me laisse aller de tout mon poids contre lui.

— Mieux que jamais. J'adore ta famille, Nicky.

Il me serre contre lui et, frottant son nez dans mes cheveux, me susurre à l'oreille :

— Elle est plutôt pas mal.

— La meilleure !

Je tourne la tête jusqu'à ce que nos lèvres se touchent.

— Merci.

— Merci de quoi ? me demande-t-il, ses yeux bleus fouillant les miens.

— De ne pas seulement m'aimer, mais de me donner l'impression d'avoir une famille pour la première fois de mon existence.

— Ce n'est pas une impression, Jo. C'est la tienne aussi, maintenant. On partage tout.

Je pose mon front contre le sien.

— On est fous. Tu le sais, pas vrai ?

— Comment ça ?

— On ne se connaît que depuis cinq semaines, et je suis complètement dingue de toi. C'est insensé.

— L'amour est insensé, chérie. C'est un sentiment farouche. Il ne peut être ni contraint ni contenu.

Il me prend la main.

— Mais, une fois qu'on le trouve, on est prêt à tout pour le garder. Joséphine Carmichael, veux-tu m'épouser ?

Je sens un objet froid au bout de mon annulaire qui glisse jusqu'à la base de mon doigt.

Ma bouche s'ouvre toute grande et mon cœur flanche, s'arrête presque de battre. Les paupières battantes, mes yeux plongent vers mon doigt, avant de revenir à son visage. Mes mains se mettent à trembler, suivies par le reste de mon corps.

— Nick, es-tu en train de…

Oh… mon… Dieu.

Est-il vraiment en train de…

Je le regarde bouche bée, les yeux écarquillés.

L'a-t-il vraiment fait ?

Nick Gallo me demande en *mariage*.

Il m'adresse un sourire tendre, ce qui est courant aujourd'hui. Il est tellement différent de celui que j'ai rencontré cette nuit-là, quand il était bourru et sec avec moi, mais il faut dire que je pleurais comme une madeleine et n'avais pas les idées claires.

D'une certaine manière, nous nous sommes changés l'un l'autre. Moi, je me suis logée dans son cœur, et lui m'a ouvert un monde dont j'ignorais l'existence.

— Je t'aime, Jo. Je veux que tu deviennes ma femme.

— Vas-y, murmure Gigi à côté de moi. Dis oui, meuf.

Je contemple la lueur résolue dans ses yeux bleus, la bouche toujours béante, et murmure enfin, les larmes au bord des cils, tandis que ma vision se brouille :

— Oui.

Sous le choc, je n'ai pas remarqué qu'un silence absolu s'est installé dans la pièce et que tous les regards sont tournés vers nous.

— Oui, répété-je, prenant son visage à deux mains, sans même prêter attention à la bague. Je veux vivre cet amour fou et farouche. Je veux que tu fasses partie de ma vie.

La seconde d'après, ses lèvres sont sur les miennes et les embrassent avec ardeur. M'abandonnant à l'instant, j'oublie tout ce qui nous entoure jusqu'à ce que des sifflements enthousiastes s'élèvent, suivis d'applaudissements.

Je m'écarte de lui et, le visage en feu, contemple mon fiancé. Un homme que je ne connaissais pas il y a deux mois de cela, mais sans lequel je ne m'imagine pas passer le restant de mes jours.

— Est-ce que tout ceci est réel ? demandé-je tout en admirant, toujours sous le choc, le diamant de taille princesse qui orne mon doigt.

— C'est bien réel, chérie. Ton cœur m'appartient maintenant.

— Mon cœur t'appartient.

— On commence à prendre de l'ampleur, clame une des filles, et je ne comprends pas le sens de cette phrase, mais elles sont tout excitées.

— Bientôt, ils seront en minorité, réplique Max.

Angel pose une main sur mon épaule.

— Félicitations, trésor. Nous sommes tellement heureux de te voir intégrer officiellement la famille.

Voilà les mots qui resteront gravés dans ma mémoire pour l'éternité. Non seulement j'ai l'amour d'un homme bien, mais j'ai aussi une famille. J'ai enfin ce dont j'ai toujours rêvé et que je ne pensais jamais avoir.

— Merci, dis-je entre deux sanglots.

Nick essuie mes joues et tente de sécher ma peau, ce qui ne fait qu'empirer mes pleurs.

— Je t'aime, me murmure-t-il, tandis qu'autour de nous les femmes célèbrent nos fiançailles.

— Je t'aime aussi.

— Oui, je suis bien Isabella Caldo, s'exclame Izzy, qui se tient près de nous, le téléphone à l'oreille.

Une longue pause suit, puis :

— Pardon ?

Un silence s'abat sur la pièce, car le ton joyeux d'Izzy a disparu. Lorsque je relève la tête pour regarder la tante de Nick, d'ordinaire si belle, je vois son visage perdre toutes ses couleurs.

— Lequel ?

Elle serre les paupières, agrippant sa poitrine de sa main libre.

— Où sont-ils ?

— Qu'y a-t-il ? s'inquiète la grand-mère de Nick qui accourt vers sa fille.

La main d'Izzy, tout comme le téléphone qu'elle tient, retombe le long de son corps.

— Il y a eu un accident. Carmello et Rocco étaient dans la voiture.

Madame Gallo touche l'épaule d'Izzy.

— Ils n'ont rien ?

— Je l'ignore. On m'a dit qu'il y avait un mort et que les survivants étaient transportés à l'hôpital.

— Mon Dieu, murmuré-je, une main sur la bouche.

La joie que j'ai ressentie quelques instants plus tôt a totalement disparu et semble à présent bien futile.

— Que se passe-t-il ? demande James, qui surgit dans la pièce comme s'il avait un sixième sens.

— Ce sont les garçons. Ils ont eu un accident.

— Grave ? lui demande-t-il, le corps raide.

— Quelqu'un est mort, dit-elle d'une voix si faible que je l'entends à peine.

Il se précipite vers elle.

— Nos fils… ils vont bien ?

— Je n'en sais rien. On n'a rien voulu me dire.

James l'attrape par les épaules et lui offre le soutien dont elle a besoin pour ne pas s'écrouler.

— Allons-y, chérie. Ils n'ont rien. Je sais qu'ils n'ont rien. Tu verras.

Son langage corporel indique pourtant l'inverse.

— Et si… commence Izzy, mais il secoue la tête.

— Non, Isabella, la met-il en garde. Ne dis pas ça.

Et si le plus beau jour de ma vie était marqué par le deuil et le chagrin, et devenait l'un des jours les plus sombres que la famille tout entière ait connus ?

ÉPILOGUE

NICK

CINQ ANS *plus tard*

—Rocco !

Je lui fais signe de nous rejoindre.

— Viens t'asseoir avec nous.

Il lève le nez du sable l'espace d'un instant pour regarder dans notre direction.

— J'arrive, me répond-il, mais sitôt que les mots ont franchi ses lèvres, il baisse à nouveau la tête.

Putain. Le môme n'est plus le même depuis l'accident, et ça fait cinq ans. Chaque jour, je prie le Ciel que quelque chose, ou quelqu'un, le tire de cet enfer dans lequel il a délibérément plongé. Il ne peut pas continuer comme ça… pas éternellement.

— Valentino, viens ici, mon bébé, crie Jo.

Elle fait signe à notre fils, qui court sur la plage pieds

nus et piaille, tandis qu'il chasse les goélands, de revenir vers nous.

— Laisse-le, dis-je, passant la main sur son ventre gigantesque. Tu penses qu'on va avoir une fille ?

Elle pose sa main sur la mienne.

— Ça a l'air d'en être une. Quand Val grandissait dans mon ventre, ça n'avait rien à voir.

— C'est une fille, murmuré-je avec un sourire. Je veux un mini-toi qui court partout dans la maison, s'enroule autour de ma jambe et me réclame de l'attention. Je veux une fille à papa.

— Méfie-toi, frérot, me met en garde Jett, avant de pointer le menton en direction de Celeste qui joue dans les vagues avec Gigi et Pike. Celle-ci me mène tellement par le bout du nez que je serais capable d'enterrer un corps sans même poser de question.

— Celeste ne ferait pas de mal à une mouche, proteste Lily tout en caressant la jambe de son époux. Alors, tu n'auras jamais à t'en faire pour ça. Mais…

— Mais quoi ?

Il se redresse légèrement, voyant qu'elle tarde à répondre.

— Attends qu'elle se mette à fréquenter quelqu'un. Ça, ça va être…

Elle regarde sa fille jouer dans les vagues, et un sourire apparaît sur ses lèvres.

— … intéressant.

— Elle ne sortira avec personne tant qu'elle n'aura pas trente ans, annonce Jett.

— OK, s'exclame Tamara d'un air moqueur. Bonne chance !

— Je te rejoins sur ce point, mec, approuve Mammoth.

Personne n'approchera Riley. Je préfère encore finir au trou plutôt que de laisser un garçon poser les mains sur elle.

Tamara lui frappe l'épaule.

— Arrête un peu. Tu ne feras pas ça.

Il remonte le petit corps de Riley contre son torse. La joue de sa fille est écrasée contre ses pectoraux, et de la bave s'amoncelle sur sa peau.

— Tu veux parier ? la défie-t-il. On ne touchera pas à un cheveu de ma fille chérie.

Tamara croise les bras et hausse un sourcil.

— Et Jackson ? Il sera soumis aux mêmes règles, alors ?

— Princesse, c'est un garçon.

Mammoth, qui passe totalement à côté de la perche que lui tend sa femme, esquisse un sourire satisfait.

— Qu'est-ce que ça veut dire, ça ?

Elle se redresse et pivote sur ses fesses dans le sable pour lui faire face.

— Riley et Jackson ne sont pas différents.

— Les pénis te diraient le contraire, plaisante Mammoth, mais Tamara ne rit pas.

— Oh punaise, murmure Jo, pressant mes doigts qui n'ont pas quitté son ventre.

— Jackson sera un homme, Tam. Il saura se défendre tout seul.

— Riley deviendra une femme, un jour, mais ne t'y trompe pas, elle saura botter le cul de n'importe quel mec. Y compris celui de son frère.

Jackson, qui pourchasse Valentino, s'arrête lorsqu'il entend son nom.

— Oui ? crie-t-il, son fouillis de boucles brunes voletant dans la brise.

— Rien, mon bébé, répond Tamara, le renvoyant d'un geste de la main. Continue de jouer !

Pike et Gigi traversent la plage jusqu'à la mer de couvertures et de serviettes disposées sur le sable. Gigi passe la tête par l'ouverture de la tente pour jeter un œil sur sa petite, qui dort à poings fermés à l'ombre de la toile, et ce, depuis une heure.

— Qu'est-ce qu'on a loupé ? On dirait que c'est tendu ici.

— On parlait des futurs rencards de nos enfants.

— Quoi ?

Elle ressort aussitôt la tête de la tente et nous dévisage. Tamara pointe le front en direction de son mari.

— Lui dit que Jackson aura carte blanche, parce qu'il a un pénis, mais que Riley ne pourra fréquenter personne avant ses trente ans.

Gigi lève les yeux au ciel.

— C'est débile ! C'est bien une logique masculine, même si elle est absurde.

— La logique masculine va l'emporter sur ce coup-là, ma belle, souligne Pike qui s'affale sur la couverte à quelques mètres de là.

— Ça reste à voir, nuance-t-elle avec un sourire en coin. Bon courage pour tenir la bride à une ado, chéri.

— Si elles sont comme nous, on est foutus, commente Tamara.

— Complètement foutus, renchéris-je. Vous trois, vous étiez intenables.

— Elles deux, me corrige Lily tout en pointant du doigt Tamara et Gigi. Pas moi. Moi, j'étais un ange.

Mes deux cousines partent d'un grand éclat de rire.

— Tu étais plus disciplinée, lui rappelle Gigi, mais un ange, certainement pas.

— Moi, j'étais un ange, dis-je avec conviction, m'attirant tous les regards. Bon, d'accord, mais je n'étais pas le plus incontrôlable.

Gigi regarde Rocco ramasser dans ses bras les enfants qui poussent des cris amusés.

— C'est discutable, fait-elle, une moue aux lèvres.

— Mais on est tous d'accord sur un point…

Je serre ma femme, les yeux rivés sur Valentino.

— … on veut le meilleur pour nos enfants, et ils seront ensemble, comme nous autres. Au bout du compte, la famille, c'est ce qu'on a de plus cher au monde.

*
**

La saga *Men of Inked* : *Tout feu tout flamme* se poursuit avec *Braise*.

Rocco Caldo est grand, brun et beau, mais l'amour ne l'intéresse pas. D'une fidélité à toute épreuve, il ne peut pas tourner le dos à une vieille connaissance ou à une beauté en cavale… surtout s'il partage avec cette dernière une histoire inachevée.

AJOUT DE CHELLE

Roman achevé le 9 novembre 2020

Je trouvais intéressant de vous écrire un petit message après avoir achevé l'écriture de chaque roman pour revenir sur les faits qui avaient marqué cette période. Bien qu'il s'agisse d'un court laps de temps, il s'y passe toujours quelque chose... de bon ou de mauvais. D'autant plus aujourd'hui.

Le 16 octobre, mon grand-père maternel nous a quittés à l'âge de quatre-vingt-quatorze ans. C'est l'événement le plus marquant et le plus triste qui m'est arrivé pendant que j'écrivais *Étincelle*. Cet homme était tout à mes yeux et à ceux de ma famille. J'ai eu la chance de l'avoir durant les quarante-quatre premières années de ma vie. Son visage s'éclairait chaque fois qu'il me voyait, et je n'oublierai jamais combien il m'aimait et combien il aimait ses autres petits-enfants et ses trois filles. Je n'oublierai jamais son rire. J'espère qu'il repose en paix et veille sur nous à présent.

Deux mois plus tard, jour pour jour, ma grand-mère paternelle décédait. Elle avait contracté la COVID peu avant Thanksgiving et ne s'en est jamais remise. Elle est morte le jour qui précède l'anniversaire de mon grand-père, son mari. Elle a été enterrée à ses côtés, dans l'Ohio, quelques semaines plus tard.

Ces derniers mois ont été vraiment difficiles.

Vous lirez ces mots à l'aube de l'année 2021. J'espère qu'elle sera meilleure pour nous tous que 2020 ne l'a été, une année qui restera définitivement gravée dans nos mémoires pour le restant de nos jours.

Amour toujours,

[Image : Chelle-Bliss-inked-Web.png]
Pour plus d'infos, rendez-vous sur https://menofinked. com/heatwave/

À PROPOS DE L'AUTEUR

Chelle est une écrivaine à temps plein éprise de légèreté, accro aux réseaux sociaux et au café. C'est une ancienne professeure d'histoire.
Vous trouverez plus d'informations sur les livres de Chelle sur menofinked.com.

Recevez ma newsletter en vous inscrivant sur
menofinked.com/french

Rejoignez mon Groupe de Lecteurs Privé sur Facebook :
facebook.com/groups/blisshangout

Vous souhaitez m'écrire quelques mots ?

NOTES

5. NICK

1. Série australienne créée par Ben Gannon et Michael Jenkins, Australie, de 1994 à 1999.

8. NICK

1. Jouet d'enfant qui s'accroche au doigt.

13. JO

1. *On the rocks* est une expression utilisée par les barmans américains pouvant être traduite par « avec des glaçons ? »

15. JO

1. La Drug Enforcement Administration (DEA) est une agence fédérale chargée de lutter contre le trafic de drogues aux États-Unis.

23. JO

1. Série américaine créée par Marta Kauffman et David Crane, États-Unis, de 1994 à 2004.